【林徽因文集】

林徽因◎著

你是爱,是暖,是希望

时代文艺出版社

图书在版编目（CIP）数据

你是爱，是暖，是希望/林徽因 著. —长春：时代文艺出版社，2012.12（2018.6重印）

ISBN 978-7-5387-3669-4

I.①你… Ⅱ.①林… Ⅲ.①中国文学—现代文学—作品综合集 Ⅳ.①I216.2

中国版本图书馆CIP数据核字（2012）第266879号

出 品 人　陈　琛
产品总监　郭力家
选题策划　方　伟
责任编辑　付　娜
装帧设计　孙　俪
排版制作　郑舒文

你是爱，是暖，是希望

林徽因 著

出版发行/吉林出版集团 时代文艺出版社
地址/长春市泰来街1825号 吉林出版集团 时代文艺出版社　邮编/130011
总编办/0431-86012927　发行部/0431-86012957　北京开发部/010-63108163
网址/www.shidaicn.com
印刷/三河市天润建兴印务有限公司
开本/710×1000毫米　1/16　字数/338千字　印张/23.5
版次/2013年3月第1版　印次/2018年6月第4次印刷　定价/45.00元

图书如有印装错误　请寄回印厂调换

出 版 说 明

林徽因是20世纪的传奇，她的名字如她的人一样，传至今天，为众人称道，一代风华的绝世佳人，中国第一位女性建筑学家，中国第一文学沙龙女主人，一个直面社会关怀的女作家，一个知性优雅的女诗人，让徐志摩、金岳霖、梁思成三大才子痴迷钟爱一生。

林徽因之所以成为林徽因，并不仅仅在于她优雅温婉、美丽大方的外表或者是那些传奇的浪漫爱情故事，而是因为她卓然不群的才华。

林徽因被胡适誉为"一代才女"，不但在建筑方面卓有成就，在文学方面也是硕果累累。本书就是林徽因的经典文集，收录有诗歌、散文、小说、戏剧、翻译、书信等，极全面地展现出这位优秀女性的文学才华和性格魅力。

本书尽可能地收集了林徽因的所有诗歌，她的诗恬静、飘逸、清丽、婉约，富于智性之美，饱含着深沉的哲思，其受印度诗人泰戈尔的影响巨大，她对中国诗坛的影响一直绵延至今。其智慧灵动的诗文，动人的音乐美感，拥有超越时间的魅力。她的散文笔调从容明快，文情并茂，如行云流水，又如拂面的春风，名篇《窗子以外》在20世纪40年代还被朱自清选入《西南联大国文示范读本》，传诵一时。她的小说总共只有六篇，但大多充溢着社会关怀和机智的议论，已足够奠定其"京派"代表人物的地位，萧乾甚至称她是"京派的灵魂"。她虽然只有一部未完成的戏剧《梅真同他们》，却足以使美学大家朱光潜在读完第一幕就写下"林徽因女士的轻描淡写是闷热天气中的一剂清凉散"的赞语。她唯一的翻译之作《夜莺与玫瑰》更是以优美清新的文字带来美好的阅读体验，是有口皆碑的名篇。本书还尽可能地收集了她的书信，尽管远不完全，却也涵盖了她从留学时代直到晚年的大半生，让你邂逅一个更真实的林徽因。文中收录的几封英文信，可以看到林徽因的另一个侧面，受双文化教育长大的林徽因的完整的文化世界。这些致友人的书信不但体现出她淡泊清寂的内心，还时时流露出关怀祖国前途、命运的情愫，让人不得不肃然起敬。

本书参考了梁从诫先生的《林徽因文集·文学卷》和陈学勇先生的《林徽因文存：诗歌·小说·戏剧》，也借用其部分注释、说明，增添了相当数量的佚诗、佚文、佚函及未刊文，文集作品绝大部分与最初发表的报刊做了校勘，一些当年用字习惯与现今有差异者，为了满足当代读者的阅读习惯，皆改为现今通用的用法。书信部分"致费正清、费慰梅"原信多为英文，译文主要由梁从诫译，其余取自费慰梅著的《梁思成与林徽因》，在此一并致谢。

林徽因的一生经历了时代变迁与战火洗礼，她竭尽所能争取自己的人生，在文学与科学两个领域里都能青史留名，中国现代文学史没有第二个这样的女作家，中国现代建筑学史也没有第二个这样的女建筑学家，大概整个中国现代史都难再寻觅到。欧洲文艺复兴时期的巨人，他们为多种学科做出杰出贡献，林徽因多少存留这个时期巨人的遗风，正如与她相知的美国友人费慰梅所言，她"是当时你所遇到的人中能够向任何方向发展的一个艺术家"。这既使林徽因的建筑研究充满人文情怀，又使她的文学创作闪烁理性光彩。这位民国奇女子，以她的独特气质和丰富阅历留给世人最美好的印象，直到今天，她的风姿和才情依然令无数人心存向往，给后人留下一个难忘的佳话。

今年是林徽因诞辰110周年，编者特意收集整理成本书，用这些文字纪念这位文艺复兴式的才女，是我们对她最好的纪念。

目录

诗 歌

诗歌

你是人间的四月天，笑响点亮了四面风，
轻灵在春的光艳中交舞着变。

你是一树一树的花开，是燕在梁间呢喃，
——你是爱，是暖，是希望，
你是人间的四月天！

谁爱这不息的变幻

谁爱这不息的变幻，她的行径？

　　催一阵急雨，抹一天云霞，月亮，

　　星光，日影，在在都是她的花样，

更不容峰峦与江海偷一刻安定。

骄傲的，她奉着那荒唐的使命：

　　看花放蕊树凋零，娇娃做了娘；

　　叫河流凝成冰雪，天地变了相；

都市喧哗，再寂成广漠的夜静！

　　虽说千万年在她掌握中操纵，

她不曾遗忘一丝毫发的卑微。

难怪她笑永恒是人们造的谎，

　　来抚慰恋爱的消失，死亡的痛。

但谁又能参透这幻化的轮回，

谁又大胆地爱过这伟大的变幻？

　　　　　　　四月十二日　香山

原载1931年4月《诗刊》第2期

那一晚

那一晚我的船推出了河心，
澄蓝的天上托着密密的星。
那一晚你的手牵着我的手，
迷惘的星夜封锁起重愁。
那一晚你和我分定了方向，
两人各认取个生活的模样。

到如今我的船仍然在海面漂，
细弱的桅杆常在风涛里摇。
到如今太阳只在我背后徘徊，
层层的阴影留守在我周围。
到如今我还记着那一晚的天，
星光、眼泪、白茫茫的江边！
到如今我还想念你岸上的耕种：
红花儿黄花儿朵朵的生动。

那一天我希望要走到了顶层，
蜜一般酿出那记忆的滋润。
那一天我要跨上带羽翼的箭，
望着你花园里射一个满弦。

那一天你要听到鸟般的歌唱，
那便是我静候着你的赞赏。
那一天你要看到零乱的花影，
那便是我私闯入当年的边境！

原载1931年4月《诗刊》第2期　（署名：尺棰）

笑

笑的是她的眼睛，口唇，
和唇边浑圆的旋涡。
艳丽如同露珠，
朵朵的笑向
贝齿的闪光里躲。
那是笑——神的笑，美的笑：
水的映影，风的轻歌。

笑的是她惺忪的鬈发，
散乱地挨着她耳朵。
轻软如同花影，
痒痒的甜蜜
涌进了你的心窝。
那是笑——诗的笑，画的笑：
云的留痕，浪的柔波。

原载1931年9月《新月诗选》

深夜里听到乐声

这一定又是你的手指，
轻弹着，
在这深夜，稠密的悲思。

我不禁颊边泛上了红，
静听着，
这深夜里弦子的生动。

一声听从我心底穿过，
忒凄凉
我懂得，但我怎能应和？

生命早描定她的式样，
太薄弱
是人们的美丽的想象。

除非在梦里有这么一天，
你和我
同来攀动那根希望的弦。

原载1931年9月《新月诗选》

情　愿

我情愿化成一片落叶，
让风吹雨打到处飘零；
或流云一朵，在澄蓝天，
和大地再没有些牵连。

但抱紧那伤心的标帜，
去触遇没着落的怅惘；
在黄昏，夜半，蹑着脚走，
全是空虚，再莫有温柔；

忘掉曾有这世界；有你；
哀悼谁又曾有过爱恋；
落花似的落尽，忘了去
这些个泪点里的情绪。

到那天一切都不存留，
比一闪光，一息风更少
痕迹，你也要忘掉了我
曾经在这世界里活过。

原载1931年9月《新月诗选》

仍　然

你舒伸得像一湖水向着晴空里
白云，又像是一流冷涧，澄清
许我循着林岸穷究你的泉源：
我却仍然怀抱着百般的疑心
对你的每一个映影！

你展开像个千瓣的花朵！
鲜妍是你的每一瓣，更有芳沁，
那温存袭人的花气，伴着晚凉：
我说花儿，这正是春的捉弄人，
来偷取人们的痴情！

你又学叶叶的书篇随风吹展，
揭示你的每一个深思；每一角心境，
你的眼睛望着，我，不断地在说话：
我却仍然没有回答，一片的沉静
永远守住我的魂灵。

原载1931年9月《新月诗选》

007

激　昂

我要借这一时的豪放
和从容，灵魂清醒的
再喝一泉甘甜的鲜露，
来挥动思想的利剑，
舞它那一瞥最敏锐的
锋芒，像皑皑塞野的雪
在月的寒光下闪映，
喷吐冷激的辉艳；——斩，
斩断这时间的缠绵，
和猥琐网布的纠纷，
剖取一个无瑕的透明，
看一次你，纯美，
你的裸露的庄严。
……

　　　　然后踩登
任一座高峰，攀牵着白云
和锦样的霞光，跨一条
长虹，瞰临着澎湃的海，
在一穹匀净的澄蓝里，
书写我的惊讶与欢欣，
献出我最热的一滴眼泪，
我的信仰，至诚，和爱的力量，
永远膜拜，
膜拜在你美的面前！

　　　　　　五月　香山
原载1931年9月《北斗》创刊号

一首桃花

桃花，

那一树的嫣红，

像是春说的一句话：

朵朵露凝的娇艳，

是一些

玲珑的字眼，

一瓣瓣的光致，

又是些

柔的匀的吐息；

含着笑，

在有意无意间

生姿的顾盼。

看——

那一颤动在微风里

她又留下，淡淡的，

在三月的薄唇边，

一瞥，

一瞥多情的痕迹！

　　　　　二十年五月　香山

原载1931年10月《诗刊》第3期

莲　灯

如果我的心是一朵莲花
正中擎出一支点亮的蜡，
荧荧虽则单是那一剪光，
我也要它骄傲地捧出辉煌。
不怕它只是我个人的莲灯，
照不见前后崎岖的人生——
浮沉它依附着人海的浪涛
明暗自成了它内心的秘奥。
单是那光一闪花一朵——
像一叶轻舸驶出了江河——
宛转它漂随命运的波涌
等候那阵阵风向远处推送。
算做一次过客在宇宙里，
认识这玲珑的生从容的死，
这飘忽的途程也就是个——
也就是个美丽美丽的梦。

　　　　　　二十一年七月半　　香山
原载1933年3月《新月》4卷6期

中夜钟声

钟声
　　敛住又敲散
　　　　一街的荒凉
听——
　　那圆的一颗颗声响，
　　直沉下时间
　　　　　　静寂的
　　　　　　　咽喉。

　　像哭泣，
　　像哀恸，
将这僵黑的
中夜
　　葬入
　　那永不见曙星的
　　空洞——

轻——重……
——重——轻……
这摇曳的一声声，
　　又凭谁的主意
　　把那余剩的忧惶
随着风冷——
　　　　纷纷
　　　　　掷给还不成梦的
　　　　　　　人。

原载1933年3月《新月》4卷6期

山中一个夏夜

山中有一个夏夜，深得
像没有底一样，
黑影，松林密密的；
周围没有点光亮。

　　　对山闪着只一盏灯——两盏
　　　像夜的眼，夜的眼在看！

满山的风全蹑着脚
像是走路一样，
躲过了各处的枝叶
各处的草，不响。

　　　单是流水，不断的在山谷上
　　　石头的心，石头的口在唱。

均匀的一片静，罩下
像张软垂的幔帐。
疑问不见了，四角里
模糊，是梦在窥探?

　　　夜像在祈祷，无声的在期待，
　　　幽馥的虔诚在无声里布漫。[①]

原载1933年6月《新月》4卷7期

[①] 本诗第三节据作者修改后的手稿排印，1931年的此节手稿为：
　　虫鸣织成那一片静，寂寞
　　像垂下的帐幔；
　　仲夏山林在内中睡着，
　　幽香四下里浮散。
　　黑影枕着黑影，默默的无声，
　　夜的静，却有夜的耳在听！

微 光

街上没有光，没有灯，
店廊上一角挂着有一盏；
他和她把他们一家的运命
含糊的，全数交给这黯淡。

街上没有光，没有灯，
店窗上，斜角，照着有半盏。
合家大小朴实的脑袋，
并排儿，熟睡在土炕上。

外面有雪夜；有泥泞；
沙锅里有不够明日的米粮；
小屋，静守住这微光，
缺乏着生活上需要的各样。

缺的是把干柴；是杯水；麦面……
为这吃的喝的，本说不到信仰——
生活已然，固定的，单靠气力，
在肩臂上边，来支持那生的胆量。

明天，又明天，又明天……
一切都限定了，谁还说希望——
便使是做梦，在梦里，闪着，
仍旧是这一粒孤勇的光亮？

街角里有盏灯，有点光，
挂在店廊；照在窗槛；
他和她，把他们一家的运命
明白的，全数交给这凄惨。

二十二年九月

原载1933年9月27日《大公报·文艺副刊》

秋天，这秋天

这是秋天，秋天，
风还该是温软；
太阳仍笑着那微笑，
闪着金银，夸耀
他实在无多了的
最奢侈的早晚！
这里那里，在这秋天，
斑彩错置到各处
山野，和枝叶中间，
像醉了的蝴蝶，或是
珊瑚珠翠，华贵的失散，
缤纷降落到地面上。
这时候心得像歌曲，
由山泉的水光里闪动，
浮着珠沫，溅开
山石的喉嗓唱。
这时候满腔的热情
全是你的，秋天懂得，
秋天懂得那狂放——
秋天爱的是那不经意
不经意的零乱！

但是秋天，这秋天，
他撑着梦一般的喜筵，
不为的是你的欢欣：
他撒开手，一掬璎珞，

一把落花似的幻变，
还为的是那不定的
悲哀，归根儿蒂结住
在这人生的中心！
一阵萧萧的风，起自
昨夜西窗的外沿，
摇着梧桐树哭。——
起始你怀疑着：
荷叶还没有残败；
小划子停在水流中间；
夏夜的细语，夹着虫鸣，
还信得过仍然偎着
耳朵旁温甜；
但是梧桐叶带来桂花香，
已打到灯盏的光前。
一切都两样了，他闪一闪说，
只要一夜的风，一夜的幻变。

冷雾迷住我的两眼，
在这样的深秋里，
你又同谁争？现实的背面
是不是现实，荒诞的，
果属不可信的虚妄？
疑问抵不住简单的残酷，
再别要悯惜流血的哀惶，
趁一次里，要认清
造物更是摧毁的工匠。
信仰只一细炷香，
那点子亮再经不起西风
沙沙的隔着梧桐树吹！
如果你忘不掉，忘不掉
那同听过的鸟啼；
同看过的花好，信仰
该在过往的中间安睡。……
秋天的骄傲是果实，

不是萌芽——生命不容你
不献出你积累的馨芳；
交出受过光热的每一层颜色；
点点沥尽你最难堪的酸怆。

      这时候，

切不用哭泣；或是呼唤；
更用不着闭上眼祈祷；

（向着将来的将来空等盼）
只要低低的，在静里，低下去
已困倦的头来承受——承受

      这叶落了的秋天，
      听风扯紧了弦索自歌挽：
      这秋，这夜，这惨的变换！

二十二年十一月中旬

原载1933年11月18日《大公报·文艺副刊》

年 关

哪里来，又向哪里去，
这不断，不断的行人，
奔波杂沓的，这车马?
红的灯光，绿的紫的，
织成了这可怕，还是
可爱的夜? 高的楼影
渺茫天上，都象征些
什么现象? 这噪聒中
为什么又凝着这沉静;
这热闹里，会是凄凉?

这是年关，年关，有人
由街头走着，估计着，
孤零的影子斜映着，
一年，又是一年辛苦，
一盘子算珠的艰和难。
日中你敛住气，夜里，
你喘，一条街，一条街，
跟着太阳灯光往返——
人和人，好比水在流，
人是水，两旁楼是山!

一年，一年，
连年里，这穿过城市
胸腑的辛苦，成千万，
成千万人流的血汗，
才会造成了像今夜
这神奇可怕的灿烂！

看，街心里横一道影
灯盏上开着血印的花
夜在凉雾和尘沙中
进展，展进，许多口里
在喘着年关，年关……

二十三年废历除夕

原载 1934 年 2 月 21 日《大公报·文艺副刊》第43期

你是人间的四月天

——一句爱的赞颂

我说你是人间的四月天；
笑响点亮了四面风；轻灵
在春的光艳中交舞着变。

你是四月早天里的云烟，
黄昏吹着风的软，星子在
无意中闪，细雨点洒在花前。
那轻，那娉婷，你是，鲜妍

百花的冠冕你戴着，你是
天真，庄严，你是夜夜的月圆。

雪化后那片鹅黄，你像；新鲜
初放芽的绿，你是；柔嫩喜悦
水光浮动着你梦期待中白莲。

你是一树一树的花开，是燕
在梁间呢喃——你是爱，是暖，
是希望①，你是人间的四月天！

原载1934年5月《学文》1卷1期

----

① 作者后将"希望"改作"诗的一篇"。

忆

新年等在窗外，一缕香，
枝上刚放出一半朵红。
心在转，你曾说过的
几句话，白鸽似的盘旋。

我不曾忘，也不能忘
那天的天澄清得透蓝，
太阳带点暖，斜照在
每棵树梢头，像凤凰。

是你在笑，仰脸望，
多少勇敢话那天，你我
全说了-----像张风筝
向蓝穹，凭一线力量。

> 　　　　二十二年岁终
原载1934年6月《学文》1卷2期

吊玮德

玮德，是不是那样，
你觉到乏了，有点儿
不耐烦，
并不为别的缘故
你就走了，
向着哪一条路？

玮德你真是聪明；
早早的让花开过了
那顶鲜妍的几朵，
就选个这样春天的清晨，
挥一挥袖

对着晓天的烟霞
走去，轻轻的，轻轻的
背向着我们。
春风似的不再停住！

春风似的吹过，
你却留下
永远的那么一颗
少年人的信心；
少年的微笑
和悦的
洒落在别人的新枝上。

我们骄傲
你这骄傲
但你，玮德，独不惆怅
我们这一片
懦弱的悲伤？

黯淡是这人间

美丽不常走来

你知道。

歌声如果有，也只在

几个唇边旋转！

一层一层尘埃，

凄怆是各样的安排，

即使狂飙不起，狂飙不起，

这远近苍茫，

雾里狼烟，

谁还看见花开！

你走了，

你也走了，

尽走了，再带着去

那些儿馨芳，

那些个嘹亮，

明天再明天，此后

寂寞的平凡中

都让谁来支持?
一星星理想，难道
从此都空挂到天上?

玮德你真是个诗人
你是这般年轻，好像
天方放晓，钟刚敲响……
你却说倦了，有点儿
不耐烦忍心，
一条虹桥由中间拆断;
情愿听杜鹃啼唱，
相信有明月长照，
寒光水底能依稀映成
那一半连环
憧憧中
你诗人的希望!

玮德是不是那样
你觉得乏了，人间的怅惘
你不管;
莲叶上笑着展开
浮烟似的诗人的脚步。
你只相信天外那一条路?

二十四年五月十日　北平
原载1935年6月《文艺月刊》7卷6期

灵 感

是你，是花，是梦，打这儿过，
此刻像风在摇动着我；
告诉日子重叠盘盘的山窝；
清泉潺潺流动转狂放的河；
孤僻林里闲开着鲜妍花，
细香常伴着圆月静天里挂；
且有神仙纷纭地浮出紫烟，

衫裙飘忽映影在山溪前；
给人的理想和理想上
铺香花，叫人心和心合着唱；
直到灵魂舒展成条银河，
长长流在天上一千首歌！

是你，是花，是梦，打这里儿过，
此刻像风，在摇动着我；
告诉日子是这样的不清醒；
当中偏响着想不到的一串铃。
树枝里轻声摇曳；金镶上翠，
低了头的斜阳，又一抹光辉。
难怪阶前人忘掉黄昏，脚下草，
高阁古松，望着天上点骄傲；
留下檀香，木鱼，合掌，
在神龛前，在蒲团上，
楼外又楼外，幻想彩霞却缀成
凤凰栏杆，挂起了塔顶上灯！

二十四年十月　北平

（据手稿）

城楼上

你说什么？
鸭子，太阳，
城墙下那护城河？
——我？
我在想，
——不是不在听——
想怎样
从前……
——
对了，
也是秋天！

你也曾去过，
你？那小树林？
还记得吗；
山窝，红叶像火？
映影
湖心里倒浸，
那静？
天！……
（今天的多蓝，你看！）
白云，
像一缕烟。

谁又啰唆？

你爱这里城墙，

古墓，长歌，

蔓草里开野花朵。

好，我不再讲

从前的，单想

我们在古城楼上

今天——

白鸽，

（你准知道是白鸽？）

飞过面前。

二十四年十月

原载1935年11月8日《大公报·文艺副刊》第39期

深 笑

是谁笑得那样甜，那样深，
那样圆转？一串一串明珠
大小闪着光亮，迸出天真！
清泉的浮动，泛流到水面上，
　　灿烂，
分散！

是谁笑得好花儿开了一朵？
那样轻盈，不惊起谁。
细香无意中，随着风过，
拂在短墙，丝丝在斜阳前
　　挂着
留恋。

是谁笑成这百层塔高耸，
让不知名鸟雀来盘旋？是谁
笑成这万千个风铃的转动，
从每一层琉璃的檐边
　　摇上
云天？

原载1936年1月5日《大公报·文艺副刊》第27期

风　筝

看，那一点美丽
会闪到天空！
几片颜色，
挟住双翅，
心，缀一串红。

飘摇，它高高的去，
逍遥在太阳边
太空里闪
一小片脸，
但是不，你别错看了
错看了它的力量，

天地间认得方向！
它只是
轻的一片，
一点子美
像是希望，又像是梦；
一长根丝牵住

天穹，渺茫——
高高推着它舞去，
白云般飞动，
它也猜透了不是自己，
它知道，知道是风！

正月十一日

原载1936年2月14日《大公报·文艺副刊》第39期

别丢掉

别丢掉
这一把过往的热情，
现在流水似的，
轻轻
在幽冷的山泉底，

在黑夜，在松林，
叹息似的渺茫，
你仍要保存着那真！
一样是月明，
一样是隔山灯火，
满天的星，
只使人不见，
梦似的挂起，
你问黑夜要回
那一句话——你仍得相信
山谷中留着
有那回音！

二十一年夏

原载1936年3月15日《大公报·文艺副刊》第110期

雨后天

我爱这雨后天，
这平原的青草一片！
我的心没底止地跟着风吹，
风吹：
吹远了草香，落叶，
吹远了一缕云，像烟——
像烟。

二十一年十月一日
原载1936年3月15日《大公报·文艺副刊》第110期

记　忆

断续的曲子，最美或最温柔的
夜，带着一天的星。
记忆的梗上，谁不有
两三朵娉婷，披着情绪的花
无名的展开
野荷的香馥，
每一瓣静处的月明。

湖上风吹过，头发乱了，或是
水面皱起像鱼鳞的锦。
四面里的辽阔，如同梦
荡漾着中心彷徨的过往
不着痕迹，谁都
认识那图画，
沉在水底记忆的倒影！

二十五年二月

原载1936年3月22日《大公报·文艺副刊》第114期

静　院

你说这院子深深的——
美从不是现成的。
这一掬静，
到了夜，你算，
就需要多少铺张？
月圆了残，叫卖声远了，
隔过老杨柳，一道墙，又转，
初一？凑巧谁又在烧香……
离离落落的满院子，
不定是神仙走过，
仅是迷惘，像梦……
窗槛外或者是暗的，
或透那么一点灯火。

这掬静，院子深深的
——有人也叫它作情绪——
情绪，好，你指点看
有不有轻风，轻得那样
没有声响，吹着凉？
黑的屋脊，自己的，人家的，
兽似的背耸着，又像
寂寞在嘶声的喊！

石阶，尽管沉默，你数，
多少层下去，下去，
是不是还得栏杆，斜斜的
双树的影去支撑？

对了，角落里边
还得有人低着头脸。
会忘掉又会记起——会想，
——那不论——或者是

033

船去了，一片水，或是

小曲子唱得嘹亮；

或是枝头粉黄一朵，

记不得谁了，又向谁认错！

又是多少年前——夏夜。

有人说：

"今夜，天……"（也许是秋夜）

又穿过藤萝，

指着一边，小声地，"你看，

星子真多！"

草上人描着影子；　　　静，真的，你可相信

那样点头，走，　　　　这平铺的一片——

又有人笑……　　　　　不单是月光，星河，

雪和萤虫也远——

夜，情绪，进展的音乐，

如果慢弹的手指

能轻似蝉翼，

你拆开来看，纷纭，

那玄微的细网

怎样深沉地拢住天地，

又怎样交织成

这细致缥缈的彷徨！

二十五年一月

原载1936年4月12日《大公报·文艺副刊》第122期

无　题

什么时候再能有

那一片静；

溶溶在春风中立着，

面对着山，面对着小河流？

什么时候还能那样

满掬着希望；

披拂新绿，耳语似的诗思，

登上城楼，更听那一声钟响？

什么时候，又什么时候，心

才真能懂得

这时间的距离；山河的年岁；

昨天的静，钟声

昨天的人

怎样又在今天里划下一道影！

二十五年春四月

原载1936年5月3日《大公报·文艺副刊》第138期

题剔空菩提叶

认得这透明体，

智慧的叶子掉在人间？

消沉，慈净——

那一天一闪冷焰，

一叶无声地坠地，

仅证明了智慧寂寞

孤零的终会死在风前！

昨天又昨天，美

还逃不出时间的威严；

相信这里睡眠着最美丽的

骸骨，一丝魂魄月边留念——

······

菩提树下清荫则是去年！

二十五年四月二十三日

原载1936年5月17日《大公报·文艺副刊》第146期

黄昏过泰山

记得那天

心同一条长河，

让黄昏来临，

月一片挂在胸襟。

如同这青黛山，

今天，

心是孤傲的屏障一面；

葱郁，

不忘却晚霞，

苍莽，

却听脚下风起，

来了夜——

原载1936年7月19日《大公报·文艺副刊》第182期

昼　梦

昼梦

垂着纱，

无从追寻那开始的情绪

还未曾开花；

柔韧得像一根

乳白色的茎，缠住

纱帐下；银光

有时映亮，去了又来；

盘盘丝络

一半失落在梦外。

花竟开了，开了；

零落的攒集，

从容的舒展，

一朵，那千百瓣！

抖擞那不可言喻的

刹那情绪，

庄严峰顶——

天上一颗星……

　　　　晕紫，深赤，

天空外旷碧，

是颜色同颜色浮溢，腾飞……

深沉，

又凝定——

悄然香馥，

袅娜一片静。

昼梦

垂着纱，

无从追踪的情绪

开了花；

四下里香深，

低覆着禅寂，

间或游丝似的摇移，

悠忽一重影；

悲哀或不悲哀

全是无名，

一闪娉婷。

二十五年暑中　北平

原载1936年8月30日《大公报·文艺副刊》第206期

八月的忧愁

黄水塘里游着白鸭，

高粱梗油青的刚高过头，

这跳动的心怎样安插，

田里一窄条路，八月里这忧愁？

天是昨夜雨洗过的，山岗

照着太阳又留一片影；

羊跟着放羊的转进村庄，

一大棵树荫下罩着井，又像是心！

从没有人说过八月什么话，

夏天过去了，也不到秋天。

但我望着田垄，土墙上的瓜，

仍不明白生活同梦怎样的连牵。

二十五年夏末

原载1936年9月30日《大公报·文艺副刊》第224期

过杨柳 ①

反复地在敲问心同心，
彩霞片片已烧成灰烬，
街的一头到另一条路，
同是个黄昏扑进尘土。

愁闷压住所有的新鲜，
奇怪街边此刻还看见
混沌中浮出光妍的纷纠，
死色楼前垂一棵杨柳！

二十五年十月

原载1936年11月1日《大公报·文艺副刊》第241期

---

① 作者曾将此诗题名改为《黄昏过杨柳》，以"林徽因诗"为题，排在《空虚的薄暮》中为第二节，刊于1948年2月22日《经世日报》文艺周刊第85期。

冥 思

心此刻同沙漠一样平①，
思想像孤独的一个阿拉伯人；
仰脸孤独地向天际望
落日远边奇异的霞光，
安静的，又侧个耳朵听
远处一串骆驼的归铃。

在这白色的周遭中，
一切像凝冻的雕形不动；
白袍，腰刀，长长的头巾，
浪似的云天，沙漠上风！
偶有一点子振荡闪过天线，
残霞边一颗星子出现。

二十五年夏末
原载1936年12月13日《大公报·文艺副刊》第265期

---

① 此句作者后改为："此刻胸前同沙漠一样平。"

空　想①

终日的企盼企盼正无着落——
太阳穿窗棂影，种种花样。
暮秋梦远，一首诗似的寂寞，
真怕看光影，花般洒在满墙。

日子悄悄地仅按沉吟的节奏，
尽打动简单曲，像钟摇响。
不是光不流动，花瓣子不点缀时候，
是心漏却忍耐，厌烦了这空想！

原载1936年12月《诗刊》第3期

———————————
　　①《空想》初刊于1936年12月《诗刊》第3期，与《你来了》、《"九一八"闲走》、《藤花前——独过静心斋》、《旅途中》并题为《空想（外四章）》。

你来了

你来了，画里楼阁立在山边，
交响曲，由风到风，草青到天！
阳光投多少个方向，谁管？你，我
如同画里人，掉回头，便就不见！
你来了，花开到深深的深红，
绿萍遮住池塘上一层晓梦，
鸟唱着，树梢交织着枝柯——白云
却是我们，悠忽翻过几重天空！①

一九三四
原载1936年12月《新诗》第3期

---

① 末二行根据作者手稿排印，后被作者改为：
　　鸟唱着，树梢头织起细细交柯——白云
　　却是我们，翻过好几重天空。

"九一八"闲走

天上今早盖着两层灰，

地上一堆黄叶在徘徊，

惘惘的是我跟着凉风转，

荒街小巷，蛇鼠般追随！

我问秋天，秋天似也疑问我：

在这尘沙中又挣扎些什么，

黄雾扼住天的喉咙，

处处仅剩情绪的残破？

但我不信热血不仍在沸腾；

思想不仍铺在街上多少层；

甘心让来往车马狠命地轧压，

待从地面开花，另来一种完整。

（据手稿）

原载1936年12月《新诗》第3期

藤花前

——独过静心斋

紫藤花开了
轻轻的放着香,
没有人知道……

紫藤花开了
轻轻的放着香,
没有人知道。
楼不管,曲廊不作声,
蓝天里白云行去,
池子一脉静;
水面散着浮萍,
水底下挂着倒影。

紫藤花开了
没有人知道!
蓝天里白云行去,
小院,
无意中我走到花前。
轻香,风吹过
花心,
风吹过我——
望着无语,紫色点。

（据手稿）

原载1936年12月《新诗》第3期

旅途中

我卷起一个包袱走，
过一个山坡子松，
又走过一个小庙门
在早晨最早的一阵风中。
我心里没有埋怨，人或是神；
天底下的烦恼，连我的
拢总，
像已交给谁去……

前面天空。

山中水那样清，
山前桥那么白净——
我不知道造物者认不认得
自己图画；
乡下人的笠帽，草鞋，
乡下人的性情。

暑中在山东乡间步行　二十五年夏
　　原载1936年12月《诗刊》第3期

红叶里的信念

年年不是要看西山的红叶，
谁敢看西山红叶？不是
要听异样的鸟鸣，停在
那一个静幽的树枝头，
是脚步不能自已地走——
走，迈向理想的山坳子
寻觅从未曾寻着的梦：
一茎梦里的花，一种香，
斜阳四处挂着，风吹动，
转过白云，小小一角高楼。

钟声已在脚下，松同松
并立着等候，山野已然
百般渲染豪侈的深秋。
梦在哪里，你的一缕笑，
一句话，在云浪中寻遍，
不知落到哪一处？流水已经
渐渐的清寒，载着落叶
穿过空的石桥，白栏杆，
叫人不忍再看，红叶去年
同踏过的脚迹火一般。
好，抬头，这是高处，心卷起
随着那白云浮过苍茫，

别计算在哪里驻脚，去，
相信千里外还有霞光，
像希望，记得那烟霞颜色，
就不为编织美丽的明天，
为此刻空的歌唱，空的
凄恻，空的缠绵，也该放
多一点勇敢，不怕连牵
斑驳金银般旧积的创伤！

再看红叶每年，山重复的
流血，山林，石头的心胸
从不倚借梦支撑，夜夜
风像利刃削过大土壤，
天亮时沉默焦灼的唇，
忍耐的仍向天蓝，呼唤
瓜果风霜中完成，呈光彩，
自己山头流血，变坟台！
平静，我的脚步，慢点儿去，
别相信谁曾安排下梦来！
一路上枯枝，鸟不曾唱，
小野草香风早不是春天。
停下！停下！风同云，水同
水藻全叫住我，说梦在

背后；蝴蝶秋千理想的
山坳同这当前现实的
石头子路还缺个牵连！
愈是山中奇妍的黄月光
挂出树尖，愈得相信梦，
梦里斜晖一茎花是谎！

但心不信！空虚的骄傲
秋风中旋转，心仍叫喊

理想的爱和美，同白云
角逐；同斜阳笑吻；同树，
同花，同香，乃至同秋虫
石隙中悲鸣，要携手去；
同奔跃嬉游水面的青蛙，
盲目地再去寻盲目日子——
要现实的热情另涂图画，
要把满山红叶采作花！

这萧萧瑟瑟不断的呜咽，
掠过耳鬓也还卷着温存，
影子在秋光中摇曳，心再
不信光影外有串疑问！
心仍不信，只因是午后，
那片竹林子阳光穿过
照暖了石头，赤红小山坡，
影子长长两条，你同我
曾经参差那亭子石路前，
浅碧波光老树干旁边！

生命中的谎再不能比这把
颜色更鲜艳！记得那一片
黄金天，珊瑚般玲珑叶子
秋风里挂，即使自己感觉
内心流血，又怎样个说话？

谁能问这美丽的后面
是什么？赌博时，眼闪亮，
从不悔那猛上孤注的力量；
都说任何苦痛去换任何一分，
一毫，一个纤微的理想！

所以脚步此刻仍在迈进，
不能自已，不能停！虽然山中
一万种颜色，一万次的变，
各种寂寞已环抱着孤影；
热的减成微温，温的又冷，
焦黄叶压踏在脚下碎裂，
残酷地散排昨天的细屑，
心却仍不问脚步为甚固执，
那寻不着的梦中路线——
仍依恋指不出方向的一边！

西山，我发誓地，指着西山，
别忘记，今天你，我，红叶，
连成这一片血色的伤怆！
知道我的日子仅是匆促的
几天，如果明年你同红叶
再红成火焰，我却不见……
深紫，你山头须要多添

一缕抑郁热情的象征，
记下我曾为这山中红叶，
今天流血地存一堆信念！

原载1937年1月《新诗》第4期

051

山　中

紫色山头抱住红叶，将自己影射在山前，
人在小石桥上走过，渺小的追一点子想念。
高峰外云在深蓝天里镶白银色的光转，
用不着桥下黄叶，人在泉边，才记起夏天！

也不因一个人孤独的走路，路更蜿蜒，
短白墙房舍像画，仍画在山坳另一面，
只这丹红集叶替代人记忆失落的层翠，
深浅围抱这同一个山头，惆怅如薄层烟。

山中斜长条青影，如今红萝乱在四面，
百万落叶火焰在寻觅山石荆草边，
当时黄月下共坐天真的青年人情话，相信
那三两句长短，星子般仍挂秋风里不变。

二十五年秋
原载1937年1月29日《大公报·文艺副刊》第292期

静　坐

冬有冬的来意，
寒冷像花——
花有花香，冬有回忆一把。
一条枯枝影，青烟色的瘦细，
在午后的窗前拖过一笔画；
寒里日光淡了，渐斜……
就是那样地
像待客人说话
我在静沉中默啜着茶。

二十五年冬十一月

原载1937年1月31日《大公报·文艺副刊》第293期

十月独行

像个灵魂失落在街边，
我望着十月天上十月的脸。
我向雾里黑影上涂热情
悄悄地看一团流动的月圆。

我也看人流着流着过去来回
黑影中冲着波浪翻星点
我数桥上栏杆龙样头尾
像坐一条寂寞船，自己拉纤。

我像哭，像自语。我更自己抱歉！
自己焦心，同情，一把心紧似琴弦——
我说哑的，哑的琴我知道，一出曲子
未唱，幻望的手指终未来在上面？

原载1937年3月7日《大公报·文艺副刊》第307期

时　间

人间的季候永远不断在转变
春时你留下多处残红，翩然辞别，
本不想回来时同谁叹息秋天！

现在连秋云黄叶又已失落去
辽远里，剩下灰色的长空一片
透彻的寂寞，你忍听冷风独语？

原载1937年3月14日《大公报·文艺副刊》第310期

古城春景

时代把握不住时代自己的烦恼——

轻率的不满，就不叫它这时代牢骚——

偏又流成愤怨，聚一堆黑色的浓烟

喷出烟囱，那矗立的新观念，在古城楼对面！

怪得这嫩灰色一片，带疑问的春天

要泥黄色风沙，顺着白洋灰街沿，

再低着头去寻觅那已失落了的浪漫

到蓝布棉帘子，万字栏杆，仍上老店铺门槛？

寻去，不必有新奇的新发现，旧有保障

即使古老些，需要翡翠色甘蔗做拐杖

来支撑城墙下小果摊，那红鲜的冰糖葫芦①

仍然光耀，串串如同旧珊瑚，还不怕新时代的尘土。

二十六年春　北平

原载1937年4月《新诗》2卷1期

---

① 北平称山楂作红果，称插在竹签上糖山楂作"冰糖葫芦"。——作者注

前　后

河上不沉默的船

载着人过去了；

桥——三环洞的桥基，

上面再添了足迹；

早晨，

早又到了黄昏，

这赓续

绵长的路……

不能问谁

想望的终点——

没有终点

这前面。

背后，

历史是片累赘！

原载1937年5月16日《大公报·文艺副刊》第336期

去　春

不过是去年的春天，花香，
红白的相间着一条小曲径，
在今天这苍白的下午，再一次登山
回头看，小山前一片松风
就吹成长长的距离，在自己身旁。

人去时，孔雀绿的园门，白丁香花，
相伴着动人的细致，在此时，
又一次湖水将解的季候，已全变了画。
时间里悬挂，迎面阳光不来，
就是来了也是斜抹一行沉寂记忆，树下。

原载1937年7月《文学杂志》1卷3期

除夕看花

新从嘈杂着异乡口调的花市上买来，
碧桃雪白的长枝，同红血般的山茶花。
着自己小角隅再用精致鲜艳来结采，
不为着锐的伤感，仅是钝的还有剩余下！

明知道房里的静定，像弄错了季节，
气氛中故乡失得更远些，时间倒着悬挂；
过年也不像过年，看出灯笼在燃烧着点点血，
帘垂花下已记不起旧时热情、旧日的话。

如果心头再旋转着熟识旧时的芳菲，
模糊如条小径越过无数道篱笆，
纷纭的花叶枝条，草看弄得人昏迷，
今日的脚步，再不甘重踏上前时的泥沙。

月色已冻住，指着各处山头，河水更零乱，
关心的是马蹄平原上辛苦，无响在刻画，
除夕的花已不是花，仅一句言语梗在这里，
抖战着千万人的忧患，每个心头上牵挂。

原载1939年6月28日香港《大公报·文艺副刊》 （署名：灰因）

孤　岛

遥望它是充满画意的山峰，

远立在河心里高傲的凌耸，

可怜它只是不幸的孤岛——天然没有埂堤，

人工没搭座虹桥。

它同它的映影永为周围水的囚犯；

陆地于它，是达不到的希望！

早晚寂寞它常将小舟挽住，

风雨时节任江雾把自己隐去。

晴天它挺着小塔，玲珑独对云心；

盘盘石阶，由钟声松林中，超出安静。

特殊的轮廓它苦心孤诣做成，

漠漠大地又哪里去找一点同情？

原载1947年1月4日《益世报·文学周刊》第22期

死是安慰

个个连环，永打不开，
生是个结，又是个结！
　死是实在，
　　一朵云彩。

一根绳索，永远牵住，
生是张风筝，难得飘远，
　死是江雾，
　　迷茫飞去！

长条旅程，永在中途。
生是脚步，泥般沉重——
　死是尽处，
　　不再辛苦。

一曲溪涧，日夜流水，
生是种奔逝，永在离别！
　死只一回，
　　它是安慰。

原载1947年1月4日《益世报·文学周刊》第22期

给秋天①

正与生命里一切相同，
我们爱得太是匆匆；
好像只是昨天，
你还在我的窗前！

笑脸向着晴空
你的林叶笑声里染红
你把黄光当金子般散开
稚气，豪侈，你没有悲哀。

你的红叶是亲切的牵绊，那零乱
每早必来缠住我的晨光。
我也吻你，不顾你的背影隔过玻璃！
你常淘气地闪过，却不对我忸怩。

———————————

　　① 本诗及下面的两首诗《人生》、《展缓》，曾以《诗（三首）》为标题，同时发表在1947年5月4日《大公报·文艺副刊》上。

可是我爱得多么疯狂，
竟未觉察凄厉的夜晚
已在背后尾随——
等候着把你残忍的摧毁！

一夜呼号的风声
果然没有把我惊醒，
等到太晚的那个早晨
啊。天！你已经不见了踪影。

我苛刻地咒诅自己，
但现在有谁走过这里，
除却严冬铁样长脸
阴霾中，偶然一见。

人　生

人生，
你是一支曲子，
我是歌唱的；

你是河流
我是条船，一片小白帆
我是个行旅者的时候，
你，田野，山林，峰峦。

无论怎样，
颠倒密切中牵连着
你和我，
我永从你中间经过；
紫藤花开了
我生存，
你是我生存的河道，
理由同力量。
你的存在
则是我胸前心跳里
五色的绚彩
但我们彼此交错
并未彼此留难。
……
现在我死了，
你——
我把你再交给他人负担！

展　缓

当所有的情感
都并入一股哀怨
如小河，大河，汇向
着无边的大海——不论
怎么冲急，怎样盘旋——
那河上劲风，大小石卵，
所做成的几处逆流
小小港湾，就如同
那生命中，无意的宁静
避开了主流；情绪的
平波越出了悲愁。

停吧，这奔驰的血液；
它们不必全然废弛的
都去造成眼泪。

不妨多几次辗转，溯回流水，
任凭眼前这一切撩乱，
这所有，去建筑逻辑。
把绝望的结论，稍稍
迟缓，拖延时间——
拖延理智的判断——
会再给纯情感一种希望！

六点钟在下午①

用什么来点缀

六点钟在下午?

六点钟在下午

点缀在你生命中,

仅有仿佛的灯光,

褪败的夕阳,窗外

一张落叶在旋转!

用什么来陪伴

六点钟在下午?

六点钟在下午

陪伴着你在暮色里闲坐,

等光走了,影子变换,

一支烟,为小雨点

继续着,无所盼望!

原载1948年2月22日《经世日报·文艺周刊》第85期

---

① 本诗初刊于1948年2月22日《经世日报·文艺周刊》第85期时为《林徽因诗》中《空虚的薄暮》两首之一,另一首《黄昏过杨柳》,见《过杨柳》一篇。

昆明即景[①]

一、茶铺

这是立体的构画，
　　描在这里许多样脸
在顺城脚的茶铺里
　　隐隐起喧腾声一片。

各种的姿势，生活
　　刻划着不同方面：
茶座上全坐满了，笑的，
　　皱眉的，有的抽着旱烟。

老的，慈祥的面纹，
　　年轻的，灵活的眼睛，
都暂要时间茶杯上
　　停住，不再去扰乱心情！

一天一整串辛苦，
　　此刻才赚回小把安静，

夜晚回家，还有远路，
　　白天，谁有工夫闲看云影?

不都为着真的口渴，
　　四面窗开着，喝茶，
跷起膝盖的是疲乏，
　　赤着臂膀好同乡邻闲话。

也为了放下扁担同肩背
　　向运命喘息，倚着墙，
每晚靠这一碗茶的生趣
　　幽默估量生的短长……

这是立体的构画，
　　设色在小生活旁边，
荫凉南瓜棚下茶铺，
　　热闹照样的又过了一天！

———————————
　　① 本诗初刊于1948年2月22日《经世日报·文艺周刊》第85期，为《林徽因诗》中的一首，"昆明即景"为二级题名，"一、茶铺，二、小楼"为三级题名。

二、小楼

张大爹临街的矮楼，[①]
半藏着，半挺着，立在街头，
瓦覆着它，窗开一条缝，
夕阳染红它，如写下古远的梦。

矮檐上长点草，也结过小瓜，
破石子路在楼前，无人种花，
是老坛子，瓦罐，大小的相伴；
尘垢列出许多风趣的零乱。

但张大爹走过，不吟咏它好，
大爹自己（上年纪了）不相信古老。
他拐着杖常到隔壁沽酒，
宁愿过桥，土堤去看新柳！

[①] 初稿中此句原为："那上七下八临街的矮楼。"昆明旧式民居典型制式为底楼高八尺，二层高七尺。

一串疯话①

好比这树丁香，几枝山红杏，

相信我的心里留着有一串话，

绕着许多叶子，青青的沉静，

风露日夜，只盼五月来开开花！

如果你是五月，八月里为我吹开

蓝空上霞彩，那样子来了春天，

忘掉腼腆，我定要转过脸来，

把一串疯话全说在你的面前！

---

① 本诗初刊于1948年2月22日《经世日报·文艺周刊》第85期，为《林徽因诗》中《年轻的歌》两首之一，另一首《你来了》，见044页。

桥

他的使命：

    南北两岸莽莽两条路的携手；

他的完成

    不挡江月东西，船只上下的交流；

他的肩背

    坚定地让脚步上面经过，找各人的路去；

他的胸怀，

    虚空的环洞，不把江心洪流堵住。

他是座桥：

    一条大胆的横梁，立脚于茫茫水面；

一堆泥石，

    辛苦堆积或造型的完美，在自然上边；

一掬理智，

    适应无数的神奇，支持立体的纪念；

一次人工，

    矫正了造化的疏忽，将隔绝的重新牵连！

他是座桥，

　　看那平衡两排如同静思的栏杆；

他的力量，

　　两座桥墩下，多粗壮的石头镶嵌；

他的忍耐，

　　容每道车辙刻入脚印已磨光的石板；

他的安闲，

　　岁月增进，让钓翁野草随在身边。

他的美丽，

　　如同山月的锁钥，正见出人类匠心；

他的心灵，

　　浸入寒波，在一钩倒影里续成圆形。

他的存在，

　　却不为嬉戏的闲情——而为责任；

他的理想，

　　该寄给人生的行旅者一种虔诚。

　　　　　　　　　　　三十六年六月

原载1948年8月2日《益世报·文学周刊》第103期

古城黄昏

我见到古城在斜阳中凝神；

城楼望着城楼，

忘却中间一片黄金的殿顶；

十条闹街还散在脚下，

虫蚁一样有无数行人。

我见到古城在黄昏中凝神；

乌鸦噪聒地飞旋，

废苑古柏在困倦中支撑。

原载1948年8月2日《益世报·文学周刊》第103期

小诗（一）^①

感谢生命的讽刺嘲弄着我，
会唱的喉咙哑成了无言的歌。
一片轻纱似的情绪，本是空灵，
现时上面全打着拙笨补钉。

肩头上先是挑起两担云彩，
带着光辉要在从容天空里安排；
如今黑压压沉下现实的真相，
灵魂同饥饿的脊梁将一起压断！

我不敢问生命现在人该当如何
喘气！经验已如旧鞋底的穿破，
这纷歧道路上，石子和泥土模糊，
还是赤脚方便，去认取新的辛苦。

―――――――――

　①《小诗（一）》、《小诗（二）》及《恶劣的心绪》、《写给我的大姊》、《一天》、《对残枝》、《对北门街园子》、《十一月的小村》、《忧郁》等九首写于不同时间和地点的诗，曾以《病中杂诗九首》为总标题发表在1948年5月《文学杂志》第2卷第12期上。其中，《小诗（一）》和《小诗（二）》初刊时为《小诗》一首中的"（一）"和"（二）"。

小诗（二）

小蚌壳里有所有的颜色；
整一条虹藏在里面。
绚彩的存在是他的秘密，
外面没有夕阳，也不见雨点。

黑夜天空上只一片渺茫；
整宇宙星斗那里闪亮，
远距离光明如无边海面，
是每小粒晶莹，给了你方向。

恶劣的心绪

我病中，这样缠住忧虑和烦扰，
好像西北冷风，从沙漠荒原吹起，
逐步吹入黄昏街头巷尾的垃圾堆；
在霉腐的琐屑里寻讨安慰，
自己在万物消耗以后的残骸中惊骇，
又一点一点给别人扬起可怕的尘埃！

吹散记忆正如陈旧的报纸飘在各处彷徨，
破碎支离的记录只颠倒提示过去的骚乱。
多余的理性还像一只饥饿的野狗
那样追着空罐同肉骨，自己寂寞的追着
咬嚼人类的感伤；生活是什么都还说不上来，
摆在眼前的已是这许多渣滓！

我希望：风停了；今晚情绪能像一场小雪，
沉默的白色轻轻降落地上；
雪花每片对自己和他人都带一星耐性的仁慈，
一层一层把恶劣残破和痛苦的一起掩藏；
在美丽明早的晨光下，焦心暂不必再有——
绝望要来时，索性是雪后残酷的寒流！

　　　　　　三十六年十二月病中动手术前

写给我的大姊

当我去了，还有没说完的话，
好像客人去后杯里留下的茶；
说的时候，同喝的机会，都已错过，
主客黯然，可不必再去惋惜它。
如果有点感伤，你把脸掉向窗外，
落日将尽时，西天上，总还留有晚霞。

一切小小的留恋算不得罪过，
将尽未尽的衷曲也是常情。
你原谅我有一堆心绪上的闪躲，
黄昏时承认的，否认等不到天明；
有些话自己也还不曾说透，
他人的了解是来自直觉的会心。

当我去了，还有没说完的话，
像钟敲过后，时间在悬空里暂挂，
你有理由等待更美好的继续；
对忽然的终止，你有理由惧怕。
但原谅吧，我的话语永远不能完全，
亘古到今情感的矛盾做成了嘶哑。

一　天

今天十二个钟头，

是我十二个客人，

每一个来了，又走了，

最后夕阳拖着影子也走了！

我没有时间盘问我自己胸怀，

黄昏却蹑着脚，好奇的偷着进来！

我说：朋友，这次我可不对你诉说啊，

每次说了，伤我一点骄傲。

黄昏黯然，无言的走开，

孤单的、沉默的，我投入夜的怀抱！

　　　　　　　三十一年春　李庄

对残枝

梅花你这些残了后的枝条，
是你无法诉说的哀愁！
今晚这一阵雨点落过以后，
我关上窗子又要同你分手。

但我幻想夜色安慰你伤心，
下弦月照白了你，最是同情，
我睡了，我的诗记下你的温柔，
你不妨安心放芽去做成绿荫。

对北门街园子

别说你寂寞；大树拱立，
草花烂漫，一个园子永远
睡着；没有脚步的走响。

你树梢盘着飞鸟，每早云天
吻你额前，每晚你留下对话
正是西山最好的夕阳。

十一月的小村

我想象我在轻轻的独语：
十一月的小村外是怎样个去处？
是这渺茫江边淡泊的天；
是这映红了的叶子疏疏隔着雾；
是乡愁，是这许多说不出的寂寞；
还是这条独自转折来去的山路？
是村子迷惘了，绕出一丝丝青烟；
是那白沙一片篁竹围着的茅屋？
是枯柴爆裂着灶火的声响，
是童子缩颈落叶林中的歌唱？
是老农随着耕牛，远远过去，
还是那坡边零落在吃草的牛羊？
是什么做成这十一月的心，

十一月的灵魂又是谁的病？
山坳子叫我立住的仅是一面黄土墙；
下午透过云霾那点子太阳！
一棵野藤绊住一角老墙头，斜睨
两根青石架起的大门，倒在路旁
无论我坐着，我又走开，
我都一样心跳；我的心前
虽然烦乱，总像绕着许多云彩，
但寂寂一湾水田，这几处荒坟，
它们永说不清谁是这一切主宰
我折一根柱枝，看下午最长的日影
要等待十一月的回答微风中吹来。

三十三年初冬　李庄

忧　郁

忧郁自然不是你的朋友；

但也不是你的敌人，你对他不能冤屈！

他是你强硬的债主，你呢？是

把自己灵魂压给他的赌徒。

你曾那样拿理想赌博，不幸

你输了；放下精神最后保留的田产，

最有价值的衣裳，然后一切你都

赔上，连自己的情绪和信仰，那不是自然？

你的债权人他是，那么，别尽问他脸貌

到底怎样！呀天，你如果一定要看清

今晚这里有盏小灯，灯下你无妨同他

面对面，你是这样的绝望，他是这样无情！

哭三弟恒

——三十年[①]空战阵亡

弟弟，我没有适合时代的语言
来哀悼你的死；
它是时代向你的要求，
简单的，你给了。
这冷酷简单的壮烈是时代的诗
这沉默的光荣是你。

假使在这不可免的真实上
多给了悲哀，我想呼喊，
那是——你自己也明了——
因为你走得太早，

---

① "三十年"指民国三十年。

太早了，弟弟，难为你的勇敢，
机械的落伍，你的机会太惨！

三年了，你阵亡在成都上空，
这三年的时间所做成的不同，
如果我向你说来，你别悲伤，
因为多半不是我们老国，
而是他人在时代中辗动，
我们灵魂流血，炸成了窟窿。

我们已有了盟友、物资同军火，
正是你所曾经希望过。
我记得，记得当时我怎样同你
讨论又讨论，点算又点算，
每一天你是那样耐性的等着，
每天却空的过去，慢得像骆驼！

现在驱逐机已非当日你最想望
驾驶的"老鹰式七五"那样——
那样笨，那样慢，啊，弟弟不要伤心，
你已做到你们所能做的，

083

别说是谁误了你，是时代无法衡量，
中国还要上前，黑夜在等天亮。

弟弟，我已用这许多不美丽言语
算是诗来追悼你，
要相信我的心多苦，喉咙多哑，
你永不会回来了，我知道，
青年的热血做了科学的代替；
中国的悲怆永沉在我的心底。

啊，你别难过，难过了我给不出安慰。
我曾每日那样想过了几回：
你已给了你所有的，同你去的弟兄
也是一样，献出你们的生命！
已有的年轻一切；将来还有的机会，
可能的壮年工作，老年的智慧；

可能的情爱，家庭，儿女，及那所有
生的权利，喜悦；及生的纠纷！
你们给的真多，都为了谁？你相信
今后中国多少人的幸福要在
你的前头，比自己要紧；那不朽
中国的历史，还需要在世上永久。

你相信，你也做了，最后一切你交出。
我既完全明白，为何我还为着你哭？
只因你是个孩子却没有留什么给自己，
小时我盼着你的幸福，战时你的安全，
今天你没有儿女牵挂需要抚恤同安慰，
而万千国人像已忘掉，你死是为了谁！

三十三年　李庄

原载1948年5月《文学杂志》2卷12期

我们的雄鸡

我们的雄鸡从没有以为
　　　自己是孔雀
自信他们鸡冠已够他
　　　仰着头漫步——
一个院子他绕上了一遍
　　　仪表风姿
都在群雌的面前！

我们的雄鸡从没有以为
　　　自己是首领
晓色里他只扬起他的呼声
　　　这呼声叫醒了别人
他经济地保留这种叫喊
　　　（保留那规则）
于是便象征了时间！

　　　1948年2月18日　清华

散文

笑的是她的眼睛，口唇，和唇边浑圆的旋涡。

艳丽如同露珠，

朵朵的笑向贝齿的闪光里躲。

笑的是她惺忪的鬓发，散乱地挨着她耳朵。

轻软如同花影，

痒痒的甜蜜涌进了你的心窝。

悼志摩

　　十一月十九日我们的好朋友，许多人都爱戴的新诗人，徐志摩突兀地，不可信地，惨酷地，在飞机上遇险而死去。这消息在二十日的早上像一根针刺猛触到许多朋友的心上，顿使那一早的天墨一般地昏黑，哀恸的咽哽锁住每一个人的嗓子。

　　志摩……死……谁曾将这两个句子联在一处想过！他是那样活泼的一个人，那样刚刚站在壮年的顶峰上的一个人。朋友们常常惊讶他的活动，他那像小孩般的精神和认真，谁又会想到他死？

　　突然的，他闯出我们这共同的世界，沉入永远的静寂，不给我们一点预告，一点准备，或是一个最后希望的余地。这种几乎近于忍心的决绝，那一天不知震麻了多少朋友的心？现在那不能否认的事实，仍然无情地挡住我们前面。任凭我们多苦楚地哀悼他的惨死，多迫切地希冀能够仍然接触到他原来的音容，事实是不会为体贴我们这悲念而有些许更改；而他也再不会为不忍我们这伤悼而有些许活动的可能！这难堪的永远静寂和消沉便是死的最残酷处。

　　我们不迷信的，没有宗教地望着这死的帏幕，更是丝毫没有把握。张开口我们不会呼吁，闭上眼不会入梦，徘徊在理智和情感的边缘，我们不能预期后会，对这死，我们只是永远发怔，吞咽枯涩的泪，待时间来剥削这哀恸的尖锐，痂结我们每次悲悼的创伤。那一天下午初得到消息的许多朋友不是全跑到胡适之先生家里吗？但是除却拭泪相对，默然围坐外，谁也没有主意，谁也不知有什么话说，对这死！

谁也没有主意，谁也没有话说！事实不容我们安插任何的希望，情感不容我们不伤悼这突兀的不幸，理智又不容我们有超自然的幻想！默然相对，默然围坐……而志摩则仍是死去没有回头，没有音讯，永远地不会回头，永远地不会再有音讯。

我们中间没有绝对信命运之说的，但是对着这不测的人生，谁不感到惊异，对着那许多事实的痕迹又如何不感到人力的脆弱，智慧的有限。世事尽有定数？世事尽是偶然？对这永远的疑问我们什么时候能有完全的把握？

在我们前边展开的只是一堆坚质的事实：

"是的，他十九早晨有电报来给我……

"十九早晨，是的！说下午三点准到南苑，派车接……

"电报是九时从南京飞机场发出的……

"刚是他开始飞行以后所发……

"派车接去了，等到四点半……说飞机没有到……

"没有到……航空公司说济南有雾……很大……"只是一个钟头的差别；下午三时到南苑，济南有雾！谁相信就是这一个钟头中便可以有这么不同事实的发生，志摩，我的朋友！

他离平的前一晚我仍见到，那时候他还不知道他次晨南旅的，飞机改期过三次，他曾说如果再改下去，他便不走了的。我和他同由一个茶会出来，在总布胡同口分手。在这茶会里我们请的是为太平洋会议来的一个柏雷博士，因为他是志摩生平最爱慕的女作家曼殊斐儿[①]的姊丈，志摩十分的殷勤；希望可以再从柏雷口中得些关于曼殊斐儿早年的影子，只因限于时间，我们茶后匆匆地便散了。晚上我有约会出去了，回来时很晚，听差说他又来过，适遇我们夫妇刚走，他自己坐了一会，喝了一壶茶，在桌上写了些字便走了。我到桌上一看：——

---

① 曼殊斐儿（Katherine Mansfield），通译为凯瑟琳·曼斯菲尔德，英国著名的女作家。——编者注

"定明早六时飞行，此去存亡不卜……"我怔住了，心中一阵不痛快，却忙给他一个电话。

"你放心，"他说，"很稳当的，我还要留着生命看更伟大的事迹呢，哪能便死？……"

话虽是这样说，他却是已经死了整两周了！

凡是志摩的朋友，我相信全懂得，死去他这样一个朋友是怎么一回事！

现在这事实一天比一天更结实，更固定，更不容否认。志摩是死了，这个简单惨酷的实际早又添上时间的色彩，一周，两周，一直地增长下去……

我不该在这里语无伦次地尽管呻吟我们做朋友的悲哀情绪。归根说，读者抱着我们文字看，也就是像志摩请柏雷一样，要从我们口里再听到关于志摩的一些事。这个我明白，只怕我不能使你们满意，因为关于他的事，动听的，使青年人知道这里有个不可多得的人格存在的，实在太多，绝不是几千字可以表达得完。谁也得承认像他这样的一个人世间便不轻易有几个的，无论在中国或是外国。

我认得他，今年整十年，那时候他在伦敦经济学院，尚未去康桥。我初次遇到他，也就是他初次认识到影响他迁学的逊更生①先生。不用说他和我父亲最谈得来，虽然他们年岁上差别不算少，一见面之后便互

————

① 逊更生（Galsworthy. L. Dickinson），通译为高尔斯华绥·L·狄金森，英国著名文学家和学者。——编者注

相引为知己。他到康桥之后由逖更生介绍进了皇家学院，当时和他同学的有我姊丈温君源宁。一直到最近两月中源宁还常在说他当时的许多笑话，虽然说是笑话，那也是他对志摩最早的一个惊异的印象。志摩认真的诗情、绝不含有丝毫矫伪，他那种痴，那种孩子似的天真实能令人惊讶。源宁说，有一天他在校舍里读书，外边下了倾盆大雨——唯是英伦那样的岛国才有的狂雨——忽然他听到有人猛敲他的房门，外边跳进一个被雨水淋得全湿的客人。不用说他便是志摩，一进门一把扯着源宁向外跑，说快来我们到桥上去等着。这一来把源宁怔住了，他问志摩等什么在这大雨里。志摩睁大了眼睛，孩子似的高兴地说"看雨后的虹去"。源宁不止说他不去，并且劝志摩趁早将湿透的衣服换下，再穿上雨衣出去，英国的湿气岂是儿戏。志摩不等他说完，一溜烟地自己跑了！

以后我好奇地曾问过志摩这故事的真确，他笑着点头承认这全段故事的真实。我问：那么下文呢，你立在桥上等了多久，并且看到虹了没有？他说记不清，但是他居然看到了虹。我诧异地打断他对那虹的描写，问他：怎么他便知道，准会有虹的。他得意地笑答我说："完全诗意的信仰！"

"完全诗意的信仰"，我可要在这里哭了！也就是为这"诗意的信仰"他硬要借航空的方便达到他"想飞"的宿愿！"飞机是很稳当的，"他说，"如果要出事那是我的运命！"他真对运命这样完全诗意的信仰！

志摩我的朋友，死本来也不过是一个新的旅程，我们没有到过的，不免过分地怀疑，死不定就比这生苦，"我们不能轻易断定那一边没有阳光与人情的温慰"，但是我前边说过最难堪的是这永远的静寂。我们生在这没有宗教的时代，对这死实在太没有把握了。这以后许多思念你的日子，怕要全是昏暗的苦楚，不会有一点点光明，除非我也有你那美丽的诗意的信仰！

我个人的悲绪不竟又来扰乱我对他生前许多清晰的回忆，朋友们原谅。

诗人的志摩用不着我来多说，他那许多诗文便是估价他的天平。我们新诗的历史才是这样的短，恐怕他的判断人尚在我们儿孙辈的中间。我要谈的是诗人之外的志摩。人家说志摩的为人只是不经意的浪

漫，志摩的诗全是抒情诗，这断语从不认识他的人听来可以说很公平，从他朋友们看来实在是对不起他。志摩是个很古怪的人，浪漫固然，但他人格里最精华的却是，他对人的同情，和蔼和优容——没有一个人他对他不和蔼；没有一种人，他不能优容；没有一种的情感，他绝对地不能表同情。我不说了解，因为不是许多人爱说志摩最不解人情吗？我说他的特点也就在这上头。

我们寻常人就爱说了解；能了解的我们便同情，不了解的我们便很落漠乃至于酷刻。表同情于我们能了解的，我们以为很适当；不表同情于我们不能了解的，我们也认为很公平。志摩则不然，了解与不了解，他并没有过分地夸张，他只知道温存，和平，体贴，只要他知道有情感的存在，无论出自何人，在何等情况之下，他理智上认为适当与否，他全能表几分同情，他真能体会原谅他人与他自己不相同处。从不会刻薄地单支出严格的迫仄的道德的天平指谪凡是与他不同的人。他这样的温和，这样的优容，真能使许多人惭愧，我可以忠实地说，至少他要比我们多数的人伟大许多；他觉得人类各种的情感动作全有它不同的，价值放大了的人类的眼光，同情是不该只限于我们划定的范围内。他是对的，朋友们，归根说，我们能够懂得几个人，了解几桩事，几种情感？哪一桩事，哪一个人没有多面的看法！为此说来志摩朋友之多，不是个可怪的事；凡是认得他的人不论深浅对他全有特殊的感情，也是极自然的结果。而反过来看他自己在他一生的过程中却是很少得着同情的。不止如是，他还曾为他的一点理想的愚诚几次几乎不见容于社会。但是他却未曾为这个而鄙吝他给他

092

人的同情心，他的性情，不曾为受了刺激而转 变刻薄暴戾过，谁能不承认他几有超人的宽量。

志摩的最动人的特点，是他那不可信的纯净的天真，对他的理想的愚诚，对艺术欣赏的认真，体会情感的切实，全是难能可贵到极点。他站在雨中等虹，他甘冒社会的大不韪争他的恋爱自由；他坐曲折的火车到乡间去拜哈代；他抛弃博士一类的引诱卷了书包到英国，只为要拜罗素作老师；他为了一种特异的境遇，一时特异的感动，从此在生命途中冒险，从此抛弃所有的旧业，只是尝试写几行新诗——这几年新诗尝试的运命并不太令人踊跃，冷嘲热骂只是家常便饭——他常能走几里路去采几茎花，费许多周折去看一个朋友说两句话；这些，还有许多，都不是我们寻常能够轻易了解的神秘。我说神秘，其实竟许是傻，是痴！事实上他只是比我们认真，虔诚到傻气，到痴！他愉快起来他的快乐的翅膀可以碰得到天，他忧伤起来，他的悲戚是深得没有底。寻常评价的衡量在他手里失了效用，利害轻重他自有他的看法，纯是艺术的情感的脱离寻常的原则， 所以往常人常听到朋友们说到他总爱带着嗟叹的口吻说："那是志摩，你又有什么法子！"他真的是个怪人吗？朋友们，不，一点都不是，他只是比我们近情，近理，比我们热诚，比我们天真，比我们对万物都更有信仰，对神，对人，对灵，对自然，对艺术！

朋友们，我们失掉的不止是一个朋友，一个诗人，我们丢掉的是个极难得可爱的人格。

至于他的作品全是抒情的吗？他的兴趣只限于情感吗？更是不对。志摩的兴趣是极广泛的。就有几件，说起来，不认得他的人便要奇怪。他早年很爱数学，他始终极喜欢天文，他对天上星宿的名字和部位就认得很多，最喜暑夜观星，好几次他坐火车都是带着关于宇宙的科学的书。他曾经疯过爱因斯坦的相对论，并且在1922年便写过一篇关于相对论的东西登在《民铎》杂志上。他常向思成说笑："任公先生的相对论的知识还是从我徐君志摩大作上得来的呢，因为他说他看过许多关于爱因斯坦的哲学都未曾看懂，看到志摩的那篇才懂了。"今夏我在香山养病，他常来闲谈，有一天谈到他幼年上学的经过和美国克莱克大学两年学经济学的景况，我们不禁对笑了半天，后来他在他的《猛虎集》的"序"里也说了那么一段。可是奇怪的！他不像许多天才，幼年里上学，不是不及格，便是被斥退，他是常得优等的，听说有一次康乃尔暑校里一个极严的经济教授还写了信去克莱克大学教授那里恭维他的学生，关于一门很难的功课。我不是为志摩在这里夸张，因为事实上只有为了这桩事，今夏志摩自己便笑得不亦乐乎！

此外他的兴趣对于戏剧绘画都极深浓，戏剧不用说，与诗文是那么接近，他领略绘画的天才也颇可观，后期印象派的几个画家，他都有极精密的爱恶，对于文艺复兴时代那几位，他也很熟悉，他最爱鲍提且利和达文骞①。自然他也常承认文人喜画常是间接地受了别人论文的影响，他的，就受了法兰（Roger Fry）和斐德（Walter Pater）的不少②。对于建筑审美他常常对思成和我道歉说："太对不起，我的建筑常识全是Ruskins那一套。"他知道我们是最讨厌Ruskins的。但是为看一个古建的残址，一块石刻，他比任何人都热心，都更能静心领略。

他喜欢色彩，虽然他自己不会作画，暑假里他曾从杭州给我几封信，他自己叫它们作"描写的水彩画"，他用英文极细致地写出西（边？）桑田的颜色，每一分嫩绿，每一色鹅黄，他都仔细地观察到。又有一次他望着我园里一带断墙半晌不语，过后他告诉我说，他正在默默体会，想要描写那墙上向晚的艳阳和刚刚入秋的藤萝。

对于音乐，中西的他都爱好，不止爱好，他那种热心便唤醒过北平一次——也许唯一的一次——对音乐的注意。谁也忘不了那一年，客拉司拉③到北平在"真光"拉一个多钟头的提琴。对旧剧他也得算"在行"，他最后在北平那几天我们曾接连地同去听好几出戏，回家时我们讨论得热闹，比任何剧评都诚恳都起劲。

谁相信这样的一个人，这样忠实于"生"的一个人，会这样早地永

① 鲍提且利（Botticelli），通译为波提切利，意大利画家；达文骞（Da Vinci），通译为达·芬奇，意大利杰出画家。——编者注
② 法兰（Roger Fry），通译为罗杰·弗莱，英国著名艺术史家和美学家，20世纪最伟大的艺术批评家之一；斐德（Walter Pater），通译为沃尔特·佩特，英国著名文艺批评家、作家。——编者注
③ 客拉司拉（Fritz Kreisler），通译为弗里茨·克莱斯勒，美国籍奥地利小提琴家和作曲家。——编者注

远地离开我们另投一个世界，永远地静寂下去，不再透些许声息！

　　我不敢再往下写，志摩若是有灵听到比他年轻许多的一个小朋友拿着老声老气的语调谈到他的为人不觉得不快吗？这里我又来个极难堪的回忆，那一年他在同一个的报纸上写了那篇伤我父亲惨故的文章，这梦幻似的人生转了几个弯，曾几何时，却轮到我在这风紧夜深里握笔吊他的惨变。这是什么人生？什么风涛？什么道路？志摩，你这最后的解脱未始不是幸福，不是聪明，我该当羡慕你才是。

原刊1931年12月7日《北平晨报》

惟其是脆嫩

活在这非常富于刺激性的年头里，我敢喘一口气说，我相信一定有多数人成天里为观察听闻到的，牵动了神经，从跳动而有血裹着的心底下累积起各种的情感，直冲出嗓子，逼成了语言到舌头上来。这自然丰富的累积，有时更会倾溢出少数人的唇舌，再奔进到笔尖上，另具形式变成在白纸上驰骋的文字。这种文字便全是我们这个时代的出产，大家该千万珍视它！

现在，无论在哪里，假如有一个或多种的机会，我们能把许多这种自然触发出来的文字，交出给同时代的大众见面，因而或能激动起更多方面，更复杂的情感，和由这情感而形成更多方式的文字；一直造成了一大片丰富而且有力的创作的田壤，森林，江山……产生结结实实的我们这个时代特有的表情和文章；我们该不该诚恳地注意到这

机会或能造出的事业，各人将各人的一点点心血献出来尝试？

假使，这里又有了机会联聚起许多人，为要介绍许多方面的文字，更连而研讨文章的质的方面；或指出已往文章的历程，或讲究到各种文章上比较的问题，连而无形的讲究到程度和标准等问题，我又敢相信，在这种景况下定会发生更严重鼓励写作的主动力。使创作界增加问题，或许。惟其是增加了问题，才助益到创造界的活泼和健康。文艺绝不是蓬勃丛生的野草。

我们可否直爽地承认一桩事？创作的鼓动时常要靠着刊物把它的成绩布散出去吹风，晒太阳，和时代的读者把晤的。被风吹冷了，太阳晒萎了，固常有的事。被读者所欢迎，所冷淡，或

误会，或同情，归根应该都是激励创造力的药剂！至于，一来就高举趾，二来就气馁的作者，每个时代都免不了有他们起落踪迹。这个与创作界主体的展动只成枝节问题。哪一个创作兴旺的时代缺得了介绍散布作品的刊物，同那或能同情，或不了解的读众？

创作品是不能不与时代见面的，虽然作者的名姓，则并不一定。伟大作品没有和本时代见面，而被他时代发现珍视的固然有，但也只是偶然例外的事。希腊悲剧是在几万人前面唱演的，莎士比亚的戏更是街头巷尾的粗人都看得到的。到有刊物时代的欧洲，更不用说，一首诗文出来人人争买着看，就是中国在印刷艰难的时候，也是什么"传诵一时"；什么"人手一抄"……

创作的主力固在心底，但逼迫着这只有时间性的情绪语言而留它在空间里的，却常是刊物这一类的鼓励和努力所促成。

现走遍人间是能刺激起创作的主力。尤其在中国，这种日子，那一副眼睛看到了些什么，舌头底下不立刻紧急的想说话，乃至于歌泣！如果创作界仍然有点消沉寂寞的话——努力的少，尝试的稀罕——那或是有别的缘故而使然。我们问：能鼓励创作界的活跃性的是些什么？刊物是否可以救济这消沉的？努力过刊物的诞生的人们，一定知道刊物又时常会因为别的复杂原因而夭折的。它常是极脆嫩的孩儿……那么有创作冲动的笔锋，努力于刊物的手臂，此刻何不联在一起，再来一次合作，逼着创造界又挺出一个新鲜的萌芽！管它将来能不能成田壤，成森林，成江山，一个萌芽是一个萌芽。脆嫩？惟其是脆嫩，我们大家才更要来爱护它。

这时代是我们特有的，结果我们单有情感而没有表现这情绪的艺术，眼看着后代人笑我们是黑暗时代的哑子，没有艺术，没有文章，乃至于怀疑到我们有不有情感！

回头再看到祖宗传流下那神气的衣钵，怎不觉得惭愧！说世乱，杜老头子过的是什么日子！辛稼轩当日的愤慨当使我们同情……何必诉，诉不完。难道现在我们这时代没有形形色色的人物，喜剧悲剧般的人生作题？难道我们现时没有美丽，没有风雅，没有丑陋，恐慌，没有感慨，没有希望?！难道连经这些天灾战祸，我们都不会描述，身受这许多刺骨的辱痛，我们都不会愤慨高歌迸出一缕滚沸的血流?！

难道我们真麻木了不成？难道我们这时代的语辞真贫穷得不能达意？难道我们这时代真没有学问真没有文章?！朋友们努力挺出一根活的萌芽来，记着这个时代是我们的。

原刊1933年9月23日《大公报·文艺副刊》

山西通信

××××：

居然到了山西，天是透明的蓝，白云更流动得使人可以忘记很多的事，单单在一点什么感情底下，打滴溜转；更不用说到那山山水水，小堡垒，村落，反映着夕阳的一角庙，一座塔！景物是美得到处使人心慌心痛。

我是没有出过门的，没有动身之前不容易动，走出来之后却就不知道如何流落才好。旬日来眼看去的都是图画，日子都是可以歌唱的古事。黑夜里在山场里看河南来到山西的匠人，围住一个大红炉子打铁，火花和铿锵的声响，散到四围黑影里去。微月中步行寻到田陇废庙，划一根"取灯"①偷偷照看那瞭望观音的脸，一片平静几百年来，没有动过感情的，在那一闪光底下，倒像挂上一缕笑意。

我们因为探访古迹走了许多路；在种种情形之下感慨到古今兴废。在草丛里读碑碣，在砖堆中间偶然碰到菩萨的一只手一个微笑，都是可以激动起一些不平常的

---

① 火柴。——编者注

感觉来的。乡村的各种浪漫的位置，秀丽天真；中间人物维持着老老实实的鲜艳颜色，老的扶着拐杖，小的赤着胸背，沿路上点缀的，尽是他们明亮的眼睛和笑脸。由北平城里来的我们，东看看，西走走，夕阳背在背上，真和掉在另一个世界里一样！云块、天、和我们之间似乎失掉了一切障碍。我乐时就高兴的笑，笑声一直散到对河对山，说不定那一个林子，那一个村落里去！我感觉到一种平坦，竟许是辽阔，和地面恰恰平行着舒展开来，感觉的最边缘的边缘，和大地的边缘，永远赛着向前伸……

　　我不会说，说起来也只是一片疯话人家不耐烦听。以我描写一些实际情形我又不大会，总而言之，远地里，一处田亩有人在工作，上面青的，黄的，紫的，分行地长着；每一处山坡上，有人在走路，放羊，迎着阳光，背着阳光，投射着转动的光影；每一个小城，前面站着城楼，旁边睡着小庙，那里又托出一座石塔，神和人，都服帖的，满足的，守着他们那一角天地，近地里，则更有的是热闹，一条街里站满了人，孩子头上梳着三个小辫子的，四个小辫子的，乃至于五六个小辫子的，衣服简单到只剩一个红兜肚，上面隐约也总有他嬷嬷挑的两三朵花！

　　娘娘庙前面树荫底下，你又能阻止谁来看热闹？教书先生出来了，军队里兵卒拉着马过来了，几个女人娇羞地手拉着手，也扭着来站在一边了，小孩子争着挤，看我们照相，拉皮尺量平面，教书先生帮忙我们拓碑文。说起来这个那个庙，都是年代可多了，什么时候盖的，谁也说不清了！说话之人来得太多，我们工作实在发生困难了，可是我们大家都顶高兴的，小孩子一边抱着饭碗吃饭，一边睁着大眼

看，一点子也不松懈。

我们走时总是一村子的人来送的，儿媳妇指着说给老婆婆听，小孩们跑着还要跟上一段路。开栅镇，小相村，大相村，那一处不是一样的热闹，看到北齐天保三年造像碑，我们不小心地，漏出一个惊异的叫喊，他们乡里弯着背的，老点儿的人，就也露出一个得意的微笑，知道他们村里的宝贝，居然吓着这古怪的来客了。"年代多了吧？"他们骄傲地问。"多了多了，"我们高兴地回答，"差不多一千四百年了。"呀，一千四百年！"我们便一齐骄傲起来。

我们看看这里金元重修的，那里明季重修的殿宇，讨论那式样做法的特异处，塑像神气，手续，天就渐渐黑下来，嘴里觉到渴，肚里觉到饿，才记起一天的日子圆圆整整地就快结束了。回来躺在床上，绮丽鲜明的印象仍然挂在眼睛前边，引导着种种适意的梦，同时晚饭上所吃的菜蔬果子，便给养充实着，我们明天的精力，直到一大颗太阳，红红的照在我们的脸上。

原刊1934年8月25日《大公报·文艺副刊》

窗子以外

话从哪里说起？等到你要说话，什么话都是那样渺茫的找不到个源头。

此刻，就在我眼帘底下坐着是四个乡下人的背影：一个头上包着黯黑的白布，两个褪色的蓝布，又一个光头。他们支起膝盖，半蹲半坐的，在溪沿的短墙上休息。每人手里一件简单的东西：一个是白木棒，一个篮子，那两个在树荫底下我看不清楚。无疑地他们已经走了许多路，再过一刻，抽完一筒旱烟以后，是还要走许多路的。兰花烟的香味频频随着微风，袭到我官觉上来，模糊中还有几段山西梆子的声调，虽然他们坐的地方是在我廊子的铁纱窗以外。

铁纱窗以外，话可不就在这里了。永远是窗子以外，不是铁纱窗就是玻璃窗，总而言之，窗子以外！

所有的活动的颜色、声音、生的滋味，全在那里的，你并不是不能看到，只不过是永远地在你窗子以外罢了。多少百里的平原土地，多少区域的起伏的山峦，昨天由窗子外映进你的眼帘，那是多少生命日夜在活动着的所在；每一根青的什么麦黍，都有人流过汗；每一粒黄的什么米粟，都有人吃去；其间还有的是周折，是热闹，是紧张！可是你则并不一定能看见，因为那所有的周折，热闹，紧张，全都在你窗子以外展演着。

在家里吧，你坐在书房里，窗子以外的景物本就有限。那里两树马缨，几棵丁香；榆叶梅横出疯杈的一大枝；海棠因为缺乏阳光，每年只开个两三朵——叶子上满是虫蚁吃的创痕，还卷着一点焦黄的边；廊子幽秀地开着扇子式，六边形的格子窗，透过外院的日光，外院的杂音。什么送煤的来了，偶然你看到一个两个被煤炭染成黔黑的脸；什么米送到了，一个人揹着一大口袋在背上，慢慢踱过屏门；还有自来水、电灯、电话公司来收账的，胸口斜挂着皮口袋，手里推着一辆自行车；更有时厨子来个朋友了，满脸的笑容，"好呀，好呀"地走进门房；什么赵妈的丈夫来拿钱了，那是每月一号一点都不差的，早来了你就听到两个人唧唧哝哝争吵的声浪。那里不是没有颜色，声音，生的一切活动，只是他们和你总隔个窗子——扇子式的，六边形的，纱的，玻璃的！

你气闷了把笔一搁说，这叫作什么生活！你站起来，穿上不能算太贵的鞋袜，但这双鞋和袜的价钱也就比——想它做什么，反正有人每月的工资，一定只有这价钱的一半乃至于更少。你出去雇洋车了，拉车的嘴里所讨的价钱当然是要比例价高得多，难道你就傻子似的答应下来？不，不，三十二子，拉就拉，不拉，拉倒！心里也明白，如果真要充内行，你就该说，二十六子，拉就拉——但是你好意思争！

车开始辗动了，世界仍然在你窗子以外。长长的一条胡同，一个个大门紧紧地关着。就是有开的，那也只是露出一角，隐约可以看到里面有南瓜棚子，底下一个女的，坐在小凳上缝缝做做的；另一个，抓住还不能走路的小孩子，伸出头来喊那过路卖白菜的。至于白菜是多少钱一斤，那你是听不见了，车子早已拉得老远，并且你也无须乎知道的。在你每月费用之中，伙食是一定占去若干的。在那一笔伙食费里，白菜又是多么小的一个数。难道你知道了门口卖的白菜多少钱一斤，你真把你哭丧着脸的厨子叫来申斥一顿，告诉他每一斤白菜他多开了你一个"大子儿"？

车越走越远了，前面正碰着粪车，立刻你拿出手绢来，皱着眉，把鼻子蒙得紧紧的，心里不知怨谁好。怨天做的事太古怪，好好的美丽的稻麦却需要粪来浇！怨乡下人太不怕臭，不怕脏，发明那么两个篮子，放在鼻前手车上，推着慢慢走！你怨市里行政人员不认真办事，如此脏臭不卫生的旧习不能改良，十余年来对这粪车难道真无办法？为着强烈的臭气隔着你窗子还不够远，

103

因此你想到社会卫生事业如何还办不好。

路渐渐好起来，前面墙高高的是个大衙门。这里你简直不止隔个窗子，这一带高高的墙是不通风的。你不懂里面有多少办事员，办的都是什么事；多少浓眉大眼的，对着乡下人做买卖的吆喝诈取；多少个又是脸黄黄的可怜虫，混半碗饭分给一家子吃。自欺欺人，里面天天演的到底是什么把戏？但是如果里面真有两三个人拼了命在那里奋斗，为许多人争一点便利和公道，你也无从知道！

到了热闹的大街了，你仍然像在特别包厢里看戏一样，本身不会，也不必参加那出戏；倚在栏杆上，你在审美的领略，你有的是一片闲暇。但是如果这里洋车夫问你在哪里下来，你会吃一惊，仓促不知所答。生活所最必需的你并不缺乏什么，你这出来就也是不必需的活动。

偶一抬头，看到街心和对街铺子前面那些人，他们都是急急忙忙地，在时间金钱的限制下采办他们生活所必需的。两个女人手忙脚乱地在监督着店里的伙计称秤。二斤四两，二斤四两的什么东西，且不必去管，反正由那两个女人的认真的神气上面看去，必是非同小可，性命交关的货物。并且如果称得少一点时，那两个女人为那点吃亏的分量必定感到重大的痛苦；如果称得多时，那伙计又知道这年头那损失在东家方面真不能算小。于是那两边的争持是热烈的，必须的，大家声音都高一点；女人脸上呈块红色，头发披下了一绺，又用手抓上去；伙计则维持着客气，口里嚷着：错不了，错不了！

热烈的，必须的，在车马纷纭的街心里，忽然由你车边冲出来两个人；男的，女的，各个提起两脚快跑。这又是干什么的，你心想，电车正在拐大弯。那两个原就追着电车，由轨道旁边擦过去，一边追着，一边向电车上卖票的说话。电车是不容易赶的，你在洋车上真不禁替那街心里奔走赶车的担心。但是你也知道如果这趟没赶上，他们就可以在街旁站个半点来钟，那些宁可望穿秋水不雇洋车的人，也就是因为他们的生活而必须计较和节省到洋车同电车价钱上那相差的数目。

此刻洋车跑得很快，你心里继续着疑问你出来的目的，到底采办一些什么必需的货物。眼看着男男女女挤在市场里面，门首出来一个，进去一个，手里都是持着包包裹裹，里边虽然不会全是他们当日所必需的，但是如果当中夹着一盒稍微奢侈的物品，则亦必是他们生活中间闪着亮光的一个愉快！你不是听见那人说吗？里面草帽，一块八毛五，贵倒贵点，可是"真不赖"！他提一提帽盒向着打招呼的朋友，他摸一摸他那剃得光整的脑袋，微笑充满了他整个脸。那时那一点迸射着光闪的愉快，当然地归属于他享受，没有一点疑问，因为天知道，这一年中他多少次地克己省俭，使他赚来这一次美满的、大胆的奢侈！

那点子奢侈在那人身上所发生的喜悦，在你身上却完全失掉作用，没有闪一星星亮光的希望！你想，整年整月你所花费的，和你那窗子以外的周围生活程度一比较，严格算来，可不都是非常糜费的用途？每奢侈一次，你心上只有多难过一次，所以车子经过的那些玻璃窗口，只有使你更惶恐，更空洞，更怀疑，前后彷徨不着边际。并且看了店里那些形形色色的货物，除非你真是傻子，难道不晓得它们多半是由哪一国工厂里制造出来的！奢侈是不能给你愉快的，它只有要加增你的戒惧烦恼。每一尺好看点的纱料，每一件新鲜点的工艺品！

你诅咒着城市生活，不自然的城市生活！检点行装说，走了，走了；这沉闷没有生气的生活，实在受不了，我要换个样子过活去。健康的旅行既可以看看山水古刹的名胜，又可以知道点内地纯朴的人情风俗。走了，走了，天气还不算太坏，就是走他一个月六礼拜也是值得的。

没想到不管你走到哪里，你永远免不了坐在窗子以内的。不错，许多时髦的学者常常骄傲地带上"考察"的神气，架上科学的眼镜，偶然走到哪里一个陌生的地方瞭望，但那无形中的窗子是仍然存的。不信，你检查他们的行李，有谁不带着罐头食品、帆布床，以及别的证明你还在你窗子以内的种种零星用品；你再摸一摸他们的皮包，那里短不了有些钞票；一到一个地方，你有的是一个提梁的小小世界。不管你的窗子朝向哪里望，所看到的多半则仍是在你窗子以外，隔层玻璃，或是铁纱！隐隐约约你看到一些颜色，听到一些声音，如果你私下满足了，那也没有什么，只是千万别高兴起说什么接触了，认识了若干事物人情，天知道那是罪过！洋鬼子们的一些浅薄，千万学不得。

你是仍然坐在窗子以内的，不是火车的窗子，汽车的窗子，就是客栈逆旅的窗子，再不然就是你自己无形中习惯的窗子，把你搁在里面。接触和认识实在谈不到，得天独厚的闲暇生活先不容你。一样是旅行，如果你背上掮的不是照相机而是一点做买卖的小血本，你就需要全副的精神来走路：你得留神投宿的地方；你得计算一路上每吃一次烧饼和几颗沙果的钱；遇着同行的战战兢兢地打招呼，互相捧出诚意，遇着困难时好互相关照帮忙；到了一个地方你是真带着整个血肉的身体到处碰运气，紧张的境遇不容你不奋斗，不与其他奋斗的血和肉的接触，直到经验使得你认识。

前日公共汽车里一列辛苦的脸，那些谈话，里面就有很多生活的分量。陕西过来做生意的老头和那旁坐的一股客气，是不得已的；由交城下车的客人执着红粉包纸烟递到汽车行管事手里也是有多少理由的，穿棉背心的老太婆默默地挟住一个蓝布包袱、一个钱包，是在用尽她的全副本领的。果然到了冀村，她错过站头，还亏别个客人替她要求车夫，将汽车退行两里路，她还不大相信地望着那村站，口里噜苏着这地方和上次如何两样了。开车的一面发牢骚一面爬到车顶替老太婆拿行李，经验使得他有一种涵养，行旅中少不了有认不得路的老太太，这个道理全世界是一样的，伦敦警察之所以特别和蔼，也是从迷路的老太太孩子们身上得来的。

话说了这许多，你仍然在廊子底下坐着，窗外送来溪流的喧响，兰花烟气味早已消失，四个乡下人这时候当已到了上流“庆和义”磨坊前

面。昨天那里磨坊的伙计很好笑的满脸挂着面粉，让你看着磨坊的构造；坊下的木轮，屋里旋转着的石碾，又在高低的院落里，来回看你所不经见的农具在日影下列着。院中一棵老槐、一丛鲜艳的杂花、一条曲曲折折引水的沟渠，伙计和气地说闲话。他用着山西口音，告诉你，那里一年可出五千多包的面粉，每包的价钱约略两块多钱。又说这十几年来，这一带因为山水忽然少了，

磨坊关闭了多少家，外国人都把那些磨坊租去作他们避暑的别墅。惭愧的你说，你就是住在一个磨坊里面，他脸上堆起微笑，让面粉一星星在日光下映着，说认得认得，原来你所租的磨坊主人，一个外国牧师，待这村子极和气，乡下人和他还都有好感情。

这真是难得了，并且好感的由来还有实证。就是那一天早上你无意中出去探古寻胜，这一省山明水秀，古刹寺院，动不动就是宋辽的原物。走到山上一个小村的关帝庙里，看到一个铁铎，刻着万历年号，原来是万历赐这村里庆成王的后人的，不知怎样流落到卖古董的手里，七年前让这牧师买去，晚上打着玩，嘹亮的钟声被村人听到，急忙赶来打听，要凑原价买回，情辞恳切，说起这是他们吕姓的祖传宝物，绝不能让它流落出境，这牧师于是真个把铁铎还了他们，从此便在关帝庙神前供着。

这样一来你的窗子前面便展开了一张浪漫的图画，打动了你的好奇，管它是隔一层或两层窗子，你也忍不住要打听点底细，怎么明庆成王的后人会姓吕！这下子文章便长了。

如果你的祖宗是皇帝的嫡亲弟弟，你是不会，也不愿，忘掉的。据说庆成王是永乐的弟弟，这赵庄村里的人都是他的后代。不过就是因为他们记得太清楚了，另一朝的皇帝都有些老大不放心，雍正间诏命他们

改姓，由姓朱改为姓吕，但是他们还有用二十字排行的方法，使得他们不会弄错他们是这一脉子孙。

这样一来你就有点心跳了，昨天你雇来那打水洗衣服的不也是赵庄村来的，并且还姓吕！果然那土头土脑圆脸大眼的少年是个皇裔贵族，真是有失尊敬了。那么这村子一定穷不了，但事实上则不见得。

田亩一片，年年收成也不坏。家家户户门口有特种围墙，像个小小堡垒——当时防匪用的。屋子里面有大漆衣柜衣箱，柜门上白铜擦得亮亮；炕上棉被红红绿绿也颇鲜艳。可是据说关帝庙里已有四年没有唱戏了，虽然戏台还高巍巍地对着正殿。村子这几年穷了，有一位王孙告诉你，唱戏太花钱，尤其是上边使钱。这里到底是隔个窗子，你不懂了，一样年年好收成，为什么这几年村子穷了，只模模糊糊听到什么军队驻了三年多等，更不懂是，村子向上一年辛苦后的娱乐，关帝庙里唱唱戏，得上面使钱? 既然隔个窗子听不明白，你就通气点别尽管问了。

隔着一个窗子你还想明白多少事? 昨天雇来吕姓倒水，今天又学洋鬼子东逛西逛，跑到下面养着鸡羊，上面挂有武魁匾额的人家，让他们用你不懂得的乡音招呼你吃茶，炕上坐，坐了半天出到门口，和那送客的女人周旋客气了一回，才恍然大悟，她就是替你倒脏水洗衣裳的吕姓王孙的妈，前晚上还送饼到你家来过！

这里你迷糊了。算了算了！你简直老老实实地坐在你窗子里得了，窗子以外的事，你看了多少也是枉然，大半你是不明白，也不会明白的。

原载1934年9月5日《大公报·文艺副刊》

纪念志摩去世四周年

今天是你走脱这世界的四周年！朋友，我们这次拿什么来纪念你？前两次的用香花感伤地围上你的照片，抑住嗓子底下叹息和悲哽，朋友和朋友无聊地对望着，完成一种纪念的形式，俨然是愚蠢的失败。因为那时那种近于伤感，而又不够宗教庄严的举动，除却点明了你和我们中间的距离，生和死的间隔外，实在没有别的成效；几乎完全不能达到任何真实纪念的意义。

去年今日我意外地由浙南路过你的家乡，在昏沉的夜色里我独立火车门外，凝望着那幽暗的站台，默默地回忆许多不相连续的过往残片，直到生和死间居然幻成一片模糊，人生和火车似的蜿蜒一串疑问在苍茫间奔驰。我想起你的：

> 火车禽住轨，在黑夜里奔
> 过山，过水，过……

如果那时候我的眼泪曾不自主地溢出睫外，我知道你定会原谅我的。你应当相信我不会向悲哀投降，什么时候我都相信倔强的忠于生的，即使人生如你底下所说：

> 就凭那精窄的两道，算是轨，
> 驮着这份重，梦一般的累坠！

就在那时候我记得火车慢慢地由站台拖出，一程一程地前进，我也随着酸怆的诗意，那"车的呻吟"，"过荒野，过池塘……过嗓口的村庄"。到了第二站——我的一半家乡。

今年又轮到今天这一个日子！世界仍旧一团糟，多少地方是黑云布满着粗筋络往理想的反面猛进，我并不在瞎说，当我写：

> 信仰只一细炷香，
>
> 那点子亮再经不起西风
>
> 沙沙的隔着梧桐树吹

朋友，你自己说，如果是你现在坐在我这位子上，迎着这一窗太阳：眼看着菊花影在墙上描画作态；手臂下倚着两叠今早的报纸；耳朵里不时隐隐地听着朝阳门外"打靶"的枪弹声；意识的，潜意识的，要明白这生和死的谜，你又该写成怎样一首诗来，纪念一个死别的朋友？

此时，我却是完全的一个糊涂！习惯上我说，每桩事都像是造物的意旨，归根都是运命，但我明知道每桩事都有我们自己的影子在里面烙印着！我也知道每一个日子是多少机缘巧合凑拢来拼成的图案，但我也疑问其间的摆布谁是主宰。据我看来：死是悲剧的一章，生则更是一场悲剧的主干！我们这一群剧中的角色自身性格与性格矛盾；理智与情感两不相容；理想与现实当面冲突，侧面或反面激成悲哀。日子一天一天向前转，昨日和昨日堆垒起来混成一片不可避脱的背景，做成我们周遭的墙壁或气氛，那么结实又那么缥缈，使我们每一人站在每一天的每一个时候里都是那么主要，又是那么渺小无能为！

此刻我几乎找不出一句话来说，因为，真的，我只是个完全的糊涂；感到生和死一样的不可解，不可懂。

但是我却要告诉你，虽然四年了你脱离去我们这共同活动的世界，本身停掉参加牵引事体变迁的主力，可是谁也不能否认，你仍立在我们烟涛渺茫的背景里，间接的是一种力量，尤其是在文艺创造的努力和信仰方面。间接的你任凭自然的音韵、颜色、不时的风轻月白、人的无定律的一切情感，悠断悠续地仍然在我们中间继续着生，仍然与我们共同交织着这生的纠纷，继续着生的理想。你并不离我们太远。你的身影永远挂在这里那里，同你生前一样的飘忽，爱在人家不经意时茁止，带来勇气的笑声也总是那么嘹亮，还有，还有经过你热情或焦心苦吟的那些诗，一首一首仍串着许多人的心旋转。

　　说到你的诗，朋友，我正要正经地同你再说一些话。你不要不耐烦，这话迟早我们总要说清的。人说盖棺定论，前者早已成了事实，这后者在这四年中，说来叫人难受，我还未曾读到一篇中肯或诚实的论评，虽然对你的赞美和攻讦由你去世后一两周间，就纷纷开始了。但是他们每人手里拿的都不像纯文艺的天平；有的喜欢你的为人，有的疑问你私人的道德；有的单单尊崇你诗中所表现的思想哲学，有的仅喜爱那些软弱的细致的句子，有的每发议论必须牵涉到你的个人生活之合乎规矩方圆，或断言你是轻薄，或引证你是浮奢豪侈！朋友，我知道你从不介意过这些，许多人的浅陌老实或刻薄处你早就领略过一堆，你不止未曾生过气，并且常常表示怜悯同原谅；你的心情永远是那么洁净；头老抬得那么高；胸中老是那么完整的诚挚；臂上老有那么许多不折不挠的勇气。但是现在的情形与以前却稍稍不同，你自己既已不在这里，做你朋友的，眼看着你被误解，曲解，乃至于谩骂，有时真忍不住替你不平。

　　但你可别误会我心眼儿窄，把不相干的看成重要，我也知道误解曲解谩骂，都是不相干的，但是朋友，我们谁都需要有人了解我们的时候，真了解了我们，即使是痛下针砭，骂着了我们的弱处错处，那整个的我们却因而更增添了意义，一个作家文艺的总成绩更需要一种就文论文，就艺术论艺术的和平判断。

　　你在《猛虎集》"序"中说"世界上再没有比写诗更惨的事"，你却并未说明为什么写诗是一桩惨事，现在让我来个注脚好不好？我看一个人一生为着一个愚诚的倾向，把所感受到的复杂的情绪尝味到的生活，放到自己的理想和信仰的锅炉里烧炼成几句悠扬铿锵的语言（哪怕是几声小唱），来满足他自己本能的艺术的冲动，这本来是个极寻常的事。哪一个地方哪一个时代，都不断有这种人。轮着做这种人的多半是为着他情感来的比寻常人浓富敏锐，而为着这情感而发生的冲动更是非实际的——或不全是实际的——追求，而需要那种艺术的满足而已。说起来写诗的人的动机多么简单可怜，正是如你"序"里所说"我们都是受支配的善良的生灵"，虽然有些诗人因为他们的成绩特别高厚旷阔包括了多数人，或整个时代的艺术和思想的冲动，从此便在人中间披上神秘的光圈，使"诗人"两字无形中挂着崇高的色彩。这样使一般努力于用韵文表现或描画人在自然万物相交错的情绪思想的，便被人的成见看作夸大狂的旗帜，需要同时代人的极冷酷的讥讪和不信任来扑灭它，以挽救人类的尊严和健康。

我承认写诗是惨淡经营，孤立在人中挣扎的勾当，但是因为我知道太清楚了，你在这上面单纯的信仰和诚恳的尝试，为同业者奋斗，卫护他们的情感的愚诚，称扬他们艺术的创造，自己从未曾求过虚荣，我觉得你始终是很逍遥舒畅的。如你自己所说："满头血水"，你"仍不曾低头"，你自己相信"一点性灵还在那里挣扎"，"还想在实际生活的重重压迫下透出一些声响来"。

简单地说，朋友，你这写诗的动机是坦白不由自主的，你写诗的态度是诚实，勇敢而倔强的。这在讨论你诗的时候，谁都先得明了的。

至于你诗的技巧问题，艺术上的造诣，在这新诗仍在彷徨歧路的尝试期间，谁也不能坚决地论断。不过有一桩事我很想提醒现在讨论新诗的人，新诗之由于无条件无形制宽泛到几乎没有一定的定义时代，转入这讨论外形内容，以至于音节韵脚章句意象组织等艺术技巧问题的时期，即是根据着对这方面努力尝试过的那一些诗，你的头两个诗集子就是供给这些讨论见解最多材料的根据。外国的土话说"马总得放在马车的前面"，不是？没有一些尝试的成绩放在那里，理论家是不能老在那里发一堆空头支票的，不是？

你自己一向不止在那里倔强地尝试用功，你还会用尽你所有活泼的热心鼓励别人尝试，鼓励"时代"起来尝试——这种工作是最犯风头嫌疑的，也只有你胆子大头皮硬顶得下来！我还记得你要印诗集子时我替你捏一把汗，老实说还替你在有文采的老前辈中间难为情过，我也记得我初听到人家找你办《晨报副刊》时我的焦急，但你居然板起个脸抓起两把鼓槌子为文艺吹打开路乃至于扫地，铺鲜花，不顾旧势力的非难，新势力的怀疑，你干你的事"事在人为，做了再说"那股子劲，以后别处也还很少见。

现在你走了，这些事渐渐在人的记忆中模糊下来，你的诗和文章也散漫在各小本集子里，压在有极新鲜的封皮的新书后面，谁说起你来，不是马马虎虎地承认你是过去中一个势力，就是拿能够挑剔看轻你的诗为本事（散文人家很少提到，或许"散文家"没有诗人那么光荣，不值得注意），朋友，这是没法子的事，我却一点不为此灰心，因为我有我的信仰。

我认为我们这写诗的动机既如前面所说那么简单愚诚；因在某一时，或某一刻敏锐地接触到生活上的锋芒，或偶然地触遇到理想峰巅上云彩星霞，不由得不在我们所习惯的语言中，编缀出一两串近于音乐的句子来，慰藉自己，解放自己，去追求超实际的真美，读诗者的反应一定有一大半也和我们这写诗的一样诚实天真，仅想在我们句子中间由

音乐性的愉悦，接触到一些生活的底蕴，渗合着美丽的憧憬；把我们的情绪给他们的情绪搭起一座浮桥；把我们的灵感，给他们生活添些新鲜；把我们的痛苦伤心再揉成他们自己忧郁的安慰！

我们的作品会不会长存下去，也就看它们会不会活在那一些我们从不认识的人，我们作品的读者，散在各时、各处互相不认识的孤单的人的心里的，这种事它自己有自己的定律，并不需要我们的关心的。你的诗据我所知道的，它们仍旧在这里浮沉流落，你的影子也就浓淡参差地系在那些诗句中，另一端印在许多不相识人的心里。朋友，你不要过于看轻这种间接的生存，许多热情的人他们会为着你的存在，而加增了生的意识的。伤心的仅是那些你最亲热的朋友们和同兴趣的努力者，你不在他们中间的事实，将要永远是个不能填补的空虚。

你走后大家就提议要为你设立一个"志摩奖金"来继续你鼓励人家努力诗文的素志，勉强象征你那种对于文艺创造拥护的热心，使不及认得你的青年人永远对你保存着亲热。如果这事你不觉到太寒伧不够热气，我希望你原谅你这些朋友们的苦心，在冥冥之中笑着给我们勇气来做这一些蠢诚的事吧。

二十四年十一月十九日　北平

原载1935年12月8日《大公报·文艺副刊》

蛛丝和梅花

真真的就是那么两根蛛丝，由门框边轻轻地牵到一枝梅花上。就是那么两根细丝，迎着太阳光发亮……再多了，那还像样吗？一个摩登家庭如何能容蛛网在光天白日里作怪，管它有多美丽，多玄妙，多细致，够你对着它联想到一切自然、造物的神工和不可思议处；这两根丝本来就该使人脸红，且在冬天够多特别！可是亮亮的、细细的，倒有点像银，也有点像玻璃制的细丝，委实不算讨厌，尤其是它们那么满脱风雅，偏偏那样有意无意地斜着搭在梅花的枝梢上。

你向着那丝看，冬天的太阳照满了屋内，窗明几净，每朵含苞的，开透的，半开的梅花在那里挺秀吐香，情绪不禁迷茫缥缈地充溢心胸，在那刹那的时间中振荡。同蛛丝一样的细弱，和不必需，思想开始抛引出去：由过去牵到将来，意识的，非意识的，由门框梅花牵出宇宙，浮云沧波踪迹不定。是人性，艺术，还是哲学，你也无暇计较，你不能制止你情绪的充溢，思想的驰骋，蛛丝梅花竟然是瞬息可以千里！

好比你是蜘蛛，你的周围也有你自织的蛛网，细致地牵引着天地，不怕多少次风雨来吹断它，你不会停止了这生命上基本的活动。此刻"……一枝斜好，幽香不知甚处……"

拿梅花来说吧，一串串丹红的结蕊缀在秀劲的傲骨上，最可爱，最可赏，等半绽将开地错落在老枝上时，你便会心跳！梅花最怕开；开了便没话说。索性残了，沁香拂散同夜里炉火都能成了一种温存的凄清。

记起了，也就是说到梅花，玉兰。初是有个朋友说起初恋时玉兰刚开完，天气每天的暖，住在湖旁，每夜跑到湖边林子里走路，又静坐幽僻石上看隔岸灯火，感到好像仅有如此虔诚地孤对一片泓碧寒星远市，才能把心里情绪抓紧了，放在最可靠最纯净的一撮思想里，始不至亵渎了或是惊着那"寤寐思服"的人儿。那是极年轻的男子初恋的情景——对象渺茫高远，反而近求"自我的"郁结深浅——他问起少女的情绪。

就在这里，忽记起梅花。一枝两枝，老枝细枝，横着，虬着，描着影子，喷着细香；太阳淡淡金色地铺在地板上；四壁琳琅，书架上的书和书签都像在发出言语；墙上小对联记不得是谁的集句；中条是东坡的诗。你敛住气，简直不敢喘息，踮起脚，细小的身形嵌在书房中间，看残照当窗，花影摇曳，你像失落了什么，有点迷惘。又像"怪东风着意相寻"，有点儿没主意！浪漫，极端的浪漫。"飞花满地谁为扫？"你问，情绪风似的吹动，卷过，停留在惜花上面。再回头看看，花依旧嫣然不语。"如此娉婷，谁人解看花意"，你更沉默，几乎热情地感到花的寂寞，开始怜花，把同情统统诗意地交给了花心！

这不是初恋，是未恋，正自觉"解看花意"的时代。情绪的不同，不止是男子和女子有分别，东方和西方也甚有差异。情绪即使根本相同，情绪的象征，情绪所寄托，所栖止的事物却常常不同。水和星子同西方情绪的联系，早就成了习惯。一颗星子在蓝天里闪，一流冷涧倾泄一片幽愁的平静，便激起他们诗情的波涌，心里甜蜜地，热情地便唱着由那些鹅羽的笔锋散下来的"她的眼如同星子在暮天里闪"，或是"明丽如同单独的那颗星，照着晚来的天"，或"多少次了，在一流碧水旁边，忧愁倚下她低垂的脸"。

惜花、解花太东方，亲昵自然，含着人性的细致是东方传统的情绪。

此外年龄还有尺寸，一样是愁，却跃跃似喜，十六岁时的，微风零乱，不颓废，不空虚，踮着理想的脚充满希望，东方和西方却一样。人老了脉脉烟雨，愁吟或牢骚多折损诗的活泼。大家如香山，稼轩，东坡，放翁的白发华发，很少不梗在诗里，至少是令人不快。话说远了，刚说是惜花，东方老少都免不了这嗜好，这倒不论老的雪鬓曳杖，深闺里也就攒眉千度。

最叫人惜的花是海棠一类的"春红"，那样娇嫩明艳，开过了残

116

红满地，太招惹同情和伤感。但在西方即使也有我们同样的花，也还缺乏我们的廊庑庭院。有了"庭院深深深几许"才有一种庭院里特有的情绪。如果李易安的"斜风细雨"底下不是"重门须闭"也就不"萧条"得那样深沉可爱；李后主的"终日谁来"也一样的别有寂寞滋味。看花更需庭院，深深锁在里面认识，不时还得有轩窗栏杆，给你一点凭借，虽然也用不着十二栏杆倚遍，那么慵弱无聊。

当然旧诗里伤愁太多；一首诗竟像一张美的证券，可以照着市价去兑现！所以庭花、乱红、黄昏、寂寞太滥，诗常失却诚实。西洋诗，恋爱总站在前头，或是"忘掉"，或是"记起"，月是为爱，花也是为爱，只使全是真情，也未尝不太腻味。就以两边好的来讲。拿他们的月光同我们的月色比，似乎是月色滋味深长得多。花更不用说了；我们的花"不是预备采下缀成花球，或花冠献给恋人的"，却是一树一树绰约的，个性的，自己立在情人的地位上接受恋歌的。

所以未恋时的对象最自然的是花，不是因为花而起的感慨——十六岁时无所谓感慨——仅是刚说过的自觉解花的情绪，寄托在那清丽无语的上边，你心折它绝韵孤高，你为花动了感情，实说你同花恋爱，也未尝不可——那惊讶狂喜也不减于初恋。还有那凝望，那沉思……

一根蛛丝！记忆也同一根蛛丝，搭在梅花上就由梅花枝上牵引出去，虽未织成密网，这诗意的前后，也就是相隔十几年的情绪的联络。

午后的阳光仍然斜照，庭院阒然，离离疏影，房里窗槅和梅花依然伴和成为图案，两根蛛丝在冬天还可算为奇迹，你望着它看，真有点像银，也有点像玻璃，偏偏那么斜挂在梅花的枝梢上。

二十五年新年漫记

原载1936年2月2日《大公报·文艺副刊》

117

《文艺丛刊小说选》题记

　　《大公报·文艺副刊》出了一年多，现在要将这第一年中属于创造的短篇小说提出来，选出若干篇，印成单行本供给读者更方便的阅览。这个工作的确该使认真的作者和读者两方面全都高兴。

　　这里篇数并不多，人数也不多，但是聚在一个小小的选集里也还结实饱满，拿到手里可以使人充满喜悦的希望。

　　我们不怕读者读过了以后，这燃起的希望或者又会黯下变成失望。因为这失望竟许是不可免的，如果读者对创造界诚恳地抱着很大的理想，心里早就叠着不平常的企望。但只要是读者诚实的反应，我们都不害怕。因为这里是一堆作者老实的成绩，合起来代表一年中创造界一部分的试验，无论拿什么标准来衡量它，断定它的成功或失败，谁也没有一句话说的。

　　现在姑且以编选人对这多篇作品所得的感想来说，供读者浏览评阅这本选集时一种参考，简单的就是底下的一点意见。

　　如果我们取鸟瞰的形势来观察这个小小的局面，至少有一个最显著的现象展在我们眼下。在这些作品中，在题材的选择上似乎有个很偏的倾向：那就是趋向农村或少受教育分子或劳力者的生活描写。这倾向并不偶然，说好一点，是我们这个时代对于他们——农人与劳力者——有浓重的同情和关心；说坏一点，是一种盲从趋时的现象。但最公平地说，还是上面的两个原因都有一点关系。描写劳工社会，乡村色彩已成一种风气，且在文艺界也已有一点成绩。初起的作家，或个性不强烈的作家，就容易不自觉的，因袭种种已有眉目的格调下笔。尤其是在我们这时代，青年作家都很难过自己在物质上享用，优越于一般少受教育的民众，便很自然地要认识乡村的穷苦，对偏僻的内地发生兴趣，反倒撇开自己所熟识的生活不写。拿单篇来讲，许多都写得好，还有些写得特别精彩的。但以创造界全盘试验来看，这种偏向表示贫弱，缺乏创造力量。并且为良心的动机而写作，那作品的艺术成分便会发疑问。我们希望选集在这一点上可以显露出这种创造力的缺乏，或艺术性的不纯真，刺激作家们自己更有个性，更热诚地来刻画这多面错综复杂的人生，不拘泥于任何一个角度。

除却上面对题材的偏向以外，创造文艺的认真却是毫无疑问的。前一时代在流畅文字的烟幕下，刻薄地以讽刺个人博取流行幽默的小说，现已无形地摈出努力创造者的门外，衰灭下去几至绝迹。这个情形实在也是值得我们作者和读者额手相庆的好现象。

在描写上，我们感到大多数所取的方式是写一段故事，或以一两人物为中心，或以某地方一桩事发生的始末为主干，单纯地发展与结束，这也是比较薄弱的手法。这个我们疑惑或是许多作者误会了短篇的限制，把它的可能性看得过窄的缘故。生活大胆的断面，这里少有人尝试，剖示贴己生活的矛盾也无多少人认真地来做。这也是我们中间一种遗憾。

至于关于这里短篇技巧的水准，平均的程度，编选人却要不避嫌疑地提出请读者注意。无疑地，在结构上，在描写上，在叙事与对话的分配上，多数作者已有很成熟自然地运用。生涩幼稚和冗长散漫的作品，在新文艺早期中毫无愧色地散见于各种印刷物中，现在已完全敛迹。通篇的连贯，文字的经济，着重点的安排，颜色图画的鲜明，已成为极寻常的标准。在各篇中我们相信读者一定不会不觉察到那些好处的；为着那些地方就给了编选人以不少愉快和希望。

最后如果不算离题太远，我们还要具体地讲一点我们对于作者与作品的见解。作品最主要处是诚实。诚实的重要还在题材的新鲜，结构的完整，文字的流丽之上。即作品需诚实于作者客观所明了，主观所体验的生活。小说的情景即使整个是虚构的，内容的情感却全得借力于迫真的，体验过的情感，毫不能用空洞虚假来支持着伤感的"情节"！所谓诚实并不是作者必须实际地经过在作品中所提到的生活，而是凡在作品中所提到的生活，的确都是作者在理智上所极明了，在感情上极能体验得出的情景或人性。许多人因为自疚生活方式不新鲜，而故意地选择了一些特殊浪漫，而自己并不熟识的生活来作题材，然后敲诈自己有限的幻想力去铺张出自己所没有的情感，来骗取读者的同情。这种创造既浪费文字来夸张虚伪的情景和伤感，那些认真的读者，要从文艺里充实生活认识人生的，自然要感到十分的不耐烦和失望的。

生活的丰富不在生存方式的种类多与少，做过学徒，又拉过洋车，去过甘肃又走过云南，却在客观的观察力与主观的感觉力同时的锐利敏捷，能多面地明了及尝味所见、所听、所遇，种种不同的情景；还得理会到人在生活上互相的关系与牵连；固定的与偶然的中间所起戏剧式的变化；最后更得有自己特殊的看法及思想，信仰或哲学。

一个生活丰富者不在客观的见过若干事物，而在主观的能激发很复杂、很不同的情感，和能够同情于人性的许多方面的人。

所以一个作者，在运用文字的技术学问外，必须是能立在任何生活上面，能在主观与客观之间，感觉和了解之间，理智上进退有余，情感上横溢奔放，记忆与幻想交错相辅，到了真即是假，假即是真的程度，他的笔下才现着活力真诚。他的作品才会充实伟大，不受题材或文字的影响，而能持久普遍的动人。

这些道理，读者比作者当然还要明白点，所以作品的估价永远操在认真的读者手里，这也是这个选集不得不印书，献与它的公正的评判者的一个原因。

原载1936年3月1日《大公报·文艺副刊》

究竟怎么一回事

写诗究竟是怎么一回事？

写诗，或可说是要抓紧一种一时闪动的力量，一面跟着潜意识浮沉，摸索自己内心所萦回，所着重的情感——喜悦，哀思，忧怨，恋情，或深，或浅，或缠绵，或热烈，又一方面顺着直觉，认识，辨味，在眼前或记忆里官感所触遇的意象——颜色，形体，声音，动静，或细致，或亲切，或雄伟，或诡异；再一方面又追着理智探讨，剖析，理会这些不同的性质，不同分量，流转不定的情感意象所互相融会，交错策动而发生的感念；然后以语言文字（运用其声音意义）经营，描画，表达这内心意

象，情绪，理解在同时间或不同时间里，适应或矛盾的所共起的波澜。

写诗，或又可说是自己情感的，主观的，所体验了解到的；和理智的，客观的，所体察辨别到的，同时达到一个程度，腾沸横溢，不分宾主地互相起了一种作用，由于本能的冲动，凭着一种天赋的兴趣和灵巧，驾驭一串有声音，有图画，有情感的言语，来表现这内心与外物息息相关的联系，及其所发生的悟理或境界。

写诗，或又可以说是若不知其所以然的，灵巧的，诚挚的，在传译给理想的同情者，自己内心所流动的情感穿过繁复的意象时，被理智所窥探而由直觉与意识分着记取的符录！一方面似是惨淡经营——至少是专诚致意，一方面似是借力于平时不经意的准备，"下笔有神"的妙手偶然拈来；忠于情感，又忠于意象，更忠于那一串刹那间内心整体闪动的感悟。

写诗，或又可说是经过若干潜意识的酝酿，突如其来的，在生活中

意识到那么凑巧的一顷刻小小时间；凑巧的，灵异的，不能自已的，流动着一片浓挚或深沉的情感，敛聚着重重繁复演变的情绪，更或凝定入一种单纯超卓的意境，而又本能地迫着你要刻画一种适合的表情。这表情积极的，像要流泪叹息或歌唱欢呼，舞蹈演述；消极的，又像要幽独静处，沉思自语。换句话说，这两者合一，便是一面要天真奔放，热情地自白去邀同情和了解，同时又要寂寞沉默，孤僻地自守来保持悠然自得的完美和严肃！

在这一个凑巧的一顷刻小小时间中（着重于那凑巧的），你的所有直觉，理智，官感，情感，记性和幻想，独立的及交互的都迸出它们不平常的锐敏，紧张，雄厚，壮阔及深沉。在它们潜意识的流动——独立地或交互地融会之间——如出偶然而又不可避免地涌上一闪感悟，和情趣——或即所谓灵感——或是亲切地对自我得失悲欢；或辽阔地对宇宙自然；或智慧地对历史人性。这一闪感悟或是混沌朦胧，或是透彻明晰。像光同时能照耀洞察，又能揣摩包含你的所有已经尝味，还在尝味，及幻想尝味的"生"的种种形色质量，且又活跃着其间错综重叠于人于我的意义。

这感悟情趣的闪动——灵感的脚步——来得轻时，好比潺潺清水婉转流畅，自然的洗涤，浸润一切事物情感，倒影映月，梦残歌罢，美感的旋起一种超实际的权衡轻重，可抒成慷慨缠绵千行的长歌，可留下如幽咽微叹般的三两句诗词。愉悦的心声，轻灵的心画，常如啼鸟落花，轻风满月，夹杂着情绪的缤纷；泪痕巧笑，奔放轻盈，若有意若无意地遗留在各种言语文字上。

但这感悟情趣的闪动，若激越澎湃来得强时，可以如一片惊涛飞沙，由大处见到纤微，由细弱的物体看它变动，宇宙人生，幻若苦谜。一切又如经过烈火燃烧锤炼，分散，减化成为净纯的茫焰气质，升处所有情感意象于空幻，神秘，变移无定，或不减不变绝对，永恒的玄哲境域里去，卓越隐奥，与人性情理遥远得好像隔成距离。身受者或激昂通达，或禅寂淡远，将不免挣扎于超情感，超意象，乃至于超言语，以心传心的创造。隐晦迷离，如禅偈玄诗，便不可制止地托生在与那幻理境界几不适宜的文字上，占定其生存权。

写诗……

总而言之，天知道究竟写诗是怎么一回事。在写诗的时候，或者是"我知道，天知道"；到写了之后，最好学Browning不避嫌疑地自讯的，只承认"天知道"，天下关于写诗的笔墨官司便都省了。

我们仅听到写诗人自己说一阵奇异的风吹过，或是一片澄清的月色，一个惊讶，一次心灵的振荡，便开始他写诗的尝试，迷于意境文字音乐的搏斗，但是究竟这灵异的风和月，心灵的振荡和惊讶是什么？是不是仍为那可以追踪到内心直觉的活动；到潜意识后面那错综交流的情感与意象；那意识上理智的感念思想；以及要求表现的本能冲动？灵异的风和月所指的当是外界的一种偶然现象，同时却也是指它们是内心活动的一种引火线。诗人说话没有不打比喻的。

我们根本早得承认诗是不能脱离象征比喻而存在的。在诗里情感必依附在意象上，求较具体的表现；意象则必须较明晰地或沉着地，恰适地烘托情感，表征含义。如果这还需要解释，常识的，我们可以问：在一个意识的或直觉的，官感，情感，理智，同时并重的一个时候，要一两句简约的话来代表一堆重叠交错的外象和内心情绪思想所发生的微妙的联系，而同时又不失却原来情感的质素分量，是不是容易或可能的事？一个比喻或一种象征在字面或事物上可以极简单，而同时可以带着字面事物以外的声音颜色形状，引起它们与其他事关系的联想。这个办法可以多方面地来辅助每句话确实的含义，而又加增官感情感理智每方面的刺激和满足，道理甚为明显。

无论什么诗都从不曾脱离过比喻象征，或比喻象征式的言语。诗中意象多不是寻常纯客观的意象。诗中的云霞星宿，山川草木，常有人性的感情，同时内心人性的感触反又变成外界的体象，虽简明浅现隐奥繁复各有不同的。但是诗虽不能缺乏比喻象征，象征比喻却并不是诗。

诗的泉源，上面已说过，是意识与潜意识的融会交流错综的情感意象和概念所促成；无疑的，诗的表现必是一种形象情感思想合一的语言。但是这种语言，不能仅是语言，它又须是一种类似动作的表情，这种表情又不能只是表情，而须是一种理解概念的传达。它同时须不断地传译情感，描写现象诠释感悟。它不是形体而须创造形体颜色；它是音声，却最多仅要留着长短节奏。最要紧的是按着疾徐高下和有限的铿锵音调，依附着一串单独或相连的字义上边；它须给直觉意识，情感理智，以整体的快惬。

因为相信诗是这样繁难的一列多方面条件的满足，我们不能不怀疑到纯净意识的，理智的，或可以说是"技术的"创造——或所谓"工"之绝无能为。诗之所以发生，就不叫它作灵感的来临，主要的亦在那一闪力量突如其来，或灵异的一刹那的"凑巧"，将所有繁复的"诗的因素"都齐集荟萃于一俄顷偶然的时间里。所以诗的创造或完成，主要亦当在那灵异的、凑巧的、偶然的活动，一部分属意识，一部分属直觉，更多一部分属潜意识的，所谓"不以文而妙"的"妙"。理智情感，明晰隐晦都不失之过偏。意象瑰丽迷离，转又朴实平淡，像是纷纷纭纭不知所从来，但飘忽中若有必然的缘素可寻；理解玄奥繁难，也像是纷纷纭纭莫明所以。但错杂里又是斑驳分明，情感穿插联系其中，若有若无，给草木气候，给热情颜色。一首好诗在一个会心的读者前边有时真会是一个奇迹！但是伤感流丽，铺张的意象，涂饰的情感，用人工连缀起来，疏忽地看去，也未尝不像是诗。故作玄奥渊博，颠倒意象，堆砌起重重理喻的诗，也可以赫然惊人一下。

写诗究竟是怎么一回事，真是唯有天知道得最清楚！读者与作者、读者与读者、作者与作者关于诗的意见，历史告诉我传统的是要永远地差别分歧，争争吵吵到无尽时。因为老实地说，谁也仍然不知道写诗是怎么一回事的，除却这篇文字所表示的，勉强以抽象的许多名词，具体的一些比喻来捉摸描写那一种特殊的直觉活动，献出一个极不能令人满意的答案。

原载1936年8月30日《大公报·文艺副刊》

彼　此

　　朋友又见面了，点点头笑笑，彼此晓得这一年不比往年，彼此是同增了许多经验。个别地说，这时间中每一人的经历虽都有特殊的形相，含着特殊的滋味，需要个别的情绪来分析来描述。

　　综合地说，这许多经验却是一整片仿佛同式同色，同大小，同分量的迷惘。你触着那一角，我碰上这一头，归根还是那一片迷惘笼罩着彼此。七月！——这两字就如同史歌的开头那么有劲——八月，九月带来了那狂风，后来。后来过了年——那无法忘记的除夕！——又是那一月，二月，三月，到了七月，再接再厉地又到了年夜。现在又是一月二月在开始……谁记得最清楚，这串日子是怎样地延续下来，生活如何地变？想来彼此都不会记得过分清晰，一切都似乎在迷离中旋转，但谁又会忘掉那么切肤的重重忧患的网膜？

　　经过炮火或流浪的洗礼，变换又变换的日月，难道彼此脸上没有一点记载这经验的痕迹？但是当整一片国土纵横着创痕，大家都是"离散而相失……去故乡而就远"，自然"心婵媛而伤怀兮，眇不知其所蹠"，脸上所刻那几道并不使彼此惊讶，所以还只是笑笑好。口角边常添几道酸甜的纹路，可以帮助彼此咀嚼生活。何不默认这一点：在迷惘中人最应该有笑，这种的笑，虽然是敛住神经，敛住肌肉，仅是毅力的后背，它却是必需的，如同保护色对于许多生物，是必需的一样。

　　那一晚在××江心，某一来船的甲板上，热臭的人丛中，他记起他那时的困顿饥渴和狼狈，旋绕他头上的却是那真实倒如同幻象，幻象又成了真实的狂敌杀人的工具，敏捷而近代型的飞机：美丽得像鱼像鸟……这里黯然的一搁笑是必需的，因为同样的另外一个人懂得那原始的骤然唤起纯筋肉反射作用的恐怖。他也正在想那时他在××车站台上露宿，天上有月，左右有人，零落如同被风雨摧落后的落叶，瑟索地蜷伏着，他们心里都在回味那一天他们所初次尝到的敌机的轰炸！谈话就可以这样无限制的延长，因为现在都这样的记忆——比这样更辛辣苦楚的——在各人心里真是太多了！随便提起一个地名大家所熟悉的都会或商埠，随着全会涌起怎样的一个最后印象！

再说初入一个陌生城市的一天——这经验现在又多普遍——尤其是在夜间，这里就把个别的情形和感触除外，在大家心底曾留下的还不是一剂彼此都熟识的清凉散？苦里带涩，那滋味侵入脾胃时，小小的冷噤会轻轻在背脊上爬过，用不着丝毫锐性的感伤！也许他可以说他在那夜进入××城内时，看到一列小店门前凄惶的灯，黄黄的发出奇异的晕光，使他嗓子里如梗着刺，感到一种发紧的触觉。你所记得的却是某一号车站后面黯白的煤汽灯射到陌生的街心里，使你心里好像失落了什么。

那陌生的城市，在地图上指出时，你所经过的同他所经过的也可以有极大的距离，你同他当时的情形也可以完全的不相同。但是在这里，个别的异同似乎非常之不相干；相干的仅是你我会彼此点头，彼此会意，于是也会彼此地笑笑。

七月在芦沟桥与敌人开火以后，纵横中国土地上的脚印密密地衔接起来，更加增了中国地域广漠的证据。每个人参加过这广漠地面上流转的大韵律的，对于尘土和血，两件在寻常不多为人所理会的，极寻常的天然质素，现在每人在他个别的角上，对它们都发生了莫大亲切的认识。每一寸土，每一滴血，这种话，已是可接触、可把持的十分真实的事物，不仅是一句话一个"概念"而已。

在前线的前线，兴奋和疲劳已掺拌着尘土和血另成一种生活的形体魂魄。睡与醒中间，饥与食中间，生和死中间，距离短得几乎不存在！生活只是一股力，死亡一片沉默的恨，事情简单得无可再简单。尚在生存着的，继续着是力，死去的也继续着堆积成更大的恨。恨又生力，力又变恨，惘惘地却勇敢地循环着，其他一切则全是悬在这两者中间悲壮热烈地穿插。

在后方，事情却没有如此简单，生活仍然缓弛地伸缩着；食宿生死间距离恰像黄昏长影，长长的，尽向前引伸，像要扑入夜色，同夜溶成一片模糊。在日夜宽泛的循回里于是穿插反更多了，真是天地无穷，人生长勤。生之穿插零乱而琐屑，完全无特殊的色泽或轮廓，更不必说英雄气息壮烈成分。斑斑点点仅像小血锈凝在生活上，在你最不经意中烙印生活。如果你有志不让生活在小处窳败，逐渐减损，由锐而钝，由张而弛，你就得更感谢那许多极平常而琐碎的摩擦，无日无夜地透过你的神经，肌肉或意识。这种时候，叹息是悬起了，因一切虽然细小，却绝非从前所熟识的感伤。每件经验都有它粗壮的真实，没有叹息的余地。口边那酸甜的纹路是实际哀乐所刻画而成，是一种坚忍韧性的笑。因为生活既不是简单的火焰时，它本身是很沉重，需要韧性地支持，需要产生这韧性支持的力量。

现在后方的问题，是这种力量的源泉在哪里？绝不凭着平日均衡的理智——那是不够的，天知道！尤其是在这时候，情感就在皮肤底下"踊跃其若汤"，似乎它所需要的是超理智的冲动！现在后方被缓的生活、紧的情感，两面摩擦得愁郁无快，居戚戚而不可解，每个人都可以苦恼而又热情地唱"终长夜之曼曼兮，掩此哀而不去，"或"宁溘死而流亡兮，不忍为此之常愁！"支持这日子的主力在哪里呢？你我生死，就不检讨它的意义以自大。也还需要一点结实的凭借才好。

我认得有个人，很寻常地过着国难日子的寻常人，写信给他朋友说，他的嗓子虽然总是那么干哑，他却要哑着嗓子私下告诉他的朋友：他感到无论如何在这时候，他为这可爱的老国家带着血活着，或流着血或不流着血死去，他都觉到荣耀，异于寻常的，他现在对于生与死都必然感到满足。这话或许可以在许多心弦上叩起回响，我常思索这简单朴实的情感是从哪里来的。信念？像一道泉流透过意识，我开始明了理智同热血的冲动以外，还有个纯真的力量的出处。信心产生力量，又可储蓄力量。

信仰坐在我们中间多少时候了，你我可曾觉察到？信仰所给予我们的力量不也正是那坚忍韧性的倔强？我们都相信，我们只要都为它忠贞地活着或死去，我们的大国家自会永远地向前迈进，由一个时代到又一个时代。我们在这生是如此艰难，死是这样容易的时候，彼此仍会微笑点头的缘故也就在这里吧？现在生活既这样的彼此患难同味，这信心

自是，我们此时最主要的联系，不信你问他为什么仍这样硬朗地活着，他的回答自然也是你的回答，如果他也问你。

信仰坐在我们中间多少时候了？那理智热情都不能代替的信心！

思索时许多事，在思流的过程中，总是那么晦涩，明了时自己都好笑所想到的是那么简单明显的事实！此时我拭下额汗，差不多可以意识到自己口边的纹路，我尊重着那酸甜的笑，因为我明白起来，它是力量。

话不用再说了，现在一切都是这么彼此，这么共同，个别的情绪这么不相干。当前的艰苦不是个别的，而是普遍的，充满整一个民族，整一个时代！我们今天所叫作生活的，过后它便是历史。客观的无疑我们彼此所熟识的艰苦正在展开一个大时代。所以别忽略了我们现在彼此地点点头。且最好让我们共同酸甜的笑纹，有力地，坚韧地，横过历史。

原载1939年2月5日《今日评论》1卷6期

一片阳光

放了假，春初的日子松弛下来。将午未午时候的阳光，澄黄的一片，由窗棂横浸到室内，晶莹地四处射。我有点发怔，习惯地在沉寂中惊讶我的周围。我望着太阳那湛明的体质，像要辨别它那交织绚烂的色泽，追逐它那不着痕迹的流动。看它洁净地映到书桌上时，我感到桌面上平铺着一种恬静，一种精神上的豪兴，情趣上的闲逸；即或所谓"窗明几净"，那里默守着神秘的期待，漾开诗的气氛。那种静，在静里似可听到那一处琤琮的泉流，和着仿佛是断续的琴声，低诉着一个幽独者自误的音调。看到这同一片阳光射到地上时，我感到地面上花影浮动，暗香吹拂左右，人随着晌午的光霭花气在变幻，那种动，柔谐婉转有如无声音乐，令人悠然轻快，不自觉地脱落伤愁。至多，在舒扬理智的客观里使我偶一回头，看看过去幼年记忆步履所留的残迹，有点儿惋惜时间；微微怪时间不能保存情绪，保存那一切情绪所曾流连的境界。

倚在软椅上不但奢侈，也许更是一种过失，有闲的过失。但东坡的辩护："懒者常似静，静岂懒者徒"，不是没有道理。如果此刻不倚榻上而"静"，则方才情绪所兜的小小圈子便无条件地失落了去！人家就不可惜它，自己却实在不能不感到这种亲密的损失的可哀。

就说它是情绪上的小小旅行吧，不走并无不可，不过走走未始不是更好。归根说，我们活在这世上到底最珍惜一些什么？果真珍惜万物之灵的人的活动所产生的种种，所谓人类文化？这人类文化到底又靠一些什么？我们怀疑或许就是人身上那一撮精神同机体的感觉，生理心理所共起的情感，所激发出的一串行为，所聚敛的一点智慧——那么一点点人之所以为人的表现。宇宙万物客观的本无所可珍惜，反映在人性上的山川草木禽兽才开始有了秀丽，有了气质，有了灵犀。反映在人性上的人自己更不用说。没有人的感觉，人的情感，即便有自然，也就没有自然的美，质或神方面更无所谓人的智慧，人的创造，人的一切生活艺术的表现！这样说来，谁该鄙弃自己感觉上的小小旅行？为壮壮自己胆子，我们更该相信惟其人类有这类情绪的驰骋，实际的世间才赓续着产生我们精神所寄托的文物精粹。

此刻我竟可以微微一咳嗽，乃至于用播音的圆润口调说：我们既然无疑的珍惜文化，即尊重盘古到今种种的艺术——无论是抽象的思想的艺术，或是具体的驾驭天然材料另创的非天然形象——则对于艺术所由来的渊源，那点点人的感觉，人的情感智慧（通称人的情绪的），又当如何地珍惜才算合理？

但是情绪的驰骋，显然不是诗或画或任何其他艺术建造的完成。这驰骋此刻虽占了自己生活的若干时间，却并不在空间里占任何一个小小位置！这个情形自己需完全明了。此刻它仅是一种无踪迹的流动，并无栖身的形体。它或含有各种或可捉摸的质素，但是好奇地探讨这个质素而具体要表现它的差事，无论其有无意义，除却本人外，别人是无能为力的。我此刻为着一片清婉可喜的阳光，分明自己在对内心交流变化的各种联想发生一种兴趣的注意，换句话说，这好奇与兴趣的注意已是我此刻生活的活动。一种力量又迫着我来把握住这个活动，而设法表现它，这不易抑制的冲动，或即所谓艺术冲动也未可知！只记得冷静的杜工部散散步，看看花，也不免会有"江上被花恼不彻，无处告诉只颠狂"的情绪上一片紊乱！玲珑煦暖的阳光照人面前，那美的感人力量就不减于花，不容我生硬地自己把情绪分划为有闲与实际的两种，而权其轻重，然后再决定取舍的。我也只有情绪上的一片紊乱。

情绪的旅行本偶然的事，今天一开头便为着这片春初晌午的阳光，现在也还是为着它。房间内有两种豪侈的光常叫我的心绪紧张如同花开，趁着感觉的微风，深浅零乱于冷智的枝叶中间。一种是烛光，高高的台座，长垂的烛泪，熊熊红焰当帘幕四下时各处光影掩映。那种闪烁明艳，雅有古意，明明是画中景象，却含有更多诗的成分。另一种便是这初春晌午的阳光，到时候有意无意的大片子洒落满室，那些窗棂栏板几案笔砚浴在光霭中，一时全成了静物图案；再有红蕊细枝点缀几处，室内更是轻香浮溢，叫人俯仰全触到一种灵性。

这种说法怕有点会发生误会，我并不说这片阳光射入室内，需要笔砚花香那些儒雅的托衬才能动人，我的意思倒是：室内顶寻常的一些供设，只要一片阳光这样又幽娴又洒脱地落在上面，一切都会带上另一种动人的气息。

这里要说到我最初认识的一片阳光。那年我六岁，记得是刚刚出了水珠以后——水珠即寻常水痘，不过我家乡的话叫它作水珠。当时我很喜欢那美丽的名字，忘却它是一种病，因而也觉到一种神秘的骄傲。只要人过我窗口问问出"水珠"吗？我就感到一种荣耀。那个感觉至今还印在脑子里。也为这个缘故，我还记得病中奢侈的愉悦心境。虽然同其他多次的害病一样，那次我仍然是孤独的被囚禁在一间房屋里休养的。那是我们老宅子里最后的一进房子；白粉墙围着小小院子，北面一排三间，当中夹着一个开敞的厅堂。我病在东头娘的卧室里。西头是婶婶的住房。娘同婶永远要在祖母的前院里行使她们女人们的职务的，于是我常是这三间房屋唯一留守的主人。

在那三间屋子里病着，那经验是难堪的。时间过得特别慢，尤其是在日中毫无睡意的时候。起初，我仅集注我的听觉在各种似脚步又不似脚步的上面。猜想着，等候着，希望着人来。间或听听隔墙各种琐碎的声音，由墙基底下传达出来又消敛了去。过一会，我就不耐烦了——不记得是怎样的，我就蹑着脚，捱着木床走到房门边。房门向着厅堂斜斜地开着一扇，我便扶着门框好奇地向外探望。

那时大概刚是午后两点钟光景，一张刚开过饭的八仙桌，异常寂寞地立在当中。桌下一片由厅口处射进来的阳光，泄泄融融地倒在那里。一个绝对悄寂的周围伴着这一片无声的金色的晶莹，不知为什么，忽使我六岁孩子的心里起了一次极不平常的振荡。

那里并没有几案花香，美术的布置，只是一张极寻常的八仙桌。如果我的记忆没有错，那上面在不多时间以前，是刚陈列过咸鱼、酱菜一类极寻常俭朴的午餐的。小孩子的心却呆了。或许两只眼睛倒张大一点，四处地望，似乎在寻觅一个问题的答案。为什么那片阳光美得那样动人？我记得我爬到房内窗前的桌子上坐着，有意无意地望望窗外，院里粉墙疏影同室内那片金色和煦绝然不同趣味。顺便我翻开手边娘梳妆用的旧式镜箱，又上下摇动那小排状抽屉，同那刻成花篮形的小铜坠子，不时听雀跃过枝清脆的鸟语。心里却仍为着那片阳光隐着一片模糊的疑问。

时间经过二十多年，直到今天，又是这样一泄阳光，一片不可捉摸，不可思议流动的而又恬静的瑰宝，我才明白我那问题是永远没有答案的。事实上仅是如此：一张孤独的桌，一角寂寞的厅堂。一只灵巧的镜箱，或窗外断续的鸟语，和水珠——那美丽小孩子的病名——便凑巧永远同初春静沉的阳光整整复斜斜地成了我回忆中极自然的联想。

原载1946年11月24日《大公报·文艺副刊》

小说

像一叶轻舸驶出了江河——

　　宛转它漂随命运的波涌
等候那阵阵风向远处推送。

　　算做一次过客在宇宙里，
认识这玲珑的生从容的死，
这飘忽的途程也就是个——

　　也就是个美丽美丽的梦。

窘

　　暑假中真是无聊到极点，维杉几乎急着学校开课，他自然不是特别好教书的——平日他还很讨厌教授的生活——不过暑假里无聊到没有办法，他不得不想到做事是可以解闷的。拿做事当作消遣也许是堕落，中年人特有的堕落。"但是，"维杉狠命地划一下火柴，"中年了又怎样？"他又点上他的烟卷连抽了几口。朋友到暑假里，好不容易找，都跑了，回南的不少，几个年轻的，不用说，更是忙得可以。当然脱不了为女性着忙，有的远赶到北戴河去。只剩下少朗和老晋几个永远不动的金刚，那又是因为他们有很好的房子有太太有孩子，真正过老牌子的中年生活，谁都不像他维杉的四不像的落魄！

　　维杉已经坐在少朗的书房里有一点多钟了，说着闲话，虽然他吃烟的时候比说话的多。难得少朗还是一味的活泼，他们中间隔着十年倒

是一件不很显著的事，虽则少朗早就做过他的四十岁整寿，他的大孩子去年已进了大学。这也是旧式家庭的好处，维杉呆呆地靠在矮榻上想，眼睛望着竹帘外大院子。一缸莲花和几盆很大的石榴树，夹竹桃，叫他对着北京这特有的味道赏玩。他喜欢北京，尤其是北京的房子、院子。有人说北京房子傻透了，尽是一律的四合头，这说话的够多没有意思，他哪里懂得那均衡即对称的庄严？北京派的摆花也是别有味道，连下人对盆花也是特别地珍

惜，你看哪一个大宅子的马号院里，或是门房前边，没有几盆花在砖头叠的座子上整齐地放着？想到马号维杉有些不自在了，他可以想象到他的洋车在日影底下停着，车夫坐在脚板上歪着脑袋睡觉，无条件地在等候他的主人，而他的主人……

无聊真是到了极点。他想立起身来走，却又看着毒火般的太阳胆怯。他听到少朗在书桌前面说："昨天我亲戚家送来几个好西瓜，今天该冰得可以了。你吃点吧？"

他想回答说："不，我还有点事，就要走了。"却不知不觉地立起身来说："少朗，这夏天我真感觉沉闷，无聊！委实说这暑假好不容易过。"

少朗递过来一盒烟，自己把烟斗衔到嘴里，一手在桌上抓摸洋火。他对维杉看了一眼，似笑非笑地皱了一皱眉头——少朗的眉头是永远有文章的。维杉不觉又有一点不自在，他的事情，虽然是好几年前的事情，少朗知道得最清楚——也许太清楚了。

"你不吃西瓜吗？"维杉想拿话岔开。

少朗不响，吃了两口烟，一边站起来按电铃，一边轻轻地说："难道你还没有忘掉？"

"笑话！"维杉急了，"谁的记性抵得住时间？"

少朗的眉头又皱了一皱，他信不信维杉的话很难说。他嘱咐进来的陈升到东院和太太要西瓜，他又说："索性请少爷们和小姐出来一块儿吃。"少朗对于家庭是绝对的旧派，和朋友们一处时很少请太太出来的。

"孩子们放暑假，出去旅行后，都回来了，你还没有看见吧？"

从玻璃窗，维杉望到外边，从石榴和夹竹桃中间跳着走来两个身材很高、活泼泼的青年和一个穿着白色短裙的女孩子。

"少朗，那是你的孩子，长得这么大了？"

"不，那个高的是孙家的孩子，比我的大两岁，他们是好朋友，这暑假他就住在我们家里。你还记得孙石年不？这就是他的孩子，好聪明的！"

"少朗，你们要都让你们的孩子这样的长大，我，我觉得简直老了！"

竹帘子一响，旋风般地，三个活龙似的孩子已经站在维杉跟前。维杉和小孩子们周旋，还是维杉有些不自在，他很别扭地拿着长辈的样子问了几句话。起先孩子们还很规矩，过后他们只是乱笑。那又有什么办法？天真烂漫的青年知道什么？

少朗的女儿，维杉三年前看见过一次，那时候她只是十三四岁光景，张着一双大眼睛，转着黑眼珠，玩他的照相机。这次她比较腼腆地站在一边，拿起一把刀替他们切西瓜。维杉注意到她那只放在西瓜上边的手。她在喊"小篁哥"。她说："你要切，我可以给你这一半。"小嘴抿着微笑。她又说："可要看谁切得别致，要式样好！"她更笑得厉害一点。

维杉看她比从前虽然高了许多，脸样却还是差不多那么圆满，除却一个小尖的下颏。笑的时候她的确比不笑的时候大人气一点，这也许是她那排小牙很有点少女的丰神的缘故。她的眼睛还是完全的孩子气，闪亮，闪亮的，说不出还是灵敏，还是秀媚。维杉呆呆地想：一个女孩子在成人的边缘真像一个绯红的刚成熟的桃子。

孙家的孩子毫不客气地过来催她说："你哪里懂得切西瓜，让我来吧！"

"对了，芝妹，让他吧，你切不好的！"她哥哥也催着她。

"爹爹，他们又打伙着来麻烦我。"她柔和地唤她爹。

"真丢脸，现时的女孩子还要爹爹保护吗？"他们父子俩对看着笑了一笑，他拉着他的女儿过来坐下问维杉说："你看她还是进国内的大学好，还是送出洋进外国的大学好？"

"什么？这么小就预备进大学？"

"还有两年，"芝先答应出来，"其实只是一年半，因为我年假里便可以完，要是爹让我出洋，我春天就走都可以的，爹爹说是不是？"她望着她的爹。

"小鸟长大了翅膀，就想飞！"

"不，爹，那是大鸟把他们推出巢去学飞！"他们父子俩又交换了一个微笑。这次她爹轻轻地抚着她的手背，她把脸凑在她爹的肩边。

两个孩子在小桌子上切了一会儿西瓜，小孙顶着盘子走到芝前边屈下一膝，顽皮地笑着说："这西夏进贡的瓜，请公主娘娘尝一块！"

她笑了起来拈了一块又向她爹说："爹看他们够多皮？"

"万岁爷，您的御口也尝一块！"

"沉，不先请客人，岂有此理！"少朗拿出父亲样子来。

"这位外邦的贵客，失敬了！"沉递了一块过来给维杉，又张罗着碟子。

维杉又觉着不自在——不自然！说老了他不算老，也实在不老。可是年轻？他也不能算是年轻，尤其是遇着这群小伙子。真是没有办法！他不知为什么觉得窘极了。

此后他们说些什么他不记得，他自己只是和少朗谈了一些小孩子在国外进大学的问题。他好像比较赞成国外大学，虽然他也提出了一大堆缺点和弊病，他嫌国内学生的生活太枯干，不健康，太窄，太老……

"自然，"他说，"成人以后看外国比较有尺寸，不过我们并不是送好些小学生出去，替国家做检查员的。我们只要我们的孩子得着我们自己给不了他们的东西。既然承认我们有给不了他们的一些东西，还不如早些送他们出去自由地享用他们年轻人应得的权利——活泼的生活。奇怪，真的连这一点子我们常常都给不了他们，不要讲别的了。"

"我们"和"他们"！维杉好像在他们中间划出一条界线，分明地分成两组，把他自己分在前辈的一边。他羡慕有许多人只是一味的老成，或是年轻，他虽然分了界线却仍觉四不像——窘，对了，真

窘！芝看着他，好像在吸收他的议论，他又不自在到万分，拿起帽子告诉少朗他一定得走了。"有一点事情要赶着做。"他又听到少朗说什么"真可惜，不然倒可以一同吃晚饭的"。他觉着自己好笑，嘴里却说："不行，少朗，我真的有事非走不可了。"一边慢慢地踱出院子来。两个孩子推着挽着芝跟了出来送客。到维杉迈上了洋车后他回头看大门口那三个活龙般年轻的孩子站在门槛上笑，尤其是她，略歪着头笑，露着那一排小牙。

又过了两三天的下午，维杉又到少朗那里闲聊，那时已经差不多七点多钟，太阳已经下去了好一会，只留下满天的斑斑的红霞。他刚到门口已经听到院子里的笑声。他跨进西院的月门，只看到小孙和芝在争着拉天棚。

"你没有劲，"小孙说，"我帮你的忙。"他将他的手罩在芝的上边，两人一同狠命地拉。听到维杉的声音，小孙放开手，芝也停住了绳子不拉，只是笑。

维杉一时感着一阵高兴，他往前走了几步对芝说："来，让我也拉一下。"他刚到芝的旁边，忽然吱呀一声，雨一般的水点从他们头上喷洒下来，冰凉的水点骤浇到背上，吓了他们一跳，芝撒开手，天棚绳子从她手心溜了出去！原来小沅站在水缸边玩抽水机筒，第一下便射到他们的头上。这下子大家都笑，笑得厉害。芝站着不住地摇她发上的水。维杉踌躇了一下，从袋里掏出他的大手绢轻轻地替她揩发上的水。她两颊绯红了却没有躲走，低着头尽看她擦破的掌心。维杉看到她肩上湿了一小片，晕红的肉色从湿的软白纱里透露出来，他停住手不敢也拿手绢擦；只问她的手怎样了，破了没有。她背过手去说："没有什么！"就溜地跑了。

少朗看他进了书房，放下他的烟斗站起来，他说维杉来得正好，他约了几个人吃晚饭。叔谦已经在屋内，还有老晋，维杉知道他们免不了要打牌的，他笑说："拿我来凑脚，我不来。"

"那倒用不着你，一会儿梦清和小刘都要来的，我们还多了人呢。"少朗得意地吃一口烟，叠起他的稿子。

"他只该和小孩子们耍去。"叔谦微微一笑，他刚才在窗口或者看到了他们拉天棚的情景。维杉不好意思了。可是又自觉得不好意思得毫无道理，他不是拿出老叔的牌子吗？可是不相干，他还是不自在。

"少朗的大少爷皮着呢，浇了老叔一头的水！"他笑着告诉老晋。

"可不许你把人家的孩子带坏了。"老晋也带点取笑他的意思。

维杉恼了，恼什么他不知道，说不出所以然。他不高兴起来，他想走，他懊悔他来的，可是他又不能就走。他闷闷地坐下，那种说不出的窘又侵上心来。他接连抽了好几根烟，也不知都说了一些什么话。

晚饭时候孩子们和太太并没有加入，少朗的老派头。老晋和少朗的太太很熟，饭后同了维杉来到东院看她。她们已吃过饭，大家围住圆桌坐着玩。少朗太太虽然已经是中年的妇人，却是样子非常的年轻，又很清雅。她坐在孩子旁边倒像是姊弟。小孙在用肥皂刻一副象棋——他爹是学过雕刻的——芝低着头用尺画棋盘的方格，一只手按住尺，支着细长的手指，右手整齐地用钢笔描。在低垂着的细发底下，维杉看到她抿紧的小嘴，和那微尖的下颏。

"杉叔别走，等我们做完了棋盘和棋子，同杉叔下一盘棋，好不好？"沅问他。"平下，谁也不让谁。"他更高兴着说。

"那倒好，我们辛苦做好了棋盘棋子，你请客！"芝一边说她的哥哥，一边又看一看小孙。

"所以他要学政治。"小孙笑着说。好厉害的小嘴！维杉不觉看他一眼，小孙一头微鬈的黑发让手抓得蓬蓬的。两个伶俐的眼珠老带些顽皮的笑。瘦削的脸却很健硕白皙。他的两只手真有性格，并且是意外的灵动，维杉就喜欢观察人家的手。他看小孙的手抓紧了一把小刀，敏捷地在刻他的棋子，旁边放着两碟颜色，每刻完了一个棋子，他在字上从容地描入绿色或是红色。维杉觉得他很可爱，便放一只手在他肩上说："真是一个小美术家！"

刚说完，维杉看见芝在对面很高兴地微微一笑。

少朗太太问老晋家里的孩子怎样了，又殷勤地搬出果子来大家吃。她说她本来早要去看晋嫂的，只是暑假中孩子们在家她走不开。

"你看，"她指着小孩子们说，"这一大桌子，我整天地忙着替他们当差。"

"好，我们帮忙的倒不算了。"芝抬起头来笑，又露着那排小牙。"晋叔，今天你们吃的饺子还是孙家篁哥帮着包的呢！"

"是吗？"老晋看一看她，又看了小孙，"怪不得，我说那味道怪顽皮的！"

"那红烧鸡里的酱油还是'公主娘'御手亲自下的呢。"小孙嚷着说。

"是吗？"老晋看一看维杉，"怪不得你杉叔跪接着那块鸡，差点没有磕头！"

维杉又有点不痛快，也不是真恼，也不是急，只是觉得窘极了。"你这晋叔的学位，"他说："就是这张嘴换来的。听说他和晋婶婶结婚的那一天演说了五个钟头，等到新娘子和傧相站在台上委实站不直了，他才对客人一鞠躬说：'今天只有这几句极简单的话来谢谢大家来宾的好意！'"

小孩们和少朗太太全听笑了，少朗太太说："够了，够了，这些孩子还不够皮的，你们两位还要教他们？"

芝笑得仰不起头来，小孙瞟她一眼，哼一声说："这才叫作女孩子。"她脸涨红了瞪着小孙看。

棋盘、棋子全画好了。老晋要回去打牌，孩子们拉着维杉不放，他只得留下，老晋笑了出去。维杉只装没有看见。小孙和芝站起来到门边脸盆里争着洗手，维杉听到芝说：

"好痛，刚才绳子擦破了手心。"

小孙说："你别用胰子就好了。来，我看看。"他拿着她的手仔细看了半天，他们两人拉着一块手巾一同擦手，又叽叽咕咕地说笑。

维杉觉得无心下棋，却不得不下。他们三个人战他一个。起先他懒洋洋地没有注意，过一刻他真有些应接不暇了。不知为什么他却觉着他不该输的，他不愿意输！说起真好笑，可是他的确感着要占胜，孩子不孩子他不管！芝的眼睛镇住看他的棋，好像和弱者表同情似的，他真急了。他野蛮起来了，他居然进攻对方的弱点了，他调用他很有点神气的马了，他走卒了，棋势紧张起来，两边将帅都不能安居在当中了。孩子们的车守住他大帅的脑门顶上，吃力的当然是维杉的棋！没有办法。三个活龙似的孩子，六个玲珑的眼睛，维杉又有什么法子！他输了输了，不过大帅还真死得英雄，对方的危势也只差一两子便要命的！但是事实上他仍然是输了。下完了以后，他觉得热，出了些汗，他又拿出手绢来刚要揩他的脑门，忽然他呆呆地看着芝的细松的头发。

"还不快给杉叔倒茶。"少朗太太喊她的女儿。

芝转身到茶桌上倒了一杯，两只手捧着，端过来。维杉不知为什么又觉得窘极了。

孩子们约他清早里逛北海，目的当然是摇船。他去了，虽然好几次他想设法推辞不去的。他穿他的白嘀哒裤子葛布上衣，拿了他草帽微觉得可笑，他近来永远地觉得自己好笑，这种横生的幽默，他自己也不了解的。他一径走到北海的门口还想着要回头的。站岗的巡警向他看了

141

一眼，奇怪，有时你走路时忽然望到巡警的冷静的眼光，真会使你怔一下，你要自问你都做了些什么事，准知道没有一件是违法的吗？他买到票走进去，猛抬头看到那桥前的牌楼。牌楼，白石桥，垂柳，都在注视他。——他不痛快极了，挺起腰来健步走到旁边小路上，表示不耐烦。不耐烦的脸本来与他最相宜的，他一失掉了"不耐烦"的神情，他便好像丢掉了好朋友，心里便不自在。懂得吧？他绕到后边，隔岸看一看白塔，它是自在得很，永远带些不耐烦的脸站着——还是坐着？——它不懂得什么年轻，老。这一些无聊的日月，它只是站着不动，脚底下自有湖水，亭榭松柏，杨柳，人——老的小的——忙着他们更换的纠纷！

他奇怪他自己为什么到北海来，不，他也不是懊悔，清早里松荫底下发着凉香，谁懊悔到这里来？他感着像青草般在接受露水的滋润，他居然感着舒快。奢侈的金黄色的太阳横着射过他的辉焰，湖水像锦，莲花莲叶并着肩挨挤成一片，像在争着朝觐这早上的云天！这富足，这绮丽的天然，谁敢不耐烦？维杉到五龙亭边坐下掏出他的烟卷，低着头想要仔细地，细想一些事，去年的，或许前年的，好多年的事——今早他又像回到许多年前去——可是他总想不出一个所以然来。"本来是，又何必想？要活着就别想！这又是谁说过的话……"

忽然他看到芝一个人向他这边走来。她穿着葱绿的衣裳，裙子很短，随着她跳跃的脚步飘动，手里玩着一把未开的小纸伞。头发在阳光里，微带些红铜色，那倒是很特别的。她看到维杉笑了一笑，轻轻地跑了几步凑上来，喘着说："他们租船去了。可是一个不够，我们还要雇一只。"维杉丢下烟，不知不觉地拉着她的手说：

"好，我们去雇一只，找他们去。"

她笑着让他拉着她的手。他们一起走了一些路，才找着租船的人。维杉看她赤着两只健秀的腿，只穿一双统子极短的袜子，和一双白布的运动鞋；微红的肉色和葱绿的衣裳叫他想起他心爱的一张新派作家的画。他想他可惜不会画，不然，他一定知道怎样的画她——微红的头发，小尖下颏，绿的衣服，红色的腿，两只手，他知道，一定知道怎样的配置。他想象到这张画挂在展览会里，他想象到这张画登在月报上，他笑了。

她走路好像是有弹性的奔腾。龙，小龙！她走得极快，他几乎要追着她。他们雇好船跳下去，船人一竹篙把船撑离了岸，他脱下衣裳卷起衫袖，他好高兴！她说她要先摇，他不肯，他点上烟含在嘴里叫她坐在对面。她忽然又腼腆起来低着头装着看莲花半晌没有说话，他的心像被蜂螫了一下，又觉得一阵窘，懊悔他出来。他想说话，却找不出一句话说，他尽摇着船也不知过了多少时候她才抬起头来问他说：

"杉叔，美国到底好不好？"

"那得看你自己。"他觉得他自己的声音粗暴，他后悔他这样尖刻地回答她诚恳的问话。他更窘了。

她并没有不高兴，她说："我总想出去了再说。反正不喜欢我就走。"

这一句话本来很平淡，维杉却觉得这孩子爽快得可爱，他夸她说：

"好孩子，这样有决断才好。对了，别错认学位做学问就好了，你预备学什么呢？"

她脸红了半天说："我还没有决定呢……爹要我先进普通文科再说……我本来是要想学……"她不敢说下去。

"你要学什么坏本领，值得这么胆怯！"

她的脸更红了，同时也大笑起来，在水面上听到女孩子的笑声，真有说不出的滋味，维杉对着她看，心里又好像高兴起来。

"不能宣布吗？"他又逗着追问。

"我想，我想学美术——画……我知道学画不该到美国去的，并且……你还得有天才，不过……"

"你用不着学美术的，更不必学画。"维杉禁不住这样说笑。

"为什么？"她眼睛睁得很大。

"因为，"维杉这回觉得有点不好意思了，他低声说，"因为你的本身便是美术，你此刻便是一张画。"他不好意思极了，为什么人不能够对着太年轻的女孩子说这种恭维的话？你一说出口，便要感着你自己的蠢，你一定要后悔的。她此刻的眼睛看着维杉，叫他又感着窘到极点了。她的嘴角微微地斜上去，不是笑，好像是鄙薄他这种的恭维她——没法子，话已经说出来了，你还能收回去?! 窘，谁叫他自己找事！

两个孩子已经将船拢来，到他们一处，高兴地嚷着要赛船。小孙立在船上，高高的细长身子穿着白色的衣裳在荷叶丛前边格外明显。他两只手叉在脑后，眼睛看着天，嘴里吹唱一些调子。他又伸只手到叶丛里摘下一朵荷花。

"接，快接！"他轻轻掷到芝的面前，"怎么了，大清早里睡着了？"

她只是看着小孙笑。

"怎样，你要在哪一边，快拣定了，我们便要赛船了。"维杉很老实地问芝，她没有回答。她哥哥替她决定了，说，"别换了，就这样吧。"

赛船开始了，荷叶太密，有时两个船几乎碰上，在这种时候芝便笑得高兴极了，维杉摇船是老手，可是北海的水有地方很浅，有时不容易发展，可是他不愿意再在孩子们面前丢丑，他决定要胜过他们，所以他很加小心和力量。芝看到后面船渐渐要赶上时她便催他赶快，他也愈努力了。

太阳积渐热起来，维杉们的船已经比沅的远了很多，他们承认输了预备回去，芝说杉叔一定乏了，该让她摇回去，他答应了她。

他将船板取开躺在船底，仰着看天。芝将她的伞借他遮着太阳，自己把荷叶包在头上摇船。维杉躺着看云，看荷花梗，看水，看岸上的亭子，把一只手丢在水里让柔润的水浪洗着。他让芝慢慢地摇他回去，有时候他张开眼看她，有时候他简直闭上眼睛，他不知道他是快活还是苦痛。

少朗的孩子是老实人，浑厚得很却不笨，听说在学校里功课是极好的。走出北海时，他跟维杉一排走路和他说了好些话。他说他愿意在大学里毕业了才出去进研究院的。他说，可是他爹想后年送妹妹出去进大学；那样子他要是同走，大学里还差一年，很可惜；如果不走，妹妹又不肯白白地等他一年。当然他说小孙比他先一年完，正好可以和妹妹同走。不过他们三个老是在一起惯了，如果他们两人走了，他一个人留在国内一定要感着闷极了，他说，"炒鸡子"这事简直是"糟糕一麻丝"。

他又讲小孙怎样的聪明，运动也好，撑杆跳的式样"简直是太好"，还有游水他也好。"不用说，他简直什么都干！"他又说小孙本来在足球队里的，可是这次和天津比赛时，他不肯练。"你猜为什么？"他问维杉，"都是因为学校盖个喷水池，他整天守着石工看他们刻鱼！"

"他预备也学雕刻吗？他爹我认得，从前也学过雕刻的。"维杉问他。

"那我不知道，小孙的文学好，他写了许多很好的诗——爹爹也说很好的，"沅加上这一句证明小孙的诗的好是可靠的。"不过，他乱得很，稿子不是撕了便是丢了的。"他又说他怎样有时替他捡起抄了寄给《校刊》。总而言之沅是小孙的"英雄崇拜者"。

沅说到他的妹妹，他说他妹妹很聪明，她不像寻常的女孩那么"讨厌"，这里他脸红了。他说："别扭得讨厌，杉叔知道吧？"他又说他班上有两个女学生，对于这个他表示非常的不高兴。

维杉听到这一大篇谈话，知道简单点讲，他维杉自己，和他们中间至少有一道沟——并不是什么了不得的间隔——只是一个年龄的深沟，桥是搭得过去的，不过深沟仍然是深沟，你搭多少条桥，沟是仍然不会消灭的。他问沅几岁，沅说："整整的快十九了。"他妹妹虽然是十七，"其实只满十六年"。维杉不知为什么又感着一阵不舒服，他回头看小孙和芝并肩走着，高兴地说笑。"十六，十七。"维杉嘴里哼哼着。究竟说三十四不算什么老，可是那就已经是十七的一倍了。谁又愿意比人家岁数大出一倍，老实说！

维杉到家时并不想吃饭，只是连抽了几根烟。

过了一星期，维杉到少朗家里来。门房里陈升走出来说："老爷到对过张家借打电话去，过会子才能回来。家里电话坏了两天，电话局还不派人来修理。"陈升是个打电话专家，有多少曲折的传话，经过他的嘴，就能一字不漏地溜进电话筒。那也是一种艺术。他的方法听着很简单，运用起来的玄妙你就想不到。哪一次维杉走到少朗家里不听到陈升在过厅里向着电话："喂，喂，呔，我说，我说呀！"维杉向陈升一笑，他真不能替陈升想象到没有电话时的烦闷。

"好，陈升，我自己到书房里等他，不用你了。"维杉一个人蹽过那静悄悄的西院，金鱼缸，莲花，石榴，他爱这院子，还有隔墙的枣树，海棠。他掀开竹帘走进书房。迎着他眼的是一排丰满的书架，壁上挂的朱拓的黄批，和屋子当中的一大盆白玉兰，幽香充满了整间屋子。维杉很羡慕少朗的生活。夏天里，你走进一个搭着天棚的一个清凉大院

子，静雅的三间又大又宽的北屋，屋里满是琳琅的书籍，几件难得的古董，再加上两三盆珍罕的好花，你就不能不艳羡那主人的清福！

维杉走到套间小书斋里，想写两封信，他忽然看到芝一个人伏在书桌上。他奇怪极了，轻轻地走上前去。

"怎么了？不舒服吗，还是睡着了？"

"吓我一跳！我以为是哥哥回来了……"芝不好意思极了。维杉看到她哭红了的眼睛。

维杉起先不敢问，心里感得不过意，后来他伸一只手轻抚着她的头说："好孩子，怎么了？"

她的眼泪更扑簌簌地掉到裙子上，她拈了一块——真是不到四寸见方——淡黄的手绢拼命地擦眼睛。维杉想，她叫你想到方成熟的桃或是杏，绯红的，饱饱的一颗天真，让人想摘下来赏玩，却不敢真真地拿来吃，维杉不觉得没了主意。他逗她说：

"准是嬷打了！"

她拿手绢蒙着脸偷偷地笑了。

"怎么又笑了？准是你打了嬷了！"

这回她伏在桌上索性嗤嗤地笑起来。维杉糊涂了。他想把她的小肩膀搂住，吻她的粉嫩的脖颈，但他又不敢。他站着发了一会儿呆。他看到椅子上放着她的小纸伞，他走过去坐下开着小伞说玩。

她仰起身来，又擦了半天眼睛，才红着脸过来拿她的伞，他不给。

"刚从哪里回来，芝？"他问她。

"车站。"

"谁走了？"

"一个同学，她是我最好的朋友，可是她……她明年不回来了！"她好像仍是很伤心。

他看着她没有说话。

"杉叔，您可以不可以给她写两封介绍信，她就快到美国去了。"

"到美国哪一个城？"

"反正要先到纽约的。"

"她也同你这么大吗？"

"还大两岁多……杉叔您一定得替我写，她真是好，她是我最好的朋友了……杉叔，您不是有许多朋友吗，你一定得写。"

"好，我一定写。"

"爹说杉叔有许多……许多女朋友。"

"你爹这样说了吗？"维杉不知为什么很生气。他问了芝她朋友的名字，他说他明天替她写那介绍信。他拿出烟来很不高兴地抽。这回芝

147

拿到她的伞却又不走。她坐下在他脚边一张小凳上。

"杉叔，我要走了的时候您也替我介绍几个人。"

他看着芝倒翻上来的眼睛，他笑了，但是他又接着叹了一口气。

他说："还早着呢，等你真要走的时候，你再提醒我一声。"

"可是，杉叔，我不是说女朋友，我的意思是：也许杉叔认得几个真正的美术家或是文学家。"她又拿着手绢玩了一会儿低着头说，"篁哥，孙家的篁哥，他亦要去的，真的，杉叔，他很有点天才。可是他想不定学什么。他爹爹说他岁数太小，不让他到巴黎学雕刻，要他先到哈佛学文学，所以我们也许可以一同走……我亦劝哥哥同去，他可舍不得这里的大学。"这里她话愈说得快了，她差不多喘不过气来，"我们自然不单到美国，我们以后一定转到欧洲，法国，意大利，对了，篁哥连做梦都是做到意大利去，还有英国……"

维杉心里说："对了，出去，出去，将来，将来，年轻！荒唐的年轻！他们只想出去飞！飞！叫你怎不觉得自己落伍，老，无聊，无聊！"他说不出的难过，说老，他还没有老，但是年轻?! 他看着烟卷没有话说。芝看着他不说话也不敢再开口。

"好，明年去时再提醒我一声，不，还是后年吧？……那时我也许已经不在这里了。"

"杉叔，到哪里去？"

"没有一定的方向，也许过几年到法国来看你……那时也许你已经嫁了……"

芝急了，她说："没有的话，早着呢！"

维杉忽然做了一件很古怪的事，他俯下身去吻了芝的头发。他又伸过手拉着芝的小手。

少朗推帘子进来，他们两人站起来，赶快走到外间来。芝手里还拿着那把纸伞。少朗起先没有说话，过一会儿，他皱了一皱他那有文章的眉头问说："你什么时候来的？"

"刚来。"维杉这样从容地回答他，心里却觉着非常之窘。

"别忘了介绍信，杉叔。"芝叮咛了一句又走了。

"什么介绍信?"少朗问。

"她要我替她同学写几封介绍信。"

"你还在和碧谛通信吗?还有雷茵娜?"少朗仍是皱着眉头。

"很少……"维杉又觉得窘到极点了。

星期三那天下午到天津的晚车里,旭窗遇到维杉在头等房间里靠着抽烟,问他到哪里去,维杉说回南,旭窗叫脚行将自己的皮包也放在这间房子里说:

"大暑天,怎么倒不在北京?"

"我在北京,"维杉说,"感得,感得窘极了。"他看一看他拿出来拭汗的手绢,"窘极了!"

"窘极了?"旭窗此时看到卖报的过来,他问他要《大公报》看,便也没有再问下去维杉为什么在北京感着"窘极了"。

香山 六月

原载1931年9月《新月》3卷9期

九十九度中

三个人肩上各挑着黄色，有"美丰楼"字号大圆篓的，用着六个满是泥泞凝结的布鞋，走完一条被太阳晒得滚烫的马路之后，转弯进了一个胡同里去。

"劳驾，借光——三十四号甲在哪一头？"在酸梅汤的摊子前面，让过一辆正在飞奔的家车——钢丝轮子亮得晃眼的——又向蹲在墙角影子底下的老头儿，问清了张宅方向后，这三个流汗的挑夫便又努力地往前走。那六只泥泞布履的脚，无条件地，继续着他们机械式的展动。

在那轻快的一瞥中，坐在洋车上的卢二爷看到黄篓上饭庄的字号，完全明白里面装的是丰盛的筵席，自然地，他估计到他自己午饭的问题。家里饭乏味，菜蔬缺乏个性，太太的脸难看，你简直就不能对她提到那厨子问题。这几天天太热，太热，并且今天已经二十二，什么事她都能够牵扯到薪水问题上，孩子们再一吵，谁能够在家里吃中饭！

"美丰楼饭庄"，黄篓上黑字写得很笨大，方才第三个挑夫挑得特别吃劲，摇摇摆摆地使那黄篓左右的晃……

美丰楼的菜不能算坏，义永居的汤面实在也不错……于是义永居的汤面？还是市场万花斋的点心？东城或西城？找谁同去聊天？逸九新从南边来的住在哪里？或许老孟知道，何不到和记理发馆借个电话？卢二爷估计着，犹豫着，随着洋车的起落。他又好像已经决定了在和记借电话，听到伙计们的招呼："……二爷您好早？……用电话，这边您哪！……"

伸出手臂，他睨一眼金表上所指示的时间，细小的两针分停在两个钟点上，但是分明的都在挣扎着到达十二点上边。在这时间中，车夫感觉到主人在车上翻动不安，便更抓稳了车把，弯下一点背，勇猛地狂跑。二爷心里仍然疑问着面或点心，东城或西城；车已赶过前面的几辆。一个女人骑着自行车，由他左侧冲过去，快镜似的一瞥鲜艳的颜色，脚与腿，腰与背，侧脸、眼和头发，全映进老卢的眼里，那又是谁说过的……老卢就是爱看女人！女人谁又不爱？难道你在街上真闭上眼不瞧那过路的漂亮的！

"到市场，快点。"老卢吩咐他车夫奔驰的终点，于是主人和车夫戴着两顶价格极不相同的草帽，便同在一个太阳底下，向东安市场奔去。

很多好看的碟子和鲜果点心，全都在大厨房院里，从黄色层篓中检点出来。立着监视的有饭庄的"二掌柜"和张宅的"大师傅"；两人都因为胖的缘故，手里都有把大蒲扇。大师傅举着扇，扑一下进来凑热闹的大黄狗。

"这东西最讨嫌不过！"这句话大师傅一半拿来骂狗，一半也是来权作和掌柜的寒暄。

"可不是？他×的，这东西最可恶。"二掌柜好脾气地用粗话也骂起狗。

狗无聊地转过头到垃圾堆边闻嗅隔夜的肉骨。

奶妈抱着孙少爷进来，七少奶每月用六元现洋雇她，抱孙少爷到厨房，门房，大门口，街上一些地方喂奶连游玩的。今天的厨房又是这样的不同；饭庄的"头把刀"带着几个伙计在灶边手忙脚乱地炒菜切肉丝，奶妈觉得孙少爷是更不能不来看：果然看到了生人，看到狗，看到厨房桌上全是好看的干果、鲜果、糕饼、点心，孙少爷格外高兴，在奶妈怀里跳，手指着要吃。奶妈随手赶开了几只苍蝇，拣一块山楂糕放到孩子口里，一面和伙计们打招呼。

忽然看到陈升走到院子里找赵奶奶，奶妈对他挤了挤眼，含笑地问，"什么事值得这么忙？"同时她打开衣襟露出前胸喂孩子奶吃。

"外边挑担子的要酒钱。"陈升没有平时的温和，或许是太忙了的缘故。老太太这次做寿，比上个月四少奶小孙少爷的满月酒的确忙多了。

此刻那三个粗蠢的挑夫蹲在外院槐树荫下，用黯黑的毛巾擦他们的脑袋，等候着他们这满身淋汗的代价。一个探首到里院偷偷看院内华丽的景象。

里院和厨房所呈的纷乱固然完全不同，但是它们纷乱的主要原因则是同样的，为着六十九年前的今天。六十九年前的今天，江南一个富家里又添了一个绸缎金银裹托着的小生命。经过六十九个像今年这样流汗天气的夏天，又产生过另十一个同样需要绸缎金银的生命以后，那个生命乃被称为长寿而又有福气的妇人。这个妇人，今早由两个老妈扶着，坐在床前，拢一下斑白稀疏的鬓发，对着半碗火腿稀饭摇头：

"赵妈，我哪里吃得下这许多？你把锅里的拿去给七少奶的云乖乖吃罢……"

七十年的穿插，已经卷在历史的章页里，在今天的院里能呈露出多少，谁也不敢说，事实是今天，将有很多打扮得极体面的男女来庆祝，庆祝能够维持这样长久寿命的女人，并且为这一庆祝，饭庄里已将许多生物的寿命裁削了，拿它们的肌肉来补充这庆祝者的肠胃。

前两天这院子就为了这事改变了模样，簇新的喜棚支出瓦檐丈余尺高。两旁红喜字玻璃方窗，由胡同的东头，和顺车厂的院里是可以看得很清楚的。前晚上六点左右，小三和环子，两个洋车夫的儿子，倒土筐的时候看到了，就告诉他们嬷："张家喜棚都搭好了，是哪一个孙少爷娶新娘子？"他们嬷为这事，还拿了鞋样到陈大嫂家说个话儿，正看到她在包饺子，笑嘻嘻地得意得很，说老太太做整寿——多好福气——她当家的跟了张老太爷多少年。昨天张家三少奶还叫她进去，说到日子要她去帮个忙儿。

喜棚底下圆桌面就有七八张，方凳更是成叠地堆在一边；几个夫役持着鸡毛帚，忙了半早上才排好五桌。小孩子又多，什么孙少爷，侄孙少爷，姑太太们带来的那几位都够淘气的。李贵这边排好几张，那边少爷们又扯走了排火车玩。天热得厉害，苍蝇是免不了多，点心干果都不敢先往桌子上摆。冰化得也快，篓子底下冰水化了满地！汽水瓶子挤满了厢房的廊上，五少奶看见了只嚷不行，全要冰起来。

全要冰起来！真是的，今天的食品全摆起来够像个菜市，四个冰箱也腾不出一点空隙。这新买来的冰又放在哪里好？李贵手里捧着两个绿瓦盆，私下里咕噜着为这筵席所发生的难题。

赵妈走到外院传话，听到陈升很不高兴地在问三个挑夫要多少酒钱。

"瞅着给吧。"一个说。

"怪热天多赏点吧。"又一个抿了抿干燥的口唇，想到方才胡同口的酸梅汤摊子，嘴里觉着渴。

就是这嘴里渴得难受，杨三把卢二爷拉到东安市场西门口，心想方才在那个"喜什么堂"门首，明明看到王康坐在洋车脚蹬上睡午觉。王康上月底欠了杨三十四吊钱，到现在仍不肯还；只顾着躲他。今天债主遇到赊债的赌鬼，心头起了各种的计算——杨三到饿的时候，脾气常常要比平时坏一点。天本来就太热，太阳简直是冒火，谁又受得了！方才二爷坐在车上，尽管用劲踩铃，金鱼胡同走道的学生们又多，你撞我闯的，挤得真可以的。杨三擦了汗一手抓住车把，拉了空车转回头去找王康要账。

"要不着八吊要六吊；再要不着，要他的×几个混蛋嘴巴！"杨三脖干儿上太阳烫得像火烧。"四吊多钱我买点羊肉，吃一顿好的。葱花烙饼也不坏——谁又说大热天不能喝酒？喝点又怕什么——睡得更香。卢二爷到市场吃饭，进去少不了好几个钟头……"

喜燕堂门口挂着彩，几个乐队里人穿着红色制服，坐在门口喝茶——他们把大铜鼓撂在一旁，铜喇叭夹在两膝中间。杨三知道这又是哪一家办喜事。反正一礼拜短不了有两天好日子，就在这喜燕堂，哪一个礼拜没有一辆花马车，里面搀出花溜溜的新娘？今天的花车还停在一旁……

"王康，可不是他！"杨三看到王康在小挑子的担里买香瓜吃。

"有钱的娶媳妇，和咱们没有钱的娶媳妇，还不是一样？花多少钱娶了她，她也短不了要这个那个的——这年头！好媳妇，好！你瞧怎么着？更惹不起！管你要钱，气你喝酒！再有了孩子，又得顾他们吃，顾他们穿。……"

王康说话就是要"逗个乐儿"，人家不敢说的话他敢说。一群车夫听到他的话，各个高兴地凑点尾声。李荣手里捧着大饼，用着他最现成的粗话引着那几个年轻的笑。李荣从前是拉过家车的——可惜东家回南，把事情就搁下来了——他认得字，会看报，他会用新名词来发议论，"文明结婚可不同了，这年头是最讲'自由'、'平等'的了。"底下再引用了小报上捡来离婚的新闻打哈哈。

杨三没有娶过媳妇，他想娶，可是"老家儿"早过去了，没有给他定下亲，外面瞎妍的他没敢要。前两天，棚铺的掌柜娘要同他做媒；提起了一个姑娘说是什么都不错，这几天不知道怎么又没有讯儿了。今天洋车夫们说笑的话，杨三听了感着不痛快。看看王康的脸在太阳里笑得皱成一团，更使他气起来。

王康仍然笑着说话，没有看到杨三，手里咬剩的半个香瓜里面，黄黄的一把瓜子像不整齐的牙齿向着上面。

"老康！这些日子都到哪里去了？我这儿还等着钱吃饭呢！"杨三乘着一股劲发作。

听到声，王康怔了向后看。"呵，这打哪儿说得呢？"他开始赖账了，"你要吃饭，你打你×的自己腰包里掏！要不然，你出个份子，进去那里边，"他手指着喜燕堂，"吃个现成的席去。"王康的嘴说得滑了，禁不住这样嘲笑着杨三。

周围的人也都跟着笑起来。

本来准备着对付赖账的巴掌，立刻打在王康的老脸上了。必须的扭打，由蓝布幕的小摊边开始，一直扩张到停洋车的地方。来往汽车的喇叭，像被打的狗，呜呜叫号。好几辆正在街心奔驰的洋车都停住了，流汗车夫连喊着"靠里！""瞧车！"脾气暴的人顺口就是："他×的，这大热天，单挑这么个地方！！"

巡警离开了岗位；小孩子们围上来；喝茶的军乐队人员全站起来看；女人们吓得只喊"了不得，前面出事了吧"！

杨三提高嗓子直嚷着问王康："十四吊钱，是你——是你拿走了不是？——"

呼喊的声浪由扭打的两人出发，膨胀，膨胀到周围各种人的口里，"你听我说……""把他们拉开……""这样挡着路……瞧腿要紧。"嘈杂声中还有人叉着手远远地喊："打得好呀，好拳头！"

喜燕堂正厅里挂着金喜字红幛，几对喜联，新娘正在服从号令，连连地深深地鞠躬。外边的喧吵使周围客人的头同时向外面转，似乎打听外面喧吵的缘故。新娘本来就是一阵阵地心跳，此刻更加失掉了均衡；一下子撞上，一下子沉下，手里抱着的鲜花随着只是打颤。雷响深入她耳朵里，心房里……

"新郎新妇——三鞠躬"——"……三鞠躬。"阿淑在迷惘里弯腰伸直，伸直弯腰。昨晚上她哭，她妈也哭，将一串经验上得来的教训，拿出来赠给她——什么对老人要忍耐点，对小的要和气，什么事都要让着点——好像生活就是靠容忍和让步支持着！

她焦心的不是在公婆妯娌间的委曲求全。这几年对婚姻问题谁都讨论得热闹，她就不懂那些讨论的道理遇到实际时怎么就不发生关系。她这结婚的实际，并没有因为她多留心报纸上，新文学上，所讨论的婚姻问题，家庭问题，恋爱问题，而减少了问题。

"二十五岁了……"有人问到阿淑的岁数时，她妈总是发愁似的轻轻地回答那问她的人，底下说不清是叹息是啰唆。

在这旧式家庭里，阿淑算是已经超出应该结婚的年龄很多了，她知道。父母那急着要她出嫁的神情使她太难堪！他们天天在替她选择合适的人家——其实哪里是选择！反对她尽管反对，那只是消极的无奈何的抵抗，她自己明知道是绝对没有机会选择，乃至于接触比较合适、理想的人物！她挣扎了三年，三年的时间不算短，在她父亲看去那更是不可信的长久……

"余家又托人来提了，你和阿淑商量商量吧，我这身体眼见得更糟，这潮湿天……"父亲的话常常说得很响，故意要她听得见。有时在饭桌上脾气或许更坏一点，"这六十块钱，养活这一大家子！养儿养女都不够，还要捐什么钱？干脆饿死！"有时更直接更难堪，"这又是谁的新褂子？阿淑，你别学时髦穿了到处走，那是找不着婆婆家的——外面瞎认识什么朋友我可不答应，我们不是那种人家！"……懦弱的母亲低着头装作缝衣："妈劝你将就点……爹身体近来不好……女儿不能在娘家一辈子的……这家子不算坏；差事不错，前妻没有孩子不能算填房……"

理论和实际似乎永不发生关系；理论说婚姻得怎样又怎样，今天阿淑都记不得那许多了。实际呢，只要她点一次头，让一个陌生的，异姓的，异性的人坐在她家里，乃至于她旁边，吃一顿饭的手续，父亲和母亲这两三年——竟许已是五六年——来的难题便突然地，在他们是觉得极文明地解决了。

对于阿淑这订婚的疑惧，常使她父亲像小孩子似的自己安慰自己："阿淑这门亲事真是运气呀！"说时总希望阿淑听见这话。不知怎样，阿淑听到这话总很可怜父亲，想装出高兴样子来安慰他。母亲更可怜；自从阿淑订婚以来总似乎对她抱歉，常常哑着嗓子说，"看我做母亲的这份心上面。"

看做母亲的那份心上面！那天她初次见到那陌生的、异姓的、异性的人，那个庸俗的典型触碎她那一点脆弱的爱美的希望，她怔住了。能去寻死，为婚姻失望而自杀吗？可以大胆告诉父亲，这婚约是不可能的吗？能逃脱这家庭的苛刑（在爱的招牌下的）去冒险，去漂落吗？

她没有勇气说什么，她哭了一会，妈也流了眼泪，后来妈说："阿淑你这几天瘦了，别哭了，做娘的也只是一份心。"……现在一鞠躬，一鞠躬地和幸福作别，事情已经太晚得没有办法了。

吵闹的声浪愈加明显了一阵，伴娘为新娘戴上戒指，又由赞礼的喊了一些命令。

迷离中阿淑开始幻想那外面吵闹的原因：洋车夫打电车吧，汽车轧伤了人吧，学生又请愿，当局派军警弹压吧……但是阿淑想怎么我还如是焦急，现在我该像死人一样了，生活的波澜该沾不上我了，像已经临刑的人。但临刑也好，被迫结婚也好，在电影里到了这种无可奈何的时候总有一个意料不到快慰人心的解脱，不合法，特赦，恋人骑着马星夜奔波地赶到……但谁是她的恋人？除却九哥！学政治法律，讲究新思想的九哥，得着他表妹阿淑结婚的消息不知怎样？他恨由父母把持的婚姻……但准知道他关心吗？他们多少年不来往了，虽然在山东住的时候，他们曾经邻居，两小无猜地整天在一起玩。幻想是不中用的，九哥先就不在北平，两年前他回来过一次，她记得自己遇到九哥扶着一位漂亮的女同学在书店前边，她躲过了九哥的视线，惭愧自己一身不入时的装束，她不愿和九哥的女友作个太难堪的比较。

感到手酸，心酸，浑身打颤，阿淑由一堆人拥簇着退到里面房间休息。女客们在新娘前后彼此寒暄招呼，彼此注意大家的装扮。有几个很不客气在批评新娘子，显然认为不满意。"新娘太单薄点。"一个摺着十几层下颏的胖女人，摇着扇和旁边的六姨说话。阿淑觉到她自己真可以立刻碰得粉碎；这位胖太太像一座石臼，六姨则像一根铁杵横在前面，阿淑两手发抖拉紧了一块丝巾，听老妈在她头上不住地搬弄那几朵绒花。

随着花露水香味进屋子来的，是锡娇和丽丽，六姨的两个女儿，她们的装扮已经招了许多羡慕的眼光。有电影明星

细眉的锡娇抓把瓜子嗑着，猩红的嘴唇里露出雪白的牙齿。她暗中扯了她妹妹的衣襟，嘴向一个客人的侧面努了一下。丽丽立刻笑红了脸，拿出一条丝绸手绢蒙住嘴挤出人堆到廊上走。望着已经在席上的男客们。有几个已经提起筷子高高兴兴地在选择肥美的鸡肉，一面讲着笑话，顿时都为着丽丽的笑声，转过脸来，镇住眼看她。丽丽扭一下腰，又摆了一下，软的长衫轻轻展开，露出裹着肉色丝袜的长腿走过另一边去。

年轻的茶房穿着蓝布大褂，肩搭一块桌布，由厨房里出来，两只手拿四碟冷荤，几乎撞住丽丽。闻到花露香味，茶房忘却顾忌地斜过眼看。昨晚他上菜的时候，那唱戏的云娟坐在首席曾对着他笑，两只水钻耳坠，打秋千似的左右晃。他最忘不了云娟旁座的张四爷，抓住她如玉的手臂劝干杯的情形。笑眯眯的带醉的眼，云娟明明是向着正端着大碗三鲜汤的他笑。他记得放平了大碗，心还怦怦地跳。直到晚上他睡不着，躺在院里板凳上乘凉，随口唱几声"孤王……酒醉……"才算松动了些。今天又是这么一个笑嘻嘻的小姐，穿着这一身软，茶房垂下头去拿酒壶，心底似乎恨谁似的一股气。

"逸九，你喝一杯什么？"老卢做东这样问。

"我来一杯香桃冰激凌吧。"

"你去拣几块好点心，老孟。"主人又招呼那一个客。午饭问题算是如此解决了。为着天热，又为着起得太晚，老卢看到点心铺前面挂的"卫生冰激凌，咖啡，牛乳，各样点心"这种动人的招牌，便决意里面去消磨时光。约到逸九和老孟来聊天，老卢显然很满意了。

三个人之中，逸九最年少，最摩登。在中学时代就是一口英文，屋子里挂着不是"梨娜"就是"琴妮"的相片，从电影杂志里细心剪下来的，圆一张，方一张，满壁动人的娇憨。——他到上海去了两年，跳舞更是出色了，老卢端详着自己的脚，打算找逸九带他到舞场拜老师去。

"哪个电影好，今天下午？"老孟抓一张报纸看。

邻座上两个情人模样男女，对面坐着呆看。男人有很温和的脸，抽着烟没有说话；女人的侧相则颇有动人的轮廓，睫毛长长的活动着，脸

上时时浮微笑。她的青纱长衫罩
着丰润的肩臂，带着神秘性的淡
雅。两人无声地吃着冰激凌，似
乎对于一切完全的满足。

老卢、老孟谈着时局，老
卢既是机关人员，时常免不了说
"我又有个特别的消息，这样看
来里面还有原因"，于是一层一
层地做更详细原因的检讨，深深地浸入政治波澜里面。

逸九看着女人的睫毛，和浮起的笑涡，想到好几年前同在假山后
捉迷藏的琼两条发辫，一个垂前，一个垂后地跳跃。琼已经死了这六七
年，谁也没有再提起过她。今天这青长衫的女人，单单叫他心底涌起琼
的影子。不可思议的，淡淡的，记忆描着活泼的琼。在极旧式的家庭里
淘气，二舅舅提根旱烟管，厉声地出来停止她各种的嬉戏。但是琼只是
敛住声音低低地笑。雨下大了，院中满是水，又是琼胆子大，把裤腿卷
过膝盖，赤着脚，到水里装摸鱼。不小心她滑倒了，还是逸九去把她抱
回来。和琼差不多大小的还有阿淑，住在对门，他们时常在一起玩，逸
九忽然记起瘦小，不爱说话的阿淑来。

"听说阿淑快要结婚了，嬷嬷咐到表姨家问候，不知道阿淑要嫁
给谁！"他似乎怕到表姨家。这几年的生疏叫他为难，前年他们遇见一
次，装束不入时的阿淑倒有种特有的美，一种灵性……奇怪今天这青长
衫女人为什么叫他想起这许多……

"逸九，你有相当的聪明，手腕，你又能巴结女人，你也应该来试
试，我介绍你见老王。"

倦了的逸九忽然感到苦闷。

老卢手弹着桌边表示不高兴："老孟你少说话，逸九这位大少爷说
不定他倒愿意去演电影呢！"种种都有一点落伍的老卢嘲笑着翩翩年少
的朋友出气。

青纱长衫的女人和她朋友吃完了，站了起来。男的手托着女人的臂

腕，无声地绕过他们三人的茶桌前面，走出门去。老卢逸九注意到女人有秀美的腿，稳健的步履。两人的融洽，在不言不语中流露出来。

"他们是甜心！"

"愿有情人都成眷属。"

"这女人算好看不？"

三个人同时说出口来，各个有所感触。

午后的热，由窗口外嘘进来，三个朋友吃下许多清凉的东西，更不知做什么好。

"电影院去，咱们去研究一回什么'人生问题'、'社会问题'吧？"逸九望着桌上的空杯，催促着卢、孟两个走。心里仍然浮着琼的影子。活泼、美丽、健硕，全幻灭在死的幕后，时间一样地向前，计量着死的实在。像今天这样，偶尔地回忆就算是证实琼有过活泼生命的唯一的证据。

东安市场门口洋车像放大的蚂蚁一串，头尾衔接着放在街沿。杨三已不在他寻常停车的地方。

"区里去，好，区里去！咱们到区里说个理去！"就是这样，王康和杨三到底结束了殴打，被两个巡警弹压下来。

刘太太打着油纸伞，端正地坐在洋车上，想金裁缝太不小心了，今天这件绸衫下摆仍然不合适，领也太小，紧得透不了气，想不到今天这样热，早知道还不如穿纱的去。裁缝赶做的活总要出点毛病。实甫现在脾气更坏一点，老嫌女人们麻烦。每次有个应酬你总要听他说一顿的。今天张老太太做整寿，又不比得寻常的场面可以随便……

对面来了浅蓝色衣服的年轻小姐，极时髦的装束使刘太太睁大了眼注意了。

"刘太太哪里去？"蓝衣小姐笑了笑，远远招呼她一声过去了。

"人家的衣服怎么如此合适！"刘太太不耐烦地举着花纸伞。

"呜呜——呜呜……"汽车的喇叭响得震耳。

"打住。"洋车夫紧抓车把，缩住车身前冲的趋势。汽车过去后，由刘太太车旁走出一个巡警，带着两个粗人：一根白绳由一个的臂膀系到另一个的臂上。巡警执着绳端，板着脸走着。一个粗人显然是车夫；手里仍然拉着空车，嘴里咕噜着。很讲究的车身，各件白铜都擦得放亮，后面铜牌上还镌着"卢"字。这又是谁家的车夫，闹出事让巡警拉走。刘太太恨恨地一想车夫们爱肇事的可恶，反正他们到区里去少不了东家设法把他们保出来的……

"靠里！……靠里！"威风的刘家车夫是不耐烦挤在别人车后的——老爷是局长，太太此刻出去阔绰的应酬，洋车又是新打的，两盏灯发出银光……哗啦一下，靠手板在另一个车边擦一下，车已猛冲到前头走了。刘太太的花油纸伞在日光中摇摇荡荡地迎着风，顺着街心溜向北去。

胡同口酸梅汤摊边刚走开了三个挑夫。酸凉的一杯水，短时间地给他们愉快，六只泥泞的脚仍然踏着滚烫的马路行去。卖酸梅汤的老头儿手里正数着几十枚铜元，一把小鸡毛帚夹在腋下。他翻上两颗黯淡的眼珠，看看过去的花纸伞，知道这是到张家去的客人。他想今天为着张家做寿，客人多，他们的车夫少不得来摊上喝点凉的解渴。

"两吊……三吊！……"他动着他的手指，把一叠铜元收入摊边美人牌香烟的纸盒中。不知道今天这冰够不够使用的，他翻开几重荷叶，和一块灰黑色的破布，仍然用着他黯淡的眼珠向磁缸里的冰块端详了一

回。"天不热，喝的人少，天热了，冰又化得太快！"事情哪一件不有为难的地方，他叹口气再翻眼看看过去的汽车。汽车轧起一阵尘土，笼罩着老人和他的摊子。

寒暑表中的水银从早起上升，一直过了九十五度的黑线上。喜棚底下比较阴凉的一片地面上曾聚过各种各色的人物。丁

大夫也是其间一个。

丁大夫是张老太太内侄孙，德国学医刚回来不久，麻利，漂亮，现在社会上已经有了声望，和他同席的都借着他是医生的缘故，拿北平市卫生问题作谈料，什么鼠疫、伤寒、预防针、微菌，全在吞咽八宝冬瓜、瓦块鱼、锅贴鸡、炒虾仁中间讨论过。

"贵医院有预防针，是好极了。我们过几天要来麻烦请教了。"说话的以为如果微菌听到他有打预防针的决心也皆气馁了。

"欢迎，欢迎。"

厨房送上一碗凉菜。丁大夫踌躇之后决意放弃吃这碗菜的权利。

小孩们都抢了盘子边上放的小冰块，含到嘴里嚼着玩，其他客喜欢这凉菜的也就不少。天实在热！

张家几位少奶奶装扮得非常得体，头上都戴朵红花，表示对旧礼教习尚仍然相当遵守的。在院子中盘旋着做主人，各人心里都明白自己今天的体面。好几个星期前就顾虑到的今天，她们所理想到的今天各种成功，已然顺序的，在眼前实现。虽然为着这重要的今天，各人都轮流着觉得受过委屈；生过气；用过心思和手腕；将就过许多不如意的细节。

老太太颤巍巍地喘息着，继续维持着她的寿命。杂乱模糊的回忆在脑子里浮沉。兰兰七岁的那年……送阿旭到上海医病的那年真热……生四宝的时候在湖南，于是生育、病痛、兵乱、行旅、婚娶，没秩序，没规则地纷纷在她记忆下掀动。

"我给老太太拜寿，您给回一声吧。"

这又是谁的声音？这样大！老太太睁开打瞌睡的眼，看一个浓妆的妇人对她鞠躬问好。刘太太——谁又是刘太太，真是的！今天客人太多了，好吃劲。老太太扶着赵妈站起来还礼。

"别客气了，外边坐吧。"二少奶伴着客人出去。

谁又是这刘太太……谁？……老太太模模糊糊地又做了一些猜想，望着门槛又堕入各种的回忆里去。

坐在门槛上的小丫头寿儿，看着院里石榴花出神。她巴不得酒席可以快点开完，底下人们可以吃中饭，她肚子里实在饿得慌。一早眼睛所接触的，大部分几乎全是可口的食品，但是她仍然是饿着肚子，坐在老太太门槛上等候呼唤。她极想再到前院去看看热闹，但为想到上次被打的情形，只得竭力忍耐。在饥饿中，有一桩事她仍然没有忘掉她的高兴。因为老太太的整寿大少奶给她一副银镯。虽然为着捶背而酸乏的手臂懒得转动，她仍不时得意地举起手来，晃摇着她的新镯子。

午后的太阳斜到东廊上，后院子暂时沉睡在静寂中。幼兰在书房里和羽哭着闹脾气：

"你们都欺侮我，上次赛球我就没有去看。为什么要去？反正人家也不欢迎我……慧石不肯说，可是我知道你和阿玲在一起玩得上劲。"抽噎的声音微微地由廊上传来。

"等会客人进来了不好看……别哭……你听我说……绝对没有这么回事的。咱们是亲表谁不知道我们亲热，你是我的兰，永远，永远的是我的最爱最爱的……你信我……"

"你在哄骗我，我……我永远不会再信你的了……"

"你又来伤我，你心狠……."

声音微下去，也和缓了许多，又过了一些时候，才有轻轻的笑语声。小丫头仍然饿得慌，仍然坐在门槛上没有敢动，她听着小外孙小姐和羽孙少爷老是吵嘴，哭哭啼啼的，她不懂。一会儿他们又笑着一块儿由书房里出来。

"我到婆婆的里间洗个脸去。寿儿你给我打盆洗脸水去。"

寿儿得着打水的命令，高兴地站起来。什么事也比坐着等老太太睡醒都好一点。

"别忘了晚饭等我一桌吃。"羽说完大步地跑出去。

后院顿时又堕入闷热的静寂里；柳条的影子画上粉墙，太阳的红比得胭脂。墙外天蓝蓝的没有一片云，像戏台上的布景。隐隐地送来小贩子叫卖的声音——卖西瓜的——卖凉席的，一阵一阵。

挑夫提起力气喊他孩子找他媳妇。天快要黑下来，媳妇还坐在门口纳鞋底子；赶着那一点天亮再做完一只。一个月她当家的要穿两双鞋子，有时还不够的，方才当家的回家来说不舒服，睡倒在炕上，这半天也没有醒。她放下鞋底又走到旁边一家小铺里买点生姜，说几句话儿。

断续着呻吟，挑夫开始感到苦痛，不该喝那冰凉东西，早知道这大暑天，还不如喝口热茶！迷惘中他看到茶碗，茶缸，施茶的人家，碗，碟，果子杂乱地绕着大圆篓，他又像看到张家的厨房。不到一刻他肚子里像纠麻绳一般痛，发狂地呕吐使他沉入严重的症候里和死搏斗。

挑夫媳妇失了主意，喊孩子出去到药铺求点药。那边时常夏天是施暑药的……

邻居积渐知道挑夫家里出了事，看过报纸的说许是霍乱，要扎针的。张秃子认得大街东头的西医丁家，他披上小褂子，一边扣钮子，一边跑。丁大夫的门牌挂得高高的，新漆大门两扇紧闭着。张秃子找着电铃死命地按，又在门缝里张望了好一会，才有人出来开门。什么事？什么事？门房望着张秃子生气，张秃子看着丁宅的门房说："劳驾——劳驾您大爷，我们'街坊'李挑子中了暑，托我来行点药。"

"丁大夫和管药房先生'出份子去了'没有在家，这里也没有旁人，这事谁又懂得？！"门房吞吞吐吐地说，"还是到对门益年堂打听吧。"大门已经差不多关上。

张秃子又跑了，跑到益年堂，听说一个孩子拿了暑药已经走了。张秃子是信教的，他相信外国医院的药，他又跑到那边医院里打听，等了半天，说那里不是施医院，并且也不收传染病的，医生晚上也都回家了，助手没有得上边话不能随便走开的。

"最好快报告区里，找卫生局里人。"管事的告诉他，但是卫生局

164

又在哪里……

到张秃子失望地走回自己院子里的时候，天已经黑了下来，他听见李大嫂的哭声知道事情不行了。院里磁罐子里还放出浓馥的药味。他顿一下脚，"咱们这命苦的……"他已在想如何去捐募点钱，收殓他朋友的尸体。叫孝子挨家去磕头吧！

天黑了下来张宅跨院里更热闹，水月灯底下围着许多孩子，看变戏法的由袍子里捧出一大缸金鱼，一盘子"王母蟠桃"献到老太太面前。孩子们都凑上去验看金鱼的真假。老太太高兴地笑。

大爷熟识捧场过的名伶自动地要送戏，正院前边搭着戏台，当差的忙着拦阻外面杂人往里挤，大爷由上海回来，两年中还是第一次——这次碍着母亲整寿的面，不回来太难为情。这几天行市不稳定，工人们听说很活动，本来就不放心走开，并且厂里的老赵靠不住，大爷最记挂……

看到院里戏台上正开场，又看廊上的灯，听听厢房各处传来的牌声，风扇声，开汽水声，大爷知道一切都圆满地进行，明天事完了，他就可以走了。

"伯伯上哪儿去？"游廊对面走出一个清秀的女孩。他怔住了看，慧石——是他兄弟的女儿，已经长得这么大了？大爷伤感着，看他早死兄弟的遗腹女儿；她长得实在像她爸爸……实在像她爸爸……

"慧石，是你。长得这样俊，伯伯快认不得了。"

慧石只是笑，笑。大伯伯还会说笑话，她觉得太料想不到的事，同时她像被电击一样，触到伯伯眼里蕴住的怜爱，一股心酸抓紧了她的嗓子。

她仍只是笑。

"哪一年毕业？"大伯伯问她。

"明年。"

"毕业了到伯伯那里住。"

"好极了。"

"喜欢上海不？"

她摇摇头："没有北平好。可是可以找事做，倒不错。"

伯伯走了，容易伤感的慧石急忙回到卧室里，想哭一哭，但眼睛湿了几回，也就不哭了，又在镜子前抹点粉笑了笑；她喜欢伯伯对她那和蔼态度。嬷嬷常常不满伯伯和伯母的，常说些不高兴他们的话，但她自己却总觉得喜欢这伯伯的。

也许是骨肉关系有种不可思议的亲热，也许是因为感激知己的心，慧石知道她更喜欢她这伯伯了。

厢房里电话铃响。

"丁宅呀，找丁大夫说话？等一等。"

丁大夫的手气不坏，刚和了一牌三翻，他得意地站起来接电话：

"知道了，知道了，回头就去叫他派车到张宅来接。什么？要暑药的？发痧中暑？叫他到平济医院去吧。"

"天实在热，今天，中暑的一定不少。"五少奶坐在牌桌上抽烟，等丁大夫打电话回来。"下午两点的时候刚刚九十九度啦！"她睁大了眼表示严重。

"往年没有这么热，九十九度的天气在北平真可以的了。"一个客人摇了摇檀香扇，急着想做庄。

咔嚓一声，丁大夫将电话挂上。

报馆到这时候积渐热闹，排字工人流着汗在机器房里忙着。编辑坐到公事桌上面批阅新闻。本市新闻由各区里送到；编辑略略将张宅名伶送戏一节细细看了看，想到方才同太太在市场吃冰激凌后，遇到街上的打架，又看看那段厮打的新闻，于是很自然地写着"西四牌楼三条胡同卢宅车夫杨三……"新闻里将杨三、王康的争斗形容得非常动听，一直到了"扭区成讼"。

再看一些零碎，他不禁注意到挑夫霍乱数小时毙命一节，感到白天

166

去吃冰激凌是件不聪明的事。

杨三在热臭的拘留所里发愁，想着主人应该得到他出事的消息了，怎么还没有设法来保他出去。王康则在又一间房子里喂臭虫，苟且地睡觉。

"……哪儿呀，我卢宅呀，请王先生说话……"老卢为着洋车被扣已经打了好几个电话了，在晚饭桌他听着太太的埋怨……那杨三真是太没有样子，准是又喝醉了，三天两回闹事。

"……对啦，找王先生有要紧事，出去饭局了吗，回头请他给卢宅来个电话！别忘了！"

这大热晚上难道闷在家里听太太埋怨？杨三又没有回来，还得出去雇车，老卢不耐烦地躺在床上看报，一手抓起一把蒲扇赶开蚊子。

原载1934年5月《学文》1卷1期

钟绿

——模影零篇之一

钟绿是我记忆中第一个美人，因为一个人一生见不到几个真正负得起"美人"这称呼的人物，所以我对于钟绿的记忆，珍惜得如同他人私藏一张名画轻易不拿出来给人看，我也就轻易的不和人家讲她。除非是一时什么高兴，使我大胆地、兴奋地告诉一个朋友，我如何如何的曾经一次看到真正的美人。

很小的时候，我常听到一些红颜薄命的故事，老早就印下这种迷信，好像美人一生总是不幸的居多。尤其是，最初叫我知道世界上有所谓美人的，就是一个身世极凄凉的年轻女子。她是我家亲戚，家中传统地认为一个最美的人。虽然她已死了多少年，说起她来，大家总还带着那种感慨，也只有一个美人死后能使人起的那样感慨。说起她，大家总都有一些美感的回忆。我婶娘常记起的是祖母出殡那天，这人穿着白衫来送殡。因为她是个已出嫁过的女子——其实她那时已孀居一年多——照我们乡例，头上缠着白头帕。试想一个静好如花的脸；一个长长窈窕的身材；一身的缟素；借着人家伤痛的丧礼来哭她自己可怜的身世，怎不是一幅绝妙的图画！婶娘说起她时，却还不忘掉提到她的走路如何的有种特有丰神，哭时又如何的辛酸凄惋动人。我那时因为过小，记不起送殡那天看到这素服美人，事后为此不知惆怅了多少回。每当大家晚上闲坐谈到这个人儿时，总害了我竭尽想象力，冥想到了夜深。

也许就是因为关于她，我实在记得不太清楚，仅凭一家人时时的传说，所以这个亲戚美人之为美人，也从未曾在我心里疑问过。过了一些岁月，积渐地，我没有小时候那般理想，事事都有一把怀疑，沙似的挟在里面。我总爱说：绝代佳人，世界上不时总应该有一两个，但是我自己亲眼却没有看见过就是了。这句话直到我遇见了钟绿之后才算是取消了，换了一句：我觉得侥幸，一生中没有疑问地，真正地，见到一个美人。

我到美国××城进入××大学时，钟绿已是离开那学校的旧学生，不过在校里不到一个月的工夫，我就常听到钟绿这名字，老学生中间，每一提到校里旧事，总要联想到她。无疑的，她是他们中间最受崇拜的人物。

关于钟绿的体面和她的为人及家世也有不少的神话。一个同学告诉我，钟绿家里本来如何的富有，又一个告诉我，她的父亲是个如何漂亮的军官，哪一年死去的，又一个告诉我，钟绿多么好看，脾气又如何和人家不同。因为着恋爱，又有人告诉我，她和母亲决绝了，自己独立出来艰苦地半工半读，多处流落，却总是那么傲慢，潇洒，穿着得那么漂亮动人。有人还说钟绿母亲是希腊人，是个音乐家，也长得非常好看，她常住在法国及意大利，所以钟绿能通好几国文字。常常的，更有人和我讲了为着恋爱钟绿，几乎到发狂的许多青年的故事。总而言之，关于钟绿的事我实在听得多了，不过当时我听着也只觉到平常，并不十分起劲。

故事中仅有两桩，我却记得非常清楚，深入印象，此后不自觉地便对于钟绿动了好奇心。

一桩是同系中最标致的女同学讲的。她说那一年学校开个盛大艺术的古装表演，中间要用八个女子穿中世纪的尼姑服装。她是监制部的总管，每件衣裳由图案部发出，全由她找人比着裁剪，做好后再找人试服。有一晚，她出去晚饭回来稍迟，到了制衣室门口遇见一个制衣部里人告诉她说，许多衣裳做好正找人试着时，可巧电灯坏了，大家正在到处找来洋蜡点上。

"你猜，"她接着说，"我推开门时看到了什么？……"

她喘口气望着大家笑（听故事的人那时已不止我一个）。"你想，你想一间屋子里，高高低低地点了好几根蜡烛；各处射着影子；当中一

169

张桌子上面，默默地，立着那么一个钟绿——美到令人不敢相信的中世纪小尼姑，眼微微地垂下，手中高高擎起一支点亮的长烛。简单静穆，直像一张宗教画！拉着门环，我半天肃然，说不出一句后来！……等到人家笑声震醒我时，我已经记下这个一辈子忘不了的印象。"

自从听了这桩故事之后，钟绿在我心里便也开始有了根据，每次再听到钟绿的名字时，我脑子里便浮起一张图画。隐隐约约地，看到那个古代年轻的尼姑，微微地垂下眼，擎着一支蜡走过。

第二次，我又得到一个对钟绿依稀想象的背影，是由于一个男同学讲的故事里来的。这个脸色清癯的同学平常不爱说话，是个忧郁深思的少年——听说那个为着恋爱钟绿，到南非洲去旅行不再回来的同学，就是他的同房好朋友。有一天雨下得很大，我与他同在画室里工作，天已经积渐地黑下来，虽然还不到点灯的时候，我收拾好东西坐在窗下看雨，忽然听他说：

"真奇怪，一到下大雨，我总想起钟绿！"

"为什么呢？"我倒有点好奇了。

"因为前年有一次大雨，"他也走到窗边，坐下来望着窗外，"比今天这雨大多了，"他自言自语地眯上眼睛。"天黑得可怕，许多人全在楼上画图，只有我和勃森站在楼下前门口檐底下抽烟。街上一个人没有，树让雨打得像囚犯一样，低头摇曳。一种说不出来的黯淡和寂寞笼罩着整条没生意的街道，和街道旁边不作声的一切。忽然间，我听到背后门环响，门开了，一个人由我身边溜过，一直下了台阶冲入大雨中走去！……那是钟绿……"

"我认得是钟绿的背影，那样修长灵活，虽然她用了一块折成三角形的绸巾蒙在她头上，一只手在项下抓紧了那绸巾的前面两角，像个俄国村姑的打扮。勃森说钟绿疯了，我也忍不住要喊她回来。'钟绿你回来听我说！'我好像求她那样恳切，听到声，她居然在雨里回过头来望一望，看见是我，她仰着脸微微一笑，露出一排贝壳似的牙齿。"朋友说时回过头对我笑了一笑，"你真想不到世上真有她那样美的人！不管谁说什么，我总忘不了在那狂风暴雨中，她那样扭头一笑，村姑似的包着三角的头巾。"

这张图画有力地穿过我的意识，我望望雨又望望黑影笼罩的画室。朋友又着手，正经地又说：

"我就喜欢钟绿的一种纯朴，城市中的味道在她身上总那样的不沾着她本身的天真！那一天，我那个热情的同房朋友在楼窗上也发现了钟绿在雨里，像顽皮的村姑，没有笼头的野马，便用劲地喊。钟绿听到，俯下身子一闪，立刻就跑了。上边劈空的雷电，四围纷披的狂雨，一会儿工夫她就消失在那水雾迷漫之中了……"

"奇怪，"他叹口气，"我总老记着这桩事，钟绿在大风雨里似乎是个很自然的回忆。"

听完这段插话之后，我的想象中就又加了另一个隐约的钟绿。

半年过去了，这半年中这个清癯的朋友和我比较地熟起，时常轻声地来告诉我关于钟绿的消息。她是辗转地由一个城到另一个城，经验不断地跟在她脚边，命运好似总不和她合作，许多事情都不畅意。

秋天的时候，有一天我这朋友拿来两封钟绿的来信给我看，笔迹秀劲流丽如见其人，我留下信细读觉到它很有意思。那时我正初次在夏假中觅工，几次在市城熙熙攘攘中长了见识，更是非常地同情于这流浪的钟绿。

"所谓工业艺术你可曾领教过？"她信里发出嘲笑，"你从前常常苦心教我调颜色，一根一根地描出理想的线条，做什么，你知道吗？……我想你绝不能猜到，两三星期以来，我和十几个本来都很活泼的女孩子，低下头都画一些什么……你闭上眼睛，喘口气，让我告诉你！墙上的花纸，好朋友！你能相信吗？一束一束的粉红玫瑰花由我们手中散下来，整朵的，半朵的——因为有人开了工厂专为制造这种的美丽！……"

"不，不，为什么我要脸红？现在我们都是工业战争的斗士——（多美丽的战争！）——并且你知道，各人有各人不同的报酬；花纸厂的主人今年新买了两个别墅，我们前夜把晚饭减掉一点居然去听音乐了，多谢那一束一束的玫瑰花！……"

幽默地，幽默地她写下去那样顽皮的牢骚。又一封：

"……好了，这已经是秋天，谢谢上帝，人工的玫瑰也会凋零的。这回任何一束什么花，我也决意不再制造了，那种逼迫人家眼睛堕落的差事，需要我所没有的勇敢，我失败了，不知道在心里哪一部分也受点伤。……

"我到乡村里来了，这回是散布知识给村里朴实的人！××书局派我来揽买卖，儿童的书，常识大全，我简直带着'知识'的样本到处走。那可爱的老太太却问我要最新烹调的书，工作到很瘦的妇人要城市生活的小说看——你知道那种穿着晚服去恋爱的城市浪漫！

"我夜里总找回一些矛盾的微笑回到屋里。乡间的老太太都是理想的母亲，我生平没有吃过更多的牛奶，睡过更软的鸭绒被，原来手里提着锄头的农人，都是这样母亲的温柔给培养出来的力量。我爱他们那简单的情绪和生活，好像日和夜，太阳和影子，农作和食睡，夫和妇，儿子和母亲，幸福和辛苦都那样均匀地放在天平的两头。……

"这农村的妩媚，溪流树荫全合了我的意，你更想不到我屋后有个什么宝贝？一口井，老老实实旧式的一口井，早晚我都出去替老太太打水。真的，这样才是日子，虽然山边没有橄榄树，晚上也缺个织布的机杼，不然什么都回到我理想的已往里去。……

"到井边去汲水，你懂得那滋味吗？天哪，我的衣裙让风吹得松散，红叶在我头上飞旋，这是秋天，不瞎说，我到井边去汲水去。回来时你看着我把水罐子扛在肩上回来！"

看完信，我心里又来了一个古典的钟绿。

约略是三月的时候，我的朋友手里拿本书，到我桌边来，问我看过没有这本新出版的书，我由抽屉中也扯出一本叫他看。他笑了，说：

"你知道这个作者就是钟绿的情人。"

我高兴地谢了他，我说："现在我可明白了。"我又翻出书中几行给他看，他看了一遍，放下书默诵了一回，说：

"他是对的，他是对的，这个人实在很可爱，他们完全是了解的。"

此后又过了半个月光景。天气渐渐地暖起来，我晚上在屋子里读书老是开着窗子，窗前一片草地隔着对面远处城市的灯光车马。有个晚上，很夜深了，我觉到冷，刚刚把窗子关上，却听到窗外有人叫我，接着有人拿沙子抛到玻璃上，我赶忙起来一看，原来草地上立着那个清癯的朋友，旁边有个女人立在我的门前。朋友说："你能不能下来，我们有桩事托你。"

我蹑着脚下楼，开了门，在黑影模糊中听我朋友说："钟绿，钟绿她来到这里，太晚没有地方住，我想，或许你可以设法，明天一早她就要走的。"他又低声向我说："我知道你一定愿意认识她。"

这事真是来得非常突兀，听到了那么熟识，却又是那么神话的钟绿，竟然意外地立在我的前边，长长的身影穿着外衣，低低的半顶帽遮着半个脸，我什么也看不清楚。我伸手和她握手，告诉她在校里常听到她。她笑声地答应我说，希望她能使我失望，远不如朋友所讲的她那么坏！

在黑夜里，她的声音像银铃样，轻轻地摇着，末后宽柔温好，带点回响。她又转身谢谢那个朋友，率真地揽住他的肩膀说："百罗，你永远是那么可爱的一个人。"

她随了我上楼梯，我只觉到奇怪，钟绿在我心里始终成个古典人物，她的实际的存在，在此时反觉得荒诞不可信。

我那时是个穷学生，和一个同学住一间不甚大的屋子，恰巧同房的那几天回家去了。我还记得那晚上我在她的书桌上，开了她那盏非常得意的浅黄色灯，还用了我们两人共用的大红浴衣铺在旁边大椅上，预备看书时盖在腿上当毯子享用。屋子的布置本来极简单，我们曾用尽苦心把它收拾得还有几分趣味；衣橱的前面我们用一大幅黑色带金线的旧锦挂上，上面悬着一副我朋友自已刻的金色美人面具，旁边靠墙放两架睡榻，罩着深黄的床幔和一些靠垫，两榻中间隔着一个薄纱的东方式屏风。窗前一边一张书桌，各人有个书架，几件心爱的小古董。

整个房子的神气还很舒适，颜色也带点古黯神秘。钟绿进房来，我就请她坐在我们唯一的大椅上，她把帽子外衣脱下，顺手把大红浴衣披在身上说："你真能让我独占这房里唯一的宝座吗？"不知为什么，听到这话，我怔了一下，望着灯下披着红衣的她。看她里面本来穿的是一件古铜色衣裳，腰里一根很宽的铜质软带，一边臂上似乎套着两三副细窄的铜镯子，在那红色浴衣掩映之中，黑色古锦之前，我只觉到她由脸至踵有种神韵，一种名贵的气息和光彩，超出寻常所谓美貌或是漂亮。她的脸稍带椭圆，眉目清扬，有点儿南欧曼达娜的味道；眼睛深棕色，虽然甚大，却微微有点羞涩。她的头、脸、耳、鼻、口唇、前颈和两只手，则都像雕刻过的型体！每一面和她一面交接得那样清晰，又那样柔和，让光和影在上面活动着。

我的小铜壶里本来烧着茶，我便倒出一杯递给她。这回她却怔了说："真想不到这个时候有人给我茶喝，我这回真的走到中国了。"我笑了说："百罗告诉我你喜欢到井里汲水，好，我就喜欢泡茶。各人有她传统的嗜好，不容易改掉。"就在那时候，她的两唇微微地一抿，像朵花，由含苞到开放，毫无痕迹地轻轻地张开，露出那一排贝壳般的牙齿，我默默地在心里说：我这一生总可以说真正的见过一个称得起美人的人物了。

"你知道，"我说，"学校里谁都喜欢说起你，你在我心里简直是个神话人物，不，简直是古典人物；今天你的来，到现在我还信不过这事的实在性！"

她说："一生里事大半都好像做梦。这两年来我漂泊惯了，今天和明天的事多半是不相连续的多；本来现实本身就是一串不一定能连续而连续起来的荒诞。什么事我现在都能相信得过，尤其是此刻，夜这么晚，我把一个从来未曾遇见过的人的清静打断了，坐在她屋里，喝她几千里以外寄来的茶！"

那天晚上，她在我屋子里不止喝了我的茶，并且在我的书架上搬弄了我的书，我的许多相片，问了我一大堆的话，告诉我她有个朋友喜欢中国的诗——我知道那就是那青年作家，她的情人，可是我没有问她。她就在我屋子中间小小灯光下愉悦地活动着，一会儿立在洛阳造像的墨拓前默了一会儿，停一刻又走过，用手指柔和地，顺着那金色面具的轮廓上抹下来。她搬弄我桌上的唐陶俑和图章，又问我壁上铜剑的铭文。纯净的型和线似乎都在引逗起她的兴趣。

一会儿她倦了，无意中伸个懒腰，慢慢地将身上束的腰带解下，自然地，活泼地，一件一件将自己的衣服脱下，裸露出她雕刻般惊人的美丽。我看着她耐性地，细致地，解除臂上的铜镯，又用刷子刷她细柔的头发，来回地走到浴室里洗面又走出来。她的美当然不用讲；我惊讶的是她所有举动，全个体态，都是那样的有个性，奏着韵律。我心里想，自然舞蹈班中几个美体的同学，和我们人体画班中最得意的两个模特，明蒂和苏茜，她们的美实不过是些浅显的柔和及妍丽而已，同钟绿真无法比较得来。我忍不住兴趣地直爽地笑对钟绿说：

"钟绿，你长得实在太美了，你自己知道吗？"

她忽然转过来看了我一眼，好脾气地笑起来，坐到我床上。

"你知道你是个很古怪的小孩子吗？"她伸手抚着我的头后（那时我的头是低着的，似乎倒有点难为情起来），"老实告诉你，当百罗告

诉我，要我住在一个中国姑娘的房里时，我倒有些害怕，我想着不知道我们要谈多少孔夫子的道德，东方的政治；我怕我的行为或许会触犯你们谨严的佛教！"

这次她说完，却是我打个哈欠，倒在床上好笑。

她说："你在这里原来住得还真自由。"

我问她是否指此刻我们不拘束的行动讲。我说那是因为时候到底是半夜了，房东太太在梦里也无从干涉，其实她才是个极宗教的信徒，我平日极平常的画稿，拿回家来还曾经惊着她的脑膜。男朋友从来只到过我楼梯底下的，就是在楼梯边上坐着，到了十点半，她也一定咳嗽的。

　　钟绿笑了说："你的意思是从孔子庙到自由神中间并无多大距离！"

　　那时我睡在床上和她谈天，屋子里仅点一盏小灯。她披上睡衣，替我开了窗，才回到床上抱着膝盖抽烟。在一小闪光底下，她努着嘴喷出一个一个的烟圈，我又疑心我在做梦。

　　"我顶希望有一天到中国来，"她说，手里搬弄床前我的夹旗袍，"我还没有看见东方的莲花是什么样子。我顶爱坐帆船了。"

　　我说："我和你约好了，过几年你来；挑个山茶花开遍了时节，我给你披上一件长袍，我一定请你坐我家乡里最浪漫的帆船。"

　　"如果是个月夜，我还可以替你弹一曲希腊的弦琴。"

　　"也许那时候你更愿意死在你的爱人怀里！如果你的他也来。"我逗着她。

　　她忽然很正经地却用最柔和的声音说："我希望有这福气。"

　　就这样说笑着，我朦胧地睡去。

　　到天亮时，我觉得有人推我，睁开了眼，看她已经穿好了衣裳，收拾好皮包，俯身下来和我作别。

　　"再见了，好朋友，"她又淘气地抚着我的头，"就算你做个梦吧。现在你信不信昨夜答应过人，要请她坐帆船？"

　　可不就像一个梦，我眯着两只眼，问她为何起得这样早。她告诉我要赶六点十分的车到乡下去，约略一个月后，或许回来，那时一定再来看我。她不让我起来送她，无论如何要我答应她，等她一走就闭上眼睛再睡。

　　于是在天色微明中，我只再看到她歪着一顶帽子，倚在屏风旁边妩媚地一笑，便转身走出去了。一个月以后，她没有回来，其实等到一年半后，我离开××时，她也没有再来过这城的。我同她的友谊就仅仅限于那么一个短短的半夜，所以那天晚上是我第一次，也就是最末次，会

见了钟绿。但是即使以后我没有再得到关于她的种种悲惨的消息，我也知道我是永远不能忘记她的。

那个晚上以后，我又得到她的消息时，约在半年以后，百罗告诉我说：

"钟绿快要出嫁了。她这种的恋爱真能使人相信人生还有点意义，世界上还有一点美存在。这一对情人上礼拜堂去，的确要算上帝的荣耀。"

我好笑忧郁的百罗说这种话，却是私下里也的确相信钟绿披上长纱会是一个奇美的新娘。那时候我也很知道一点新郎的样子和脾气，并且由作品里我更知道他留给钟绿的情绪，私下里很觉到钟绿幸福。至于他们的结婚，我倒觉得很平凡；我不时叹息，想象到钟绿无条件地跟着自然律走，慢慢地变成一个妻子，一个母亲，渐渐离开她现在的样子，变老，变丑，到了我们从她脸上身上再也看不出她现在的雕刻般的奇迹来。

谁知道事情偏不这样的经过，钟绿的爱人竟在结婚的前一星期骤然死去，听说钟绿那时正在试着嫁衣，得着电话没有把衣服换下，便到医院里晕死过去在她未婚新郎的胸口上。当我得到这个消息时，钟绿已经到法国去了两个月，她的情人也已葬在他们本来要结婚的礼拜堂后面。

因为这消息，我却时常想起钟绿试装中世纪尼姑的故事，有点儿迷信预兆。美人自古薄命的话，更好像有了凭据。但是最使我感恸的消息，还在此后两年多。

当我回国以后，正在家乡游历的时候，我接到百罗一封长信，我真是没有想到钟绿竟死在一条帆船上。关于这一点，我始终疑心这个场面，多少有点钟绿自己的安排，并不见得完全出自偶然。那天晚上对着一江清流，茫茫暮霭，我独立在岸边山坡上，看无数小帆船顺风飘过，忍不住泪下如雨，坐下哭了。

我耳朵里似乎还听见钟绿银铃似的温柔的声音说："就算你做个梦，现在你信不信昨夜答应过请人坐帆船？"

原载1935年6月16日《大公报·文艺副刊》第156期

吉公
——模影零篇之二

二三十年前，每一个老派头旧家族的宅第里面，竟可以是一个缩小的社会；内中居住着种种色色的人物，他们错综的性格，兴趣，和琐碎的活动，或属于固定的，或属于偶然的，常可以在同一个时间里，展演如一部戏剧。

我的老家，如同当时其他许多家庭一样，在现在看来，尽可以称它做一个旧家族。那个并不甚大的宅子里面，也自成一种社会缩影。我同许多小孩子既在那中间长大，也就习惯于里面各种错综的安排和纠纷；像一条小鱼在海滩边生长，习惯于种种螺壳、蛤蜊、大鱼、小鱼，司空见惯，毫不以那种戏剧性的集聚为稀奇。但是事隔多年，有时反复回味起来，当时的情景反倒十分迫近。眼里颜色浓淡鲜晦，不但记忆浮沉驰骋，情感竟亦在不知不觉中重新伸缩，仿佛有所活动。

不过那大部的戏剧此刻却并不在我念中，此刻吸引我回想的仅是那大部中一小部，那错综的人物中一个人物。

他是我们的舅公，这事实是经"大人们"指点给我们一群小孩子知道的。于是我们都叫他做"吉公"，并不疑问到这事实的确实性。但是大人们却又在其他的时候里，间接的或直接的，告诉我们，他并不是我们的舅公的许多话！凡属于故事的话，当然都更能深入孩子的记忆里，这舅公的来历，就永远的在我们心里留下痕迹。

"吉公"是外曾祖母抱来的孩子；这故事一来就有些曲折，给孩子们许多想象的机会。外曾祖母本来自己是有个孩子的，据大人们所讲，他是如何的聪明，如何的长得俊！可惜在他九岁的那年一个很热的夏天里，竟然"出了事"。故事是如此的：他和一个小朋友，玩着抬起一个旧式的大茶壶桶，嘴里唱着土白的山歌，由供着神位的后厅抬到前面正厅里去……（我们心里在这里立刻浮出一张鲜明的图画：两个小孩子，赤着膊；穿着挑花大红肚兜；抬着一个朱漆木桶；里面装着一个白锡镶铜的大茶壶；多少两的粗茶叶，泡得滚热的——）但是悲剧也就发生在这幅图画后面，外曾祖父手里拿着一根旱烟管，由门后出来，无意中碰倒了一个孩子，事儿就坏了！那无可偿补的悲剧，就此永远嵌进那温文儒雅读书人的生命里去。

这个吉公用不着说是抱来替代那惨死去的聪明孩子的。但这是又过了十年，外曾祖母已经老了，祖母已将出阁时候的事。讲故事的谁也没有提到吉公小时是如何长得聪明美丽的话。如果讲到吉公小时的情形，且必用一点叹息的口气说起这吉公如何的顽皮，如何的不爱念书，尤其是关于学问是如何的没有兴趣，长大起来，他也始终不能去参加他们认为光荣的考试。

就一种理论讲，我们自己既在那里读书学作对子，听到吉公不会这门事，在心理上对吉公发生了一点点轻视并不怎样不合理。但是事实上我们不止对他的感情总是那么柔和，时常且对他发生不少的惊讶和钦佩。

吉公住在一个跨院的旧楼上边。不止在现时回想起来，那地方是个浪漫的去处，就是在当时，我们也未尝不觉到那一曲小小的旧廊，上边斜着吱吱呀呀的那么一道危梯，是非常有趣味的。

我们的境界既被限制在一所四面有围墙的宅子里，那活泼的孩子心有时总不肯在单调的生活中磋磨过去，故必定竭力的，在那限制的范围以内寻觅新鲜。在一片小小的地面上，我们认为最多变化，最有意思的，到底是人：凡是有人住的，无论哪一个小角落里，似乎都藏着无数的奇异，我们对它便都感着极大兴味。所以挑水老李住的两间平房，远在茶园子的后门边，和退休的老陈妈所看守的厨房以外一排空房，在我们寻觅新鲜的活动中，或可以说长成的过程中，都是绝对必需的。吉公住的那小跨院的旧楼，则更不必说了。

在那楼上，我们所受的教育，所吸取的知识，许多确非负责我们教育的大人们所能想象得到的。随便说吧，最主要的就有自鸣钟的机轮的动作、世界地图、油画的外国军队军舰和照相技术的种种，但是最要紧的还是吉公这个人，他的生平，他的样子，脾气，他自己对于这些新知识的兴趣。

吉公已是中年人了，但是对于种种新鲜事情的好奇，却还活像个孩子。在许多人跟前，他被认为是个不读书不上进的落魄者，所以在举动上，在人前时，他便习惯于惭愧、谦卑、退让、拘束的神情，唯独回到他自己的旧楼上，他才恢复过来他种种生成的性格，与孩子们和蔼天真地接触。

在楼上他常快乐地发笑；有时为着玩弄小机器一类的东西，他还会带着嘲笑似的，骂我们迟笨——在人前，这些便是绝不可能的事。用句现在极普通的语言讲，吉公是个有"科学的兴趣"的人，那个小小楼屋，便是他私人的实验室。但在当时，吉公只是一个不喜欢作对子读经书的落魄者，那小小角隅实是祖母用着布施式的仁慈和友爱的含忍，让出来给他消磨无用的日月的。

夏天里，约略在下午两点的时候。那大小几十口复杂的家庭里，各人都能将他一份事情打发开来，腾出一点时光睡午觉。小孩们有的也被他们母亲或看妈抓去横睡在又热又闷气的床头一角里去。在这个时候，火似的太阳总显得十分寂寞，无意义地罩着一个两个空院；一处两处洗晒的衣裳；刚开过饭的厨房，或无人用的水缸。在清静中，喜鹊大胆地飞到地面上，像人似的来回走路，寻觅零食，花猫黄狗全都蜷成一团，在门槛旁把头睡扁了似的不管事。

我喜欢这个时候，这种寂寞对于我有说不出的滋味。饭吃过，随便在哪个阴凉处待着，用不着同伴，我就可以寻出许多消遣来。起初我常常一人走进吉公的小跨院里去，并不为的找吉公，只站在门洞里吹穿堂风，或看那棵大柚子树的树荫罩在我前面来回地摇晃。有一次我满以为周围只剩我一人的，忽然我发现廊下有个长长的人影，不觉一惊。顺着人影偷着看去，我才知道是吉公一个人在那里忙着一件东西。他看我走来便向我招手。

原来这时间也是吉公最宝贵的时候，不轻易拿来糟蹋在午睡上面。我同他的特殊的友谊便也建筑在这点点同情上。他告我他私自学会了照相，家里新买到一架照相机已交给他尝试。夜里，我是看见过的，他点盏红灯，冲洗那种旧式玻璃底片，白日里他一张一张耐性地晒片子，这还是第一次让我遇到。那时他好脾气地指点给我一个人看，且请我帮忙，两次带我上楼取东西。平常孩子们太多他没有工夫讲解的道理，此刻慢吞吞地也都和我讲了一些。

吉公楼上的屋子是我们从来看不厌的，里面东西实在是不少，老式钟表就有好几个，都是亲戚们托他修理的，有的是解散开来卧在一个盘子里，等他一件一件再细心地凑在一起。桌上竟还放着一副千里镜，墙上满挂着许多很古怪翻印的油画，有的是些外国皇族，最多还是有枪炮的普法战争的图画，和一些火车轮船的影片以及大小地图。

"吉公，谁教你怎么修理钟的？"

吉公笑了笑，一点不骄傲，却显得更谦虚的样子，努一下嘴，叹口气说："谁也没有教过吉公什么！"

"这些机器也都是人造出来的，你知道！"他指着自鸣钟，"谁要喜欢这些东西尽可拆开来看看，把它弄明白了。"

"要是拆开了还不大明白呢？"我问他。

他更沉思地叹息了。

"你知道，吉公想大概外国有很多工厂教习所，教人做这种灵巧的机器，凭一个人的聪明一定不会做得这样好。"说话时吉公带着无限的怅惘。我却没有听懂什么工厂什么教习所的话。

吉公又说："我那天到城里去看一个洋货铺，里面有个修理钟表的柜台，你说也真奇怪，那个人在那里弄个钟，许多地方还没有吉公明白呢！"

在这个时候，我以为吉公尽可以骄傲了，但是吉公的脸上此刻看去却更惨淡，眼睛正望着壁上火轮船的油画看。

"这些钟表实在还不算有意思。"他说，"吉公想到上海去看一次火轮船，那种大机器转动起来够多有趣？"

"伟叔不是坐着那么一个上东洋去了吗？"我说，"你等他回来问问他。"

吉公苦笑了。"傻孩子，伟叔是读书人，他是出洋留学的，坐到一个火轮船上，也不到机器房里去的，那里都是粗的工人火夫等管着。"

"那你呢？难道你就能跑到粗人火夫的机器房里去？"孩子们受了大人影响，怀疑到吉公的自尊心。

"吉公喜欢去学习，吉公不在乎那些个，"他笑了，看看我为他十分着急的样子，忙把话转变一点安慰我说，"在外国，能干的人也有专管机器的，好比船上的船长吧，他就也得懂机器还懂地理。军官吧，他就懂炮车里机器，尽念古书不相干的，洋人比我们能干，就为他们的机器……"

这次吉公讲的话很多，我都听不懂，但是我怕他发现我太小不明白他的话，以后不再要我帮忙，故此一直勉强听下去，直到吉公记起廊下的相片，跳起来拉了我下楼。

又过了一些日子，吉公的照相颇博得一家人的称赞，尤其是女人们喜欢得了不得。天好的时候，六婶娘找了几位妯娌，请祖母和姑妈们去她院里照相。六婶娘梳着油光的头，眉目细细地淡淡地画在她的白皙脸上，就同她自己画的兰花一样有几分勉强。她的院里有几棵梅花，几竿竹，一个月门，还有一堆假山，大家都认为可以入画的景致。但照相前，各人对于陈设的准备，也和吉公对于照相机底片等等的部署一般繁重。婶娘指挥丫头玉珍，花匠老王，忙着摆茶几，安放细致的水烟袋及茶杯。前面还要排着讲究的盆花，然后两旁列着几张直背椅，各人按着辈分、岁数各个坐成一个姿势，有时还拉着一两个孩子作衬托。

在这种时候，吉公的头与手在他黑布与机器之间耐烦地周旋着。周旋到相当时间，他认为已经到达较完满的程度，才把头伸出观望那被摄影的人众。每次他有个新颖的提议，照相的人们也就有说有笑的起劲。这样祖母便很骄傲起来，这是连孩子们都觉察得出的，虽然我们当时并未了解她的许多伤心。吉公呢，他的全副精神却在那照相技术上边，周围的空气人情并不在他注意中。等到照相完了，他才微微地感到一种完成的畅适，兴头地捎着照相机，带着一群孩子回去。

还有比这个严重的时候，如同年节或是老人们的生日，或宴客，吉公的照相职务便更为重要了。早上你到吉公屋里去，便看得到厚厚的红布黑布挂在窗上，里面点着小红灯，吉公驼着背在黑暗中来往的工作。他那种兴趣，勤劳和认真，现在回想起来，我相信如果他晚生了三十年，这个社会里必定会有他一个结实的地位的。照相不过是他当时一个不得已的科学上活动，他对于其他机器的爱好，却并不在照相以下。不过在实际上照相既有所贡献于接济他生活的人，他也只好安于这份工作了。

另一次我记得特别清楚，我那喜欢兵器、武艺的祖父，拿了许多所谓"洋枪"到吉公那里，请他给揩擦上油。两人坐在廊下谈天，小孩子们也围上去。吉公开一瓶橄榄油，扯点破布，来回地把玩那些我们认为颇神秘的洋枪，一边议论着洋船、洋炮，及其他洋人做的事。

吉公所懂得的均是具体知识，他把枪支在手里，开开这里，动动那里，演讲一般指手画脚讲到机器的巧妙，由枪到炮，由炮到船，由船到火车，一件一件。祖父感到惊讶了，这已经相信维新的老人听到吉公这许多话，相当地敬服起来，微笑凝神地在那里点头领教。大点的孩子也都闻所未闻地睁大了眼睛；我最深的印象便是那次是祖父对吉公非常愉悦的脸色。

祖父谈到航海，说起他年轻的时候，极想到外国去，听到某处招生学洋文，保送到外洋去，便设法想去投考。但是那时他已聘了祖母，丈人方面得到消息大大的不高兴，竟以要求退婚要挟他把那不高尚的志趣打消。吉公听了，黯淡的一笑，或者是想到了他自己年少时多少的梦，也曾被这同一个读书人给毁掉了。

他们讲到苏伊士运河，吉公便高兴地，同情地，把楼上地图拿下来，由地理讲到历史，甲午呀，庚子呀，我都是在那时第一次听到。我更记得平常不讲话的吉公当日愤慨的议论，我为他不止一点的骄傲，虽然我不明白为什么他的结论总回到机器上。

但是一年后吉公离开我们家，却并不为着机器，而是出我们意料外地为着一个女人。

也许是因为吉公的照相相当地出了名，并且时常地出去照附近名胜风景，让一些人知道了，就常有人来请他去照相。为着对于技术的兴趣，他亦必定到人家去尽义务地为人照全家乐，或带着朝珠谱褂的单人留影。酬报则时常是些食品、果子。

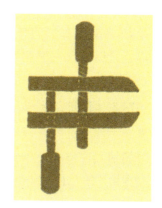

有一次有人请他去，照相的却是一位未曾出阁的姑娘，这位姑娘因在择婿上稍稍经过点周折，故此她家里对于她的亲事常怀着悲观。与吉公认识的是她堂房哥哥，照相的事是否这位哥哥故意地设施，家里人后来议论得非常热烈，我们也始终不得明了。要紧地是，事实上吉公对于这姑娘一家甚有好感，为着这姑娘的相片也颇尽了些职务；我不记得他是否在相片上设色，至少那姑娘的口唇上是抹了一小点胭脂的。

这事传到祖母耳里，这位相信家教谨严的女人便不大乐意。起前，她觉得一个未出阁的女子，相片交给一个没有家室的男子手里印洗，是不名誉不正当的。并且这女子既不是和我们同一省份，便是属于"外江"人家的，事情尤其要谨慎。在这纠纷中，我才又得听到关于吉公的一段人生悲剧。多少年前他是曾经娶过妻室的，一位年轻美貌的妻子，并且也生过一个孩子，却在极短的时间内，母子两人全都死去。这事除却在吉公一人的心里，这两人的存在几乎不在任何地方留下一点凭据。

现在这照相的姑娘是吉公生命里的一个新转变，在他单调的日月里开出一条路来。不止在人情上吉公也和他人一样需要异性的关心和安慰，就是在事业的野心上，这姑娘的家人也给吉公以不少的鼓励，至少到上海去看火轮船的梦是有了相当的担保，本来悠长没有着落的日子，现在是骤然地点上希望。虽然在人前吉公仍是沉默，到了小院里他却开始愉快地散步；注意到柚子树又开了花；晚上有没有月亮；还买了几条金鱼养到缸里。在楼上他也哼哼一点调子，把风景照片镶成好看的框子，零整地拿出去托人代售。有时他还整理旧箱子；多少年他没有心绪翻检的破旧东西，现在有时也拿出来放在床上，椅背上，尽小孩子们好奇地问长问短，他也满不在乎了。

忽然突兀地他把婚事决定了，也不得我祖母的同意，便把吉期选好，预备去入赘。祖母生气到默不作声，只退到女人家的眼泪里去，呜咽她对于这弟弟的一切失望。家里人看到舅爷很不体面地，到外省人家去入赘，带着一点箱笼什物，自然也有许多与祖母表同情的。但吉公则终于离开那所浪漫的楼屋，去另找他的生活了。

那布着柚子树荫的小跨院渐渐成为一个更寂寞的角隅，那道吱吱呀呀的木梯从此便没有人上下，除却小孩子们有时淘气，上到一半又赶忙下来。现在想来，我不能不称赞吉公当时那一点挣扎的活力，能不甘于一种平淡的现状。那小楼只能尘封吉公过去不幸的影子，却不能把他给活埋在里边。

吉公的行为既是叛离亲族，在旧家庭里许多人就不能容忍这种的不自尊。他婚后的行动，除了带着新娘来拜过祖母外，其他事情便不听到有人提起！似乎过了不久的时候，他也就到上海去，多少且与火轮船有关系。有一次我曾大胆地问过祖父，他似乎对于吉公是否在火轮船做事没有多大兴趣，完全忘掉他们一次很融洽的谈话。在祖母生前，吉公也还有来信，但到她死后，就完全地渺然消失，不通音问了。

两年前我南下，回到幼年居住的城里去，无意中遇到一位远亲，他告诉我吉公住在城中，境况非常富裕；子女四人，在各个学校里读书，对于科学都非常嗜好，尤其是内中一个，特别聪明，屡得学校奖金等等。于是我也老声老气地发出人事的感慨。如果吉公自己生早了三四十年，我说，我希望他这个儿子所生的时代与环境合适于他的聪明，能给他以发展的机会不再复演他老子的悲剧。并且在生命的道上，我祝他早遇到同情的鼓励，敏捷地达到他可能的成功。这得失且并不仅是吉公个人的，而可以计算作我们这老朽的国家的。

至于我会见到那六十岁的吉公，听到他离开我们家以后一段奋斗的历史，这里实没有细讲的必要，因为那中年以后，不经过训练，自己琢磨出来的机器师，他的成就必定是有限的。纵使他有相当天赋的聪明，他亦不能与太不适当的环境搏斗。由于爱好机器，他到轮船上做事，到码头公司里任职，更进而独立的创办他的小规模丝织厂，这些全同他的照相一样，仅成个实际上能博取物质胜利的小事业，对于他精神上超物质的兴趣，已不能有所补助，有所启发。年老了，当时的聪明一天天消失，所余仅是一片和蔼的平庸和空虚。认真地说，他仍是个失败者。如果迷信点的话，相信上天或许要偿补给吉公他一生的委屈，这下文的故事，就应该在他那个聪明孩子和我们这个时代上。但是我则仍然十分怀疑。

原载1935年8月11日《大公报·文艺副刊》第164期

187

文珍

——模影零篇之三

　　家里在复杂情形下搬到另一个城市去，自己是多出来的一件行李。大约七岁，似乎已长大了，篁姊同家里商量接我到她处住半年，我便被送过去了。

　　起初一切都是那么模糊，重叠的一堆新印象乱在一处；老大的旧房子，不知有多少老老少少的人，楼，楼上幢幢的人影，嘈杂陌生的声音，假山，绕着假山的水池，很讲究的大盆子花，菜圃，大石井，红红绿绿小孩子，穿着很好看或粗糙的许多妇人，围着四方桌打牌的，在空屋里养蚕的，晒干菜的，生活全是那么混乱繁复和新奇。自己却总是孤单，怯生，寂寞。积渐地在纷乱的周遭中，居然挣扎出一点头绪，认到一个凝固的中心，在寂寞焦心或怯生时便设法寻求这个中心，抓紧它，旋绕着它，要求一个孩子所迫切需要的保护、温暖和安慰。

　　这凝固的中心便是一个约摸十七岁年龄的女孩子。她有个苗条身材，一根很黑的发辫，扎着大红绒绳；两只灵活真叫人喜欢黑晶似的眼珠；和一双白皙轻柔无所不会的手。她叫作文珍。人人都喊她文珍，不管是梳着油光头的妇女，扶着拐杖的老太太，刚会走路的"孙少"，老妈子或门房里人！

　　文珍随着喊她的声音转，一会儿在楼上牌桌前张罗，一会儿下楼穿过

廊子不见了，又一会儿是哪个孩子在后池钓鱼，喊她去寻钓竿，或是另一个迫她到园角攀摘隔墙的还不熟透的桑椹。一天之中这扎着红绒绳的发辫到处可以看到，跟着便是那灵活的眼珠。本能的，我知道我寻着我所需要的中心，和骆驼在沙漠中望见绿洲一样。清早上寂寞地踱出院子一边望着银红阳光射在藤萝叶上，一边却盼望着那扎着红绒绳的辫子快点出现。凑巧她过来了：花布衫熨得平平的，就有补的地方，也总是剪成如意或桃子等好玩的式样，雪白的袜子，青布的鞋，轻快地走着路，手里持着一些老太太早上需要的东西，开水，脸盆或是水烟袋，看着我，她就和蔼亲切地笑笑：

"怎么不去吃稀饭？"

难为情地，我低下头。

"好吧，我带你去。尽怕生不行的呀！"

感激的我跟着她走。到了正厅后面（两张八仙桌上已有许多人在吃早饭），她把东西放在一旁，携着我的手到了中间桌边，顺便地喊声："五少奶，起得真早。"等五少奶转过身来，便更柔声地说，"小客人还在怕生呢，一个人在外边吹着，也不进来吃稀饭！"于是把我放在五少奶旁边方凳上，她自去大锅里盛碗稀饭，从桌心碟子里挟出一把油炸花生，拣了一角有红心的盐鸡蛋放在我面前，笑了一笑走去几步，又回头来，到我耳朵边轻轻地说：

"好好地吃，吃完了，找阿元玩去，他们早上都在后池边看花匠做事，你也去。"或是，"到老太太后廊子找我，你看不看怎样挟燕窝？"

红绒发辫暂时便消失了。

太阳热起来，有天我在水亭子里睡着了，睁开眼正是文珍过来把我拉起来。"不能睡，不能睡，这里又是日头又是风的，快给我进去喝点热茶。"害怕的我跟着她去到小厨房，看着她拿开水冲茶，听她嘴里哼哼地唱着小调。篁姊走过看到我们便喊："文珍，天这么热你把她带到小厨房里做什么？"我当时真怕文珍生气，文珍却笑嘻嘻地："三少奶奶，你这位妹妹真怕生，总是一个人闷着，今天又在水亭里睡着了，你

给她想想法子解解闷，这里怪难为她的。"

篁姊看看我说："怎么不找那些孩子玩去？"我没有答应出来，文珍在篁姊背后已对我挤了挤眼，我感激地便不响了。篁姊走去，文珍拉了我的手说："不要紧，不找那些孩子玩时就来找我好了，我替你想想法子。你喜欢不喜欢拆旧衣衫？我给你一把小剪子，我教你。"

于是面对面我们两人有时便坐在树荫下拆旧衣，我不会时她就叫我帮助她拉着布，她一个人剪，一边还同我讲故事。

指着大石井，她说："文环比我大两岁，长得顶好看了，好看的人没有好命，更可怜！我的命也不好，可是我长得老实样，没有什么人来欺侮我。"文环是跳井死的丫头，这事发生在我未来这家以前，我就知道孩子们到了晚上，便互相逗着说文环的鬼常常在井边来去。

"文环的鬼真来吗？"我问文珍。

"这事你得问芳少爷去。"

我怔住不懂，文珍笑了。"小孩子还信鬼吗？我告诉你，文环的死都是芳少爷不好，要是有鬼她还不来找他算账，我看，就没有鬼，文环白死了！"我仍然没有懂，文珍也不再往下讲了，自己好像不胜感慨的样子。

过一会她忽然说：

"芳少爷讲书倒讲得顶好了，我替你出个主意，等他们早上讲诗的时候，你也去听。背背诗挺有意思的，明天我带你去听。"

到了第二天她果然便带了我到东书房去听讲诗。八九个孩子看到文珍进来，都看着芳哥的脸。文珍满不在乎地坐下，芳哥脸上却有点两样，故作镇定地向着我说：

"小的孩子，要听可不准闹。"我望望文珍，文珍抿紧了嘴不响，打开一个布包，把两本唐诗放在我面前，轻轻地说："我把书都给你带来了。"

芳哥选了一些诗，叫大的背诵，又叫小的跟着念；又讲李太白怎样会喝酒的故事。文珍看我已经很高兴地在听下去，自己便轻脚轻手地走出去了。此后每天我学了一两首新诗，到晚上就去找文珍背给她听，背错了她必提示我，每背出一首她还替我抄在一个本子里——如此文珍便做了我的老师。

五月节中文珍裹的粽子好，做的香袋更是特别出色，许多人便托她做，有的送她缎面鞋料，有的给她旧布衣衫，她都一脸笑高兴地接收了。有一天在她屋子里玩，我看到她桌子上有个古怪的纸包；我问她里边是些什么，她也很稀奇地说连她都不知道。我们两人好奇地便一同打开看。原来里边裹着是一把精致的折扇，上面画着两三朵菊花，旁边细细地写着两行诗。

"这可怪了，"她喊了起来，接着把眼珠子一转，仿佛想起什么了，便轻声地骂着，"鬼送来的！"

听到鬼，我便联想到文环，忽然恍然，有点明白这是谁送来的！我问她可是芳哥？她望着我看看，轻轻拍了我一下，好脾气地说："你这小孩子家好懂事，可是，"她转了一个口吻，"小孩子家太懂事了，不好的。"过了一会，看我好像很难过，又笑逗着我："好娇气，一句话都吃不下去！轻轻说你一句就值得撅着嘴这半天！以后怎做人家儿媳妇？"我羞红了脸便和她闹，半懂不懂地大声念扇子上的诗。这下她可真急了，把扇子夺在手里说："你看我稀罕不稀罕爷们的东西！死了一个丫头还不够呀？"一边说一边狠狠地把扇子撕个粉碎，伏在床上哭起来了。

我从来没有想到文珍会哭的，这一来我慌了手脚，爬在她背上摇她，一直到自己也哭了，她才回过头来说："好小姐，这是怎么闹的，快别这样了。"替我擦干了眼泪，又哄了我半天。一共做了两个香包才把我送走。

在夏天有一个薄暮里大家都出来到池边乘凉看荷花，小孩子忙着在后园里捉萤火虫，我把文珍也拉去绕着假山竹林子走，一直到了那扇永远锁闭着的小门前边。阿元说那边住的一个人家是革命党，我们都问革命党是什么样子。要爬在假山上面往那边看。文珍第一个上去，阿元接着把我推上去。等到我的脚自己能立稳的时候，我才看到隔壁院里一个剪发的年轻人，仰着头望着我们笑。文珍急着要下来，阿元却正挡住她的去路。阿元上到山顶冒冒失失地便向着那人问："喂，喂，我问你，你是不是革命党呀？"那人皱一皱眉又笑了笑，问阿元敢不敢下去玩，文珍生气了说阿元太顽皮，自己便先下去，把我也接下去走了。

过了些时，我发现这革命党邻居已同阿元成了至交，时常请阿元由墙上过去玩，他自己也越墙过来同孩子们玩过一两次。他是个东洋留学生，放暑假回家的，很自然地我注意到他注意文珍，可是一切事在我当时都是一片模糊，莫名其所以的。文珍一天事又那么多，有时被孩子们纠缠不过，总躲了起来在楼上挑花做鞋去，轻易不见她到花园里来玩的。

可是忽然间全家里空气突然紧张，大点的孩子被二少奶老太太传去问话；我自己也被篁姊询问过两次关于小孩子们爬假山结交革命党的事，但是每次我都咬定了不肯说有文珍在一起。在那种大家庭里厮混了那么久，我也积渐明白做丫头是怎样与我们不同，虽然我却始终没有看到文珍被打过。

经过这次事件以后，文珍渐渐变成沉默，没有先前活泼了。多半时候都在正厅耳房一带，老太太的房里或是南楼上，看少奶奶们打牌。仅在篁姊生孩子时，晚上过来陪我剪花样玩，帮我写两封家信。看她样子好像很不高兴。

中秋前几天阿元过来，报告我说家里要把文珍嫁出去，已经说妥了人家，一个做生意的，长街小钱庄里管账的，听说文珍认得字，很愿意娶她，一过中秋便要她过门。我一面心急文珍要嫁走，却一面高兴这事的新鲜和热闹。

"文珍要出嫁了！"这话在小孩子口里相传着。但是见到文珍我却没有勇气问她。下意识地，我也觉到这桩事的不妙；一种黯淡的情绪笼罩着文珍要被嫁走的新闻上面。我记起文珍撕扇子那一天的哭，我记起我初认识她时她所讲的文环的故事，这些记忆牵牵连连地放在一起，都似乎叫我非常不安。到后来我忍不住了，在中秋前两夜大月亮和桂花香中看文珍正到我们天井外石阶上坐着时，上去坐在她旁边，无暇思索地问她：

"文珍，我同你说。你真要出嫁了吗？"

文珍抬头看看树枝中间月亮。

"她们要把我嫁了！"

"你愿意吗？"

"什么愿意不愿意的，谁大了都得嫁不是？"

"我说是你愿意嫁给那么一个人家吗？"

"为什么不？反正这里人家好，于我怎么着？我还不是个丫头，穿得不好，说我不爱体面，穿得整齐点，便说我闲话，说我好打扮，想男子……说我……"

她不说下去，我也默然不知道说什么。

"反正，"她接下去说，"丫头小的时候可怜，好容易捱大了，又得遭难！不嫁老在那里磨着，嫁了不知又该受些什么罪！活该我自己命苦，生在凶年……亲爹嬷背了出来卖给人家！"

我以为她又哭了，她可不，忽然立了起来，上个小山坡，踮起脚来连连折下许多桂花枝，拿在手里嗅着。

"我就嫁！"她笑着说，"她们给我说定了谁，我就嫁给谁！管他呢，命要不好，遇到一个醉汉打死了我，不更干脆？反正，文环死在这井里，我不能再在他们家上吊！这个那个都待我好，可是我可伺候够了，谁的事我不做一堆？不待我好，难道还要打我？"

"文珍，谁打过你？"我问。

"好，文环不跳到井里去了吗，谁现在还打人？"她这样回答，随

着把手里桂花丢过一个墙头，想了想，笑起来。我是完全地莫名其妙。

"现在我也大了，闲话该轮到我了，"她说了又笑，"随他们说去，反正是个丫头，我不怕！……我要跑就跑，跟卖布的，卖糖糕的，卖馄饨的，担臭豆腐挑子沿街喊的，出了门就走了！谁管得了我？"她放声地叽叽呱呱地大笑起来，两只手拿我的额发辫着玩。

我看她高兴，心里舒服起来。寻常女孩子家自己不能提婚姻的事，她竟说要跟卖臭豆腐的跑了，我暗暗稀罕她说话的胆子，自己也跟说疯话：

"文珍，你跟卖馄饨的跑了，会不会生个小孩也卖小馄饨呀？"

文珍的脸忽然白下来，一声不响。

××钱庄管账的来拜节，有人一直领他到正院里来，小孩们都看见了。这人穿着一件蓝长衫，罩一件青布马褂，脸色乌黑，看去真像有了四十多岁，背还有点驼，指甲长长的，两只手老筒在袖里，顽皮的大孩子们眼睛骨碌碌地看着他，口上都在轻轻地叫他新郎。

我知道文珍正在房中由窗格子里可以看得见他，我就跑进去找寻，她却转到老太太床后拿东西，我跟着缠住，她总一声不响。忽然她转过头来对我亲热的一笑，轻轻地，附在我耳后说："我跟卖馄饨的去，生小孩，卖小馄饨给你吃！"说完扑哧地稍稍大声点笑。我乐极了就跑出去。但所谓"新郎"却已经走了，只听说人还在外客厅旁边喝茶，商谈亲事应用的茶礼，我也没有再出去看。

此后几天，我便常常发现文珍到花园里去，可是几次，我都找不着她，只有一次我看见她从假山后那小路回来。

"文珍你到哪里去？"

她不答应我，仅仅将手里许多杂花放在嘴边嗅，拉着我到池边去说替我打扮个新娘子，我不肯，她就回去了。

又过了些日子我家来人接我回去，晚上文珍过来到我房里替篁姊收拾我的东西。看见房里没有人，她把洋油灯放低了一点，走到床边来同我说：

"我以为我快要走了，现在倒是你先去，回家后可还记得起来文珍？"

我眼泪挂在满脸，抽噎着说不出话来。

"不要紧，不要紧。"她说，"我到你家来看你。"

"真的吗？"我伏在她肩上问。

"那谁知道！"

"你是不是要嫁给那钱庄管账的？"

"我不知道。"

"你要嫁给他，一定变成一个有钱的人了，你真能来我家吗？"

"我也不知道。"

我又哭了。文珍摇摇我，说："哭没有用的，我给你写信好不好？"我点点头，就躺下去睡。

回到家后我时常盼望着文珍的信，但是她没有给我信。真的革命了，许多人都跑上海去住，篁姊来我们家说文珍在中秋节后快要出嫁以前逃跑了，始终没有寻着。这消息听到耳里同雷响一样，我说不出的牵挂担心她。我鼓起勇气地问文珍是不是同一个卖馄饨的跑了，篁姊惊讶地问我：

"她时常同卖馄饨的说话吗？"

我摇摇头说没有。

"我看，"篁姊说，"还是同那个革命党跑的！"

一年以后，我还在每个革命画册里想发现文珍的情人。文珍却从没有给我写过一封信。

原载1936年6月14日《大公报·文艺副刊》第162期

绣绣

——模影零篇之四

因为时局，我的家暂时移居到××。对楼张家的洋房子楼下住着绣绣。那年绣绣十一岁，我十三。起先我们互相感觉到使彼此不自然，见面时便都先后红起脸来，准备彼此回避。但是每次总又同时彼此对望着，理会到对方有一种吸引力，使自己不容易立刻实行逃脱的举动。于是在一个下午，我们便有意距离彼此不远地同立在张家楼前，看许多人用旧衣旧鞋热闹地换碗。

还是绣绣聪明，害羞地由人丛中挤过去，指出一对美丽的小磁碗给我看，用秘密亲昵的小声音告诉我她想到家里去要一双旧鞋来换。我兴奋地望着她回家的背影，心里漾起一团愉悦的期待。不到一会子工夫，我便又佩服又喜悦地参观到绣绣同换碗的贩子一段交易的喜剧，变成绣绣的好朋友。

那张小小的图画今天还顶温柔地挂在我的胸口。这些年了，我仍能见到绣绣的两条发辫系着大红绒绳，睁着亮亮的眼，抿紧着嘴，边走边跳地过来，一只背在后面的手里提着一双旧鞋。挑卖磁器的贩子口里衔着旱烟，像一个高大的黑影，笼罩在那两簇美丽得同云一般各色磁器的担子上面！一些好奇的人都伸过头来看。"这么一点点小孩子的鞋，谁要？"贩子坚硬的口气由旱烟管的斜角里呼出来。

"这是一双皮鞋，还新着呢！"绣绣抚爱地望着她手里旧皮鞋。那双鞋无疑地曾经一度给过绣绣许多可骄傲的体面。鞋面有两道鞋扣。

换碗的贩子终于被绣绣说服，取下口里旱烟扣在灰布腰带上，把鞋子接到手中去端详。绣绣知道这机会不应该失落。也就很快地将两只渴慕了许多时候的小花碗捧到她手里。但是鹰爪似的贩子的一只手早又伸了过来，将绣绣手里梦一般美满的两只小碗仍然收了回去。绣绣没有话说，仰着绯红的脸，眼睛潮润着失望的光。

我听见后面有了许多嘲笑的声音，感到绣绣孤立的形势和她周围一些侮辱的压迫，不觉起了一种不平。"你不能欺侮她小！"我听到自己的声音威风地在贩子的肋下响，"能换就换换，不能换，就把皮鞋还给她！"贩子没有理我，也不去理绣绣，忙碌地同别人交易，小皮鞋也还夹在他手里。

"换了吧老李，换了吧，人家一个孩子。"人群中忽有个老年好事的人发出含笑慈祥的声音。"倚老卖老"地他将担子里那两只小碗重新捡出交给绣绣同我："哪，你们两个孩子拿着这两只碗快走吧！"我惊讶地接到一只碗，不知所措。绣绣却挨过亲热的小脸扯着我的袖子，高兴地笑着示意叫我同她一块儿挤出人堆来。那老人或不知道，他那时塞到我们手里的不止是两只碗，并且是一把鲜美的友谊。

自此以后，我们的往来一天比一天亲密。早上我伴绣绣到西街口小店里买点零星东西。绣绣是有任务的，她到店里所买的东西都是油盐酱醋，她妈妈那一天做饭所必需的物品，当我看到她在店里非常熟识地要她的货物了，从容地付出或找入零碎铜元同吊票时，我总是暗暗地佩服她的能干，羡慕她的经验。最使我惊异的则是她妈妈所给我的印象。黄瘦的，那妈妈是个极懦弱无能的女人，因为带着病，她的脾气似乎非常暴躁。种种的事她都指使着绣绣去做，却又无时无刻不咕噜着，教训着她的孩子。

起初我以为绣绣没有爹，不久我就知道原来绣绣的父亲是个很阔绰的人物。他姓徐，人家叫他徐大爷，同当时许多父亲一样，他另有家眷住在别一处的。绣绣同她妈妈母女两人早就寄住在这张家亲戚楼下两小间屋子里，好像被忘记了的孤寡。绣绣告诉我，她曾到过她爹爹的家，那还是她那新姨娘没有生小孩以前，她妈叫她去同爹要一点钱，绣绣说时脸红了起来，头低了下去，挣扎着心里各种的羞愤和不平。我没有敢说话，绣绣随着也就忘掉了那不愉快的方面，抬起头来告诉我，她爹家里有个大洋狗非常的好。"爹爹叫它坐下，它就坐下。"还有一架洋钟，绣绣也不能够忘掉"钟上面有个门"，绣绣眼里亮起来。"到了钟点，门会打开，里面跳出一只鸟来，几点钟便叫了几次。""那是——那是爹爹买给姨娘的。"绣绣又偷偷告诉了我。

　　"我还记得有一次我爹爹抱过我呢，"绣绣说，她常同我讲点过去的事情。"那时候，我还顶小，很不懂事，就闹着要下地，我想那次我爹一定很不高兴的！"绣绣追悔地感到自己的不好，惋惜着曾经领略过又失落了的一点点父亲的爱。"那时候，你太小了当然不懂事。"我安慰着她。"可是……那一次我到爹家里去时，又弄得他不高兴呢！"绣绣心里为了这桩事，大概已不止一次地追想难过着，"那天我要走的时候，"她重新说下去，"爹爹翻开抽屉问姨娘有什么好玩意儿给我玩，我看姨娘没有答应，怕她不高兴，便说，我什么也不要，爹听见就很生气把抽屉关上，说不要就算了！"——这里绣绣本来清脆的声音显然有点哑，"等我再想说话，爹已经起来把给妈的钱交给我，还说，你告诉她，有病就去医，自己乱吃药，明日吃死了我不管！"这次绣绣伤心地对我诉着委屈，轻轻抽噎着哭，一直坐在我们后院子门槛上玩，到天黑了才慢慢地踱回家去，背影消失在张家灰暗的楼下。

　　夏天热起来，我们常常请绣绣过来喝汽水，吃藕，吃西瓜。娘把我太短了的花布衫送给绣绣穿，她活泼地在我们家里玩，帮着大家摘菜，做凉粉，削果子做甜酱，听国文先生讲书，讲故事。她的妈则永远坐在自己窗口里，摇着一把蒲扇，不时颤声地喊："绣绣！绣绣！"底下咕噜着一些埋怨她不回家的话"……同她父亲一样，家里总坐不住！"

有一天，天将黑的时候，绣绣说她肚子痛，匆匆跑回家去。到了吃夜饭时候，张家老妈到了我们厨房里说，绣绣那孩子病得很，她妈不会请大夫，急得只坐在床前哭。我家里人听见了就叫老陈妈过去看绣绣，带着一剂什么急救散。我偷偷跟在老陈妈后面，也到绣绣屋子去看她。我看到我的小朋友脸色苍白地在一张木床上呻吟着，屋子在那黑夜小灯光下闷热的暑天里，显得更凌乱不堪。那黄病的妈妈除却交叉着两只手发抖地在床边敲着，不时呼唤绣绣外，也不会为孩子预备一点什么适当的东西。大个子的蚊子咬着孩子的腿同手臂，大粒子汗由孩子额角沁出流到头发旁边。老陈妈慌张前后的转，拍着绣绣的背，又问徐大妈妈——绣绣的妈——要开水，要药锅煎药。我偷个机会轻轻溜到绣绣床边叫她，绣绣听到声音还勉强地睁开眼睛看看我作了一个微笑，吃力地低声说，"蚊香……在屋角……劳驾你给点一根……"她显然习惯于母亲的无用。

"人还清楚！"老陈妈放心去熬药。这边徐大妈妈咕噜着："告诉你过人家的汽水少喝！果子也不好，我们没有那命吃那个……偏不听话，这可招了祸！……你完了小冤家，我的老命也就不要了……"绣绣在呻吟中间显然还在哭辩着："哪里是那些，妈……今早上……我渴，喝了许多泉水。"

家里派人把我拉回去。我记得那一夜我没得好睡，惦记着绣绣，做着种种可怕的梦。绣绣病了差不多一个月，到如今我也不知道到底患的什么病，他们请过两次不同的大夫，每次买过许多杂药。她妈天天给她稀饭吃。正式的医药没有，营养更是等于零的。

因为绣绣的病，她妈妈埋怨过我们，所以她病里谁也不敢送吃的给她。到她病将愈的时候，我天天只送点儿童画报一类的东西去同她玩。

病后，绣绣那灵活的脸上失掉所有的颜色，更显得异样温柔，差不多超尘的洁净，美得好像画里的童神一般，声音也非常脆弱动听，牵得人心里不能不漾起怜爱。但是以后我常常想到上帝不仁的摆布，把这么美好敏感，能叫人爱的孩子虐待在那么一个环境里，明明父母双全的孩子，却那样零仃孤苦，使她比失却怙恃更茕子无所依附。当然我自己除却给她一点童年的友谊，做个短时期的游伴以外，毫无其他能力护助着这孩子同她的运命搏斗。

她父亲在她病里曾到她们那里看过她一趟，停留了一个极短的时间。但他因为不堪忍受绣绣妈的一堆存积下的埋怨，他还发气狠心地把她们母女反申斥了、教训了，也可以说是辱骂了一顿。悻悻地他留下一点钱就自己走掉，声明以后再也不来看她们了。

我知道绣绣私下曾希望又希望着她爹去看她们，每次结果都是出了她孩子打算以外的不圆满。这使她很痛苦。这一次她忍耐不住了，她大胆地埋怨起她的妈："妈妈，都是你这样子闹，所以爹气走了，赶明日他再也不来了！"其实绣绣心里同时也在痛苦着埋怨她爹。她有一次就轻声地告诉过我："爹爹也太狠心了，妈妈虽然有脾气，她实在很苦的，她是有病。你知道她生过六个孩子，只剩我一个女的，从前，她常常一个人在夜里哭她死掉的孩子，日中老是做活计，样子同现在很两样，脾气也很好的。"但是绣绣虽然告诉过我——她的朋友——她的心绪，对她母亲的同情，徐大奶奶都只听到绣绣对她一时气愤的埋怨，因此便借题发挥起来，夸张着自己的委屈，向女儿哭闹，谩骂。

那天张家有人听得不过意了，进去干涉，这一来，更触动了徐大奶奶的歇斯塔尔利亚[1]的脾气，索性气结地坐在地上狠命地咬牙捶胸，疯狂似的大哭。等到我也得到消息过去看她们时，绣绣已哭到眼睛红肿，蜷伏在床上一个角里抽搐得像个可怜的迷路的孩子。左右一些邻居都好奇，好事地进去看她们。我听到出来的人议论着她们事说："徐大爷前月生个男孩子了。前几天替孩子做满月办了好几桌席，徐大奶奶本来就气得几天没有吃好饭，今天大爷来又说了她同绣绣一顿，她更恨透了，巴不得同那个新的人拼命去！凑巧绣绣还护着爹，倒怨起妈来，你想，她可不就气疯了，拿孩子来出气吗？"我还听见有人为绣绣不平，又有人说："这都是孽债，绣绣那孩子，前世里该了他们什么吧？怪可怜

_____

① 英文 "hysteria" 的音译，通译为歇斯底里。——编者注

的，那点点年纪，整天这样捱着。你看她这场病也会不死？这不是该他们什么还没有还清吗?！"

绣绣的环境一天不如一天，的确好像有孽债似的，她妈的暴躁比以前更迅速地加增，虽然她对绣绣的病不曾有效地维护调摄，为着忧虑女儿的身体那烦恼的事实却增进她的衰弱怔忡的症候，变成一个极易受刺激的妇人。为着一点点事，她就得狂暴地骂绣绣。有几次简直无理地打起孩子来。楼上张家不胜其烦，常常干涉着，因之又引起许多不愉快的口角，给和平的绣绣更多不方便同为难。

我自认已不迷信了，但是人家说绣绣似来还孽债的话，却偏深深印在我脑子里，让我回味又回味着，不使我摆脱开那里所隐示的果报轮回之说。读过《聊斋志异》同《西游记》的小孩子的脑子里，本来就装着许多荒唐的幻想的，无意的迷信的话听了进去便很自然发生了相当影响。此后不多时候我竟暗同绣绣谈起观音菩萨的神通来。两人背着人描下柳枝观音的像夹在书里，又常常在后院向西边虔敬地做了一些滑稽的参拜，或烧几炷家里的蚊香。我并且还教导绣绣暗中临时念"阿弥陀佛，救苦救难观世音菩萨"，告诉她那可以解脱突来的灾难。病得瘦白柔驯，乖巧可人的绣绣，于是真的常常天真地双垂着眼，让长长睫毛美丽地覆在脸上，合着小小手掌，虔意地喃喃向着传说能救苦的观音祈求一些小孩子的奢望。

"可是，小姊姊，还有耶稣呢？"有一天她突然感觉到她所信任的神明问题有点儿蹊跷，我们两人都是进过教会学校的——我们所受的教育，同当时许多小孩子一样本是矛盾的。

"对了，还有耶稣！"我呆然，无法给她合理的答案。

神明本身既发生了问题，神明自有公道慈悲等说也就跟着动摇了。但是一个漂泊不得于父母的寂寞孩子显然需要可皈依的主宰的，所以据我所知道，后来观音同耶稣竟是同时庄严地在绣绣心里受她不断地敬礼！

这样日子渐渐过去，天凉快下来，绣绣已经又被指使着去临近小店里采办杂物，单薄的后影在早晨凉风中摇曳着，已不似初夏时活泼。看到人总是含羞地不说什么话，除却过来找我一同出街外，也不常到我们这边玩了。

突然地有一天早晨，张家楼下发出异样紧张的声浪，徐大奶奶在哭泣中锐声气愤地在骂着，诉着，喘着，与这锐声相间而发的有沉重的发怒的男子口音。事情显然严重。借着小孩子身份，我飞奔过去找绣绣。张家楼前停着一辆讲究的家车，徐大奶奶房间的门开着一线，张家楼上所有的仆人，厨役，打杂同老妈，全在过道处来回穿行，好奇地听着热闹。屋内秩序比寻常还要紊乱，刚买回来的肉在荷叶上挺着，一把蔬菜萎靡得像一把草，搭在桌沿上，放出灶边或菜市里那种特有气味，一堆碗箸，用过的同未用的，全在一个水盆边放着。墙上美人牌香烟的月份牌已让人碰得在歪斜里悬着。最奇怪的是那屋子里从来未有过的雪茄烟的气雾。徐大爷坐在东边木床上。紧紧锁着眉，怒容满面，口里衔着烟，故作从容地抽着，徐大奶奶由邻居里一个老太婆同一个小脚老妈子按在一张旧藤椅上还断续地颤声地哭着。

当我进门时，绣绣也正拉着楼上张太太的手进来，看见我头低了下去，眼泪显然涌出，就用手背去擦着已经揉得红肿的眼皮。

徐大奶奶见到人进来就锐声地申诉起来。她向着楼上张太太："三奶奶，你听听我们大爷说的没有理的话！……我就有这么半条老命，也不能平白让他们给弄死！我熬了这二十多年，现在难道就这样子把我撵出去？人得有个天理呀！……我打十七岁来到他家，公婆面上什么没有受过，捱过……"

张太太望望徐大爷，绣绣也睁着大眼睛望着她的爹，大爷先只是抽着烟严肃地冷酷地不作声。后来忽然立起来，指着绣绣的脸，愤怒地做个强硬的姿势说："我告诉你，不必说那许多废话，无论如何，你今天非把家里那些地契拿出来交还我不可……这真是岂有此理！荒唐之至！老家里的田产地契也归你管了，这还成什么话！"

夫妇两人接着都有许多驳难的话；大奶奶怨着丈夫遗弃，克扣她钱，不顾旧情，另有所恋，不管她同孩子两人的生活，在外同那女人浪费。大爷说他妻子，不识大体，不会做人，他没有法子改良她，他只好提另再娶能温顺着他的女人另外过活，坚不承认有何虐待大奶奶处。提到地契，两人各据理由争执，一个说是那一点该是她老年过活的凭借，一个说是祖传家产不能由她做主分配。相持到吃中饭时分，大爷的态度愈变愈强硬，大奶奶却喘成一团，由疯狂地哭闹，变成无可奈何地啜泣。别人已渐渐退出。

直到我被家里人连催着回去吃饭时，绣绣始终只缄默地坐在角落里，由无望地伴守着两个互相仇视的父母，听着楼上张太太的几次清醒的公平话，尤其关于绣绣自己的地方。张太太说的要点是他们夫妇两人应该看绣绣面上，不要过于固执。她说："那孩子近来病得很弱，"又说，"大奶奶要留着一点点也是想到将来的事，女孩子长大起来还得出嫁，你不能不给她预备点。"她又说，"我看绣绣很聪明，下季就不进学，开春也应该让她去补习点书。"她又向大爷提议，"我看以后大爷每月再给绣绣筹点学费，这年头女孩不能老不上学尽在家里做杂务的。"

这些中间人的好话到了那生气的两个人耳里，好像更变成一种刺激，大奶奶听到时只是冷讽着："人家有了儿子了，还顾了什么女儿！"大爷却说："我就给她学费，她那小气的妈也不见得送她去读书呀？"大奶奶更感到冤枉了："是我不让她读书吗？你自己不说过，女孩子不用读那么些书吗？"

无论如何，那两人固执着偏见，急迫只顾发泄两人对彼此的仇恨，谁也无心用理性来为自己的纠纷寻个解决的途径，更说不到顾虑到绣绣

的一切。那时我对绣绣的父母两人都恨透了，恨不得要同他们说理，把我所看到各种的情形全盘不平地倾吐出来，叫他们醒悟，乃至于使他们悔过，却始终因自己年纪太小，他们情形太严重，拿不起力量，懦弱地抑制下来。但是当我咬着牙毒恨他们时，我偶然回头看到我的小朋友就坐在那里，眼睛无可奈何地向着一面，无目的地愣着，忽然使我起一种很奇怪的感觉。我悟到此刻在我看去无疑问的两个可憎可恨的人，却是那温柔和平绣绣的父母。我很明白即使绣绣此刻也有点恨着他们，但是蒂结在绣绣温婉的心底的，对这两人到底仍是那不可思议的深爱！

我在惘惘中回家去吃饭，饭后等不到大家散去，我就又溜回张家楼下。这次出我意料以外的，绣绣房前是一片肃静。外面风刮得很大，树叶和尘土由甬道里卷过，我轻轻推门进去，屋里的情形使我不禁大吃一惊，几乎失声喊出来！方才所有放在桌上木架上的东西，现在一起打得粉碎，扔散在地面上……大爷同大奶奶显然已都不在那里，屋里既无啜泣，也没有沉重的气愤的申斥声，所余仅剩苍白的绣绣，抱着破碎的想望，无限的伤心，坐在老妈子身边。雪茄烟气息尚香馨地笼罩在这一幅惨淡滑稽的画景上面。

"绣绣，这是怎么了？"绣绣的眼眶一红，勉强调了一下哽咽的嗓子，"妈妈不给那——那地契，爹气了就动手扔东西，后来……他们就要打起来，隔壁大妈给劝住，爹就气着走了……妈让他们挟到楼上三阿妈那里去了。"

小脚老妈开始用条帚把地上碎片收拾起来。

忽然在许多凌乱中间，我见到一些花磁器的残体，我急急拉过绣绣，两人一同俯身去检验。

"绣绣！"我叫起来，"这不是你那两只小磁碗？也……也让你爹砸了吗？"

绣绣泪汪汪地点点头，没有答应，云似的两簇花磁器的担子和初夏的景致又飘过我心头，我捏着绣绣的手，也就默然。外面秋风摇撼着楼前的破百叶窗，两个人看着小脚老妈子将那美丽的尸骸同其他茶壶粗碗的碎片，带着茶叶剩菜，一起送入一个旧簸箕里，葬在尘垢中间。

这世界上许多纷纠使我们孩子的心很迷惑——那年绣绣十一，我十三。

终于在那年的冬天，绣绣的迷惑终止在一个初落雪的清早里。张家楼房背后那一道河水，冻着薄薄的冰，到了中午阳光隔着层层的雾惨白地射在上面，绣绣已不用再缩着脖颈，顺着那条路，迎着冷风到那里去了！无意地她却把她的迷惑留在我心里，飘忽于张家楼前同小店中间直到了今日。

二十六，三，二十

原载1937年4月18日《大公报·文艺副刊》第325期

戏剧

我不曾忘，也不能忘，

那天的天澄清得透蓝，太阳带点暖，

斜照在每棵树梢头，像凤凰。

是你在笑，仰脸望，

多少勇敢话那天，你我全说了，

像张风筝向蓝穹，凭一线力量。

梅真同他们（四幕剧）

梅蕊触人意，冒寒开雪花。

遥怜水风晚，片片点汀沙。

——黄山谷《题梅》

第一幕

出台人物 （按出台先后）

四十多岁的李太太（已寡）：李琼

四小姐：（李琼女）李文琪

梅　真：李家丫头

荣　升：仆人

唐元澜：从国外回来年较长的留学生

大小姐：（李前妻所出，非李琼女）李文娟

张爱珠：文娟女友

黄仲维：研究史学喜绘画的青年

地　点　三小姐、四小姐共用的书房

时　间　最近的一个冬天寒假里

这三间比较精致的厢房，妈妈已经给了女孩子们（三个女孩中已有一个从大学里毕了业，那两个尚在二年级的兴头上）作书房。这房里一切器具虽都是家里书房中旧有的，将就地给孩子们摆设，可是不知从书桌的哪一处，书架上、椅子上、睡榻上，乃至于地板上，都显然地透露出青年女生宿舍的气氛。现在房里仅有妈妈同文琪两人（文琪寻常被称作"老四"，三姊文霞，大姊文娟都不在家），妈妈（李琼）就显然不属于这间屋子的！她是那么雅素整齐，端正地坐在一张直背椅子上看信，很秀气，一副花眼眼镜架在她那四十多岁的脸上。"老四"文琪躺在小沙发上看书，那种特殊的蜷曲姿势，就表示她是这里真实的主人毫无疑问！她的眼直愣愣地望着书，自然地、甜蜜地同周围空气合成一片年轻的享乐时光。时间正在寒假的一个下午里，屋子里斜斜还有点太阳，有一盆水仙花，有火炉，有柚子，有橘子，吃过一半的同整个的全有。

妈妈看完信，立起来向周围望望，眼光抚爱地停留在"老四"的身上，好一会儿，才走过去到另一张矮榻前翻检那上面所放着的各种活计编织物。老四愣愣地看书连翻过几篇书页，又回头往下念，毫未注意到妈妈的行动。

琼　大年下里，你们几个人用不着把房子弄得这么乱呀！（手里提起矮榻上的编织物，又放下）

琪　（由沙发上半仰起头看看又躺下）那是大姊同三姊的东西，一会儿我起来收拾得了。

琼　（慈爱地抿着嘴笑）得了。老四，大约我到吃晚饭时候进来，你也还是这样躺着看书！

琪　（毫不客气地）也许吧！（仍看书）

琼　（仍是无可奈何地笑笑，要走出门又回头）噢，我忘了，二哥信里说，他要在天津住一天，后天早上到家。（稍停）你们是后天晚上请客吧？

琪　后天？噢，对了，后天，（忽然将书合在右胸上稍稍起来一点）二哥说哪一天到？

琼 他说后天早上。

琪 那行了——更好。其实，就说是为他请客，要他高兴一点儿。

琼 二哥说他做了半年的事，人已经变得大人气许多，他还许嫌你们太疯呢！（暗中为最爱的儿子骄傲）

琪 不会，我找了许多他的老同学，还……还请了璨璨。妈妈记得他是不是有点喜欢璨璨？

琼 我可不知道，你们的事，谁喜欢谁，谁来告诉妈呀？我告诉你，你们请客要什么东西，早点告诉我，听差荣升都靠不住的，你尽管孩子气，临时又该着急了。

琪 大姊说她管。

琼 大姊？她从来刚顾得了自己，并且这几天唐元澜回来了，他们的事真有点……（忽然凝思不语，另改了一句话）反正你别太放心了，有事还是早点告诉我好，凡是我能帮忙的我都可以来。

琪 （快活地、感激地由沙发上跳起来仍坐在沙发边沿眼望着妈）真的？妈妈！（撒娇地）妈妈，真的？（把书也扔在一旁）

琼 怎么不信？

琪 信，信，妈妈！（起来扑在妈妈右肩，半推着妈妈走几步）

琼 （同时的）这么大了还撒娇！

琪 妈妈，（再以央求的口气）妈妈……

琼 （被老四扯得要倒，挣扎着维持平衡）什么事？好好地说呀！

琪 我们可以不可以借你的那一套好桌布用？

琼 （犹豫）那块黄边挑花的？

琪 爹买给你的那块。

琼 （戏拨老四脸）亏你记得真！爹过去了这五年，那桌布就算是纪念品了。好吧，我借给你们用。（感伤向老四）今年爹生忌，你提另①买把花来孝敬爹。

---

① 即单独、另外。——编者注

210

琪 （自然地）好吧，我再提另买盒糖送你，（逗妈的口气）不沾牙的!

琼 （哀愁的微笑，将出又回头）还有一桩事，我要告诉你。你别看梅真是个丫头，那孩子很有出息，又聪明又能干，你叫她多帮点你的忙……你知道大伯嬷老挑那孩子不是，大姊又常磨她，同她闹，我实在不好说……我很同情梅真，可是就为得大姊不是我生的，许多地方我就很难办!

琪 妈妈放心好了，梅真对我再痛快没有的了。

[李琼下，文琪又跳回沙发上伸个大懒腰，重新愣生生地瞪着眼看书。小门轻轻地开了，进来的梅真约摸在十九至廿一岁中间，丰满不瘦，个子并不大，娇憨天生，脸上处处是活泼的表情，尤其是一双伶俐的眼睛顶叫人喜欢。]

梅 （把长袍的罩布褂子前襟翻上，里面兜着一堆花生，急促地）四小姐! 四小姐!

琪 （正在翻书，不理会）……

梅 李文琪!

琪 （转脸）梅真! 什么事这样慌慌张张的?

梅 我——我——（气喘地）我在对过陈太太那儿斗纸牌，斗赢了一大把落花生几只柿子! （把柿子摇晃着放书架上）

琪 好，你又斗牌，一会儿大小姐回来，我给你"告"去。

梅 （顽皮地捧着衣襟到沙发前）你闻这花生多香，你要告去，我回房里一个人吃去。（要走）

琪 哎，别走，别走，坐在这里剥给我吃。（仍要看书）

梅 书呆子倒真会享福! 你还得再给我一点赌本，回头我还想掷"骰子"去呢。……陈家老姨太太来了，人家过年挺热闹的。

琪 这坏丫头，什么坏的你都得学会了才痛快，谁有对门陈家那么老古董呀……

梅 （高兴地笑）谁都像你们小姐们这样向上？（扯过一张小凳子坐下）反正人家觉得做丫头的没有一个好的，大老爷昨天不还在饭桌上说我坏吗？我不早点学一些坏，反倒给人家不方便！

（剥花生）

琪 梅真，你这张嘴太快，难怪大小姐不喜欢你！（仍看书）

梅 （递花生到文琪嘴里）这两天大小姐自己心里不高兴，可把我给磨死了！我又不敢响，就怕大太太听见又给大老爷告嘴，叫你妈妈为难。

琪 （把书撇下坐起一点）对了，这两天大姊真不高兴！你说，梅真，唐家元哥那人脾气古怪不古怪？……我看大姊好像对他顶失望的（伸手同梅真要花生）……给我两个我自己剥吧……大姊是虚荣心顶大的人……（吃花生，梅真低头也在剥花生）唐家元哥可好像什么都满不在乎……（又吃花生）……到底，我也没有弄明白当时元哥同大姊，是不是已算是订过婚，这阵子两人就都别扭着！我算元哥在外国就有六年，谁知道他有没有人！（稍停）大姊的事你知道，她那小严就闹够了一阵，现在这小陆，还不是老追着她！我真纳闷！

梅 我记得大小姐同唐先生好像并没有正式地订婚，可是差不多也就算是了，你知道当时那些办法古里古怪的……（吃花生）噢，我记起来了，起先是唐先生的姨嬷——刘姑太太——来同大太太讲，那时唐先生自己早动身走了。刘姑太太说是没有关系，事情由她做主，（嚼着花生顽皮地）后来刘姑太太许是知道了她做不了主吧，就没有再提起，可是你的大伯伯那脾气，就咬定了这个事……

琪 现在我看他们真别扭，大姊也不高兴，唐家元哥那不说话的劲儿更叫人摸不着头儿！

梅 你操心人家这许多事干吗？

琪 （好笑地）我才没有操心大姊的事呢，我只觉得有点别扭！

梅 反正婚姻的事多少总是别扭的！

琪　那也不见得。

梅　（凝思无言，仍吃花生）我希望赶明儿你的不别扭。

琪　（起立到炉边看看火把花生皮掷入）你看大姊那位好朋友张爱珠，特别不特别，这几天又尽在这里扭来扭去的，打听二哥的事儿！

梅　（仍捧着衣襟也起立）让她打听好了！她那眯着眼睛，扭劲儿的！

琪　（提着火筷指梅真）你又淘气了！（忽然放下火筷走过来小圆桌边）梅真，我有正经事同你商量。

梅　可了不得，什么正经事？别是你的终身大事吧？（把花生由襟上倒在桌面上）

琪　别捣乱，你听着，（坐椅边摇动两只垂着的脚。梅真坐在对面一张椅子上听）后天，后天我们不是请客吗？……咳咳……糟糕？（跳下往书桌方面走去）请帖你到底都替我们发出去了没有？前天我看见还有好些张没有寄，（慌张翻抽屉）糟糕，请帖都哪儿去了？

梅　（闲适地）大小姐不是说不要我管吗？

琪　（把抽屉大声地关上）糟了，糟了，你应该知道，大小姐的话靠不住的呀！她说不要你管，她自己可不一定记得管呀！（又翻另一个抽屉）她说……

梅　（偷偷好笑）得了，得了，别着急……我们做丫头的可就想到这一层了，人家大小姐尽管发脾气，我们可不能把人家的事给误了！前天晚上都发出去了。缺的许多住址也给填上了，你说我够不够格儿做书记？

琪　（松一口气又回到沙发上）梅真，你真"可以"的！明日我要是有出息，你做我的秘书！

梅　你怎样有出息法子？我倒听听看！

琪　我想写小说。

梅　（抿着嘴笑）也许我也写呢！

琪　（也笑）也许吧！（忽然正经起来）可是梅真，你要想写，你

213

现在可得多念点书，用点功才行呀！

梅 你说得倒不错！我要多看上了书，做起事来没有心绪，你说大小姐答应不答应我呢？

琪 晚上……

梅 晚上看！好！早上起得来吗？我们又没有什么礼拜六，礼拜天的！……

琪 我同妈妈商量礼拜六同礼拜天给你放假……

梅 得了，礼拜六同礼拜天你们姊儿几个一回家，再请上四五位都能吃能闹的客，或是再忙着打扮出门，我还放什么假？要给我，干脆就给我礼拜一，像中原公司那样……

琪 好吧，我明儿替你说去，现在我问你正经话……

梅 好家伙。正经话说了半天还没有说出来呀？

琪 没有呢！……你看，咱们后天请客，咱们什么也没有预备呢！

梅 "咱们"请客？我可没有这福气！

琪 梅真你看！你什么都好，就是有时这酸劲儿的不好，我告诉你，人就不要酸，多好的人要酸了，也就没有意思了……我也知道你为难……

梅 你知道就行了，管我酸了臭了！

琪 可是你不能太没有勇气，你得往好处希望着，别尽管灰心。你知道酸就是一方面承认失败，一方面又要反抗，倒反抗不反抗的……你想那么多么没有意思！

梅 好吧，我记住你这将来小说家的至理名言，可是你忘了世界上还有一种酸，本来是一种忌妒心发了酵变成的，那么一股子气味——可是我不说了。……

琪 别说吧。回头……

梅 好。我不说，现在我也告诉你正经话，请客的事，我早想过了！……

琪 我早知道你一定有鬼主意……

梅 你看人家的好意你叫作鬼主意！其实我尽可不管你们的事的！

话不又说回来了吗，到底一个丫头的职务是什么呀？

琪　管他呢？我正经劝你把这丫头不丫头的事忘了它，（看到梅真抿嘴冷笑）你——你就当在这里做……做个朋友……

梅　朋友？谁的朋友。

琪　帮忙的……

梅　帮忙的？为什么帮忙？

琪　远亲……一个远房里小亲戚……

梅　得了吧，别替我想出好听的名字了，回头把你宝贝小脑袋给挤破了！丫头就是丫头，这个倒霉事就没有法子办，谁的好心也没有法子怎样的，除非……除非哪一天我走了，不在你们家！别说了，我们还是讲你们请客的事吧。

琪　请客的事，你闹得我把请客的事忘光了！

梅　你瞧，你的同情心也到不了那儿不是？刚说几句话，就算闹了你的正经事，好娇的小姐！

琪　你的嘴真是小尖刀似的！

梅　对不起，又忘了你的话。

琪　我的什么话？

梅　你不说，有勇气就不要那样酸劲儿吗？

[荣升入，荣升是约略四十岁左右的北方听差，虽然样子并无特殊令人注意之处，可是看去却又显然有一点点滑稽。]

荣　四小姐电话……黄仲维先生，打什么画会里打来的，我有点听不真，黄先生只说四小姐知道……

琪　（大笑）得了，我知道，我知道。（转身）耳机呢，耳机又跑哪里去了？

梅　又是耳机跑了！什么东西自己忘了放在哪儿的，都算是跑了！电话本子，耳机都长那么些腿？（亦起身到处找）

215

[荣升由桌子边书架上找着耳机递给四小姐，自己出。]

琪　（接电话）喂，喂，（生气地）荣升！你把电话挂上吧！我这
　　儿听不见！喂，仲维呀？什么事？

梅　四小姐我出去吧，让你好打电话……

琪　（按着电话筒口）梅真，梅真你别走，请客的事，（急招手）
　　别走呀！喂，喂，什么？噢，噢，你就来得啦？……我这儿忙
　　极了，你不知道！吓？我听不见，你就来吧！吓？好，好……

[梅笑着回到桌上拿一张纸、一支铅笔坐在椅上，一面想一面写。]

琪　（继续打电话）好，一会儿见。（拔掉电话把耳机带到沙发上
　　一扔）

梅　（看四小姐）等等又该说耳机跑了！（又低头写）

琪　刚才我们讲到哪儿了？

梅　讲到……我想想呀，噢，什么酸呀臭呀的，后来就来了甜
　　的……电话？

琪　（发出轻松的天真的笑声）别闹了，我们快讲请客的事吧。

梅　哎呀，你的话怎么永远讲不到题目上来呀？（把手中单子递给
　　文琪看）我给你写好了一个单子你看好不好？家里蜡台我算了
　　算一共有十四个，桌布我也想过了……

琪　桌布，（看手中单子）亏你也想到了，我早借好啦！

梅　好吧，好吧，算你快一步！我问你吃的够不够？

琪　（高兴地）够了，太够了。（看单子）嘿，这黑宋磁胆瓶拿来
　　插梅花太妙了，梅真你怎么那么会想？

梅　我比你大两岁，多吃两碗饭呢！（笑）我看客厅东西要搬开，
　　好留多点地方你们跳舞，你可得请太太同大老爷说一声，回头
　　别要大家"不合适"。（起立左右端详）这间屋子我们给打扮
　　得怪怪的，顶摩登的，未来派的，（笑）像电影里的那样留给

客人们休息、抽烟、谈心或者"做爱"——好不好?

琪　这个坏丫头!

梅　我想你可以找你那位会画画的好朋友来帮忙,随便画点摩登东西挂起来,他准高兴!

琪　找他?仲维呀?鬼丫头,你主意真不少!我可不知道仲维肯不肯。

梅　他干吗不肯?　(笑着到桌边重剥花生吃)

琪　(跟着她过去吃花生,忽然俯身由底下仰看着梅真问)唐家元哥——唐元澜同黄——黄仲维两人,你说谁好?

梅　(大笑以挑逗口气)四小姐,你自己说吧,问我干吗?!

琪　(不好意思)这鬼!我非打你不可!　(伸手打梅背)

[梅真乱叫,几乎推翻桌子,桌子倾斜一下,花生落了满地,两人满房追打。]

[荣升开门无声地先皱了皱眉,要笑又不敢。]

荣　唔,四小姐,唐先生来了。

[四小姐同梅真都不理会,仍然追着闹。]

荣　(窘,咳嗽)大小姐、三小姐管莫都没有回来吧?

[四小姐同梅真仍未理会。]

荣　(把唐元澜让了进来,自己踌躇地)唐先生,您坐坐吧,大小姐还没有回来。　(回头出)

[唐元澜已是三十许人,瘦高,老成持重,却偏偏富于幽默。每件事,他都觉得微微好笑,却偏要皱皱眉。锐敏的口角稍稍掀动,就停止下来;永远像是有话要说,又不想说,仅要笑笑拉倒。他是个思虑

217

深的人，可又有一种好脾气，所以样子看去倒像比他的年岁老一点。身上的衣服带点"名士派"，可不是破烂或是肮脏。口袋里装着书报一类东西，一伸手进去，似乎便会带出一些纸片。]

[唐元澜微笑看四小姐同梅真，似要说话又不说了，自己在袋里掏出烟盒来，将抽，又不抽了。]

琪　（红着脸摇一摇头发望到唐）元哥，他们都不在家，就剩我同梅真两个。

唐　（注视梅真又向文琪）文琪，玩什么这么热闹？

琪　（同梅真一同不好意思地憨笑。琪指梅真）问她！

唐　我问你二哥什么时候能到家？

[梅真因鞋落，俯身扣上鞋，然后起立难为情地望着门走，听到话，回头忙着。]

琪　二哥后天才到，因为在天津停一天。（向梅）这坏丫头！怔什么？

梅　你说二少爷后天才回来？……我想……我先给唐先生倒茶去吧。

唐　别客气了，我不大喝茶。（皱眉看到地上花生）噢，这是哪里来的？（俯身拾地上花生剥着放入嘴里）

梅　（憨笑地）你看唐先生饿了，我给你们开点心去！（又回头）四小姐，你们吃什么？

琪　随便，你给想吧！噢，把你做的蛋糕拿来。（看梅将出又唤回她）等等，梅真，（伸手到抽屉里掏几张毛钱票给梅）哪，拿走吧，回头我忘了，你又该赌不成了。

梅　（高兴地淘气地笑）好小姐，记性不坏，大年下我要赌不成，说不定要去上吊，那多冤呀！

唐　（目送梅出去）你们真热闹！

琪　梅真真淘气，什么都能来！

唐　聪明人还有不淘气的？文琪，我不知道你家里为什么现在不送她上学了？

琪　我也不大知道，反正早就不送她上学了。奶奶在的时候就爱说妈惯她，现在是大伯伯同伯嬷连大姊也不喜欢她，说她上了学，上不上，下不下的，也不知算什么！那时候我们不是一起上过小学吗？在一个学堂里大姊老觉得不合适……

唐　学堂里同学都知道她是……

琪　自然知道的，弄得大家都别扭极了。后来妈就送她到另外一个中学，大半到了初中二就没有再去了……

唐　为什么呢？

琪　她觉得太受气了，有一次她很受点委屈——一个刺激吧，（稍停）别说了，（回头看看）一会儿谁进来了听见不好。（稍停）……元哥，你说大姊跟从前改了样子没有？

唐　改多了……其实谁都改多了，这六年什么都两样得了不得……大家都——都很摩登起来。

琪　尤其是大姊，你别看三姊糊里糊涂的，其实更摩登，有点普罗①派，可很矛盾的，她自己也么说，（笑）还有妈妈，元哥你看妈妈是不是个真正摩登人？（急说地）严格地说，大姊并不摩登，我的意思说，她的思想……

唐　（苦笑打断文琪的话）我抽根烟，行不行？（取出烟）

琪　当然——你抽好了！

[唐元澜划了洋火点上，衔着烟走向窗前两手背着。]

琪　（到沙发上习惯地坐下，把腿弯上去，无聊地）我——我也抽根烟行不行？

唐　（回过身来微笑）当然——你抽好了！

琪　我可没有烟呀！

---

① "普罗"是法语"普罗列塔利亚"（proletarian）的简称，意为"无产阶级的"。——编者注

唐　对不起。（好笑地从袋里拿出烟盒，开了走过递给文琪，让她
　　自己拿烟）

琪　（取根烟让唐给点上）元哥，写文章的人是不是都应该会抽
　　烟？

唐　（逗老四口气）当然的！要真
　　成个文豪，还得学会了抽雪茄烟呢！

琪　（学着吹烟圈）元哥，你是不是同大姊有点别扭？你同她不
　　好，是不是？

唐　（笑而不答，拾起沙发上小说看看，诧异地）你在看这个？
　　（得意）喜欢吗？真好，是不是？

琪　好极了！（伸手把书要回来）元哥，原来你也有热心的时候，
　　起初我以为你什么都不热心，世界上什么东西都不爱！

唐　干吗我不热心？世界上（话讲得很慢）美的东西……美的
　　书……美的人……我一样地懂得爱呀！怎么你说得我好像一个
　　死人！

琪　不是，我看你那么少说话，怪别扭的，（又急促地）我同梅真
　　常说你奇怪！

唐　（声音较前不同，却压得很低）你同梅真？梅真也说我奇怪吗？

琪　不，不，我们就是说——摸不着你的脾气……（窘极，翻小说
　　示唐）你看这本书还是你寄给大姊的，大姊不喜欢，我就捡来
　　看……

唐　大姊不喜欢小说，是不是？我本就不预备她会看的，我想也许
　　有别人爱看！

琪　（老实地）谁？（又猜想着）

唐　（默然，只是抽着烟走到矮榻前，预备舒服地坐下，忽然触到毛
　　织物，跳起，转身将许多针线移开）好家伙，这儿创作品可真不
　　少呀！

琪　（吓一跳，笑着，起来走过去）对不起，对不起，这都是姊姊
　　们的创作，扔在这儿的！我来替你收拾开点，（由唐手里取下

220

织成一半的毛衣，提得高高的）你看这是三姊的，织了滑冰穿的，人尽管普罗，毛衣还是得穿呀！（比在自己身上）你看，这颜色不能算太"布尔乔雅"①吧？（顽皮得高兴）

[唐元澜又捡起一件大红绒的东西。]

琪　（抢过在手里）这是大姊的宝贝，风头的东西，你看，（披红衣在肩上，在房里旋转）我找镜子看看……

[大小姐文娟同张爱珠，热闹地一同走入。文娟是个美丽的小姐，身材长条，走起路来非常好看，眉目秀整，但不知什么缘故，总像在不耐烦谁，所以习惯于锁起眉尖，叫人家有点儿怕她，又不知道什么时候得罪了她似的，怪难过的。张爱珠，眯着的眼里有许多讲究，她会笑极了，可是总笑得那么不必需，这会子就显然在热闹地笑，声音叽叽喳喳地在说一些高兴的话。]

娟　（沉默地，冷冷地望着文琪）这是干吗呀？
琪　（毫不在意地笑笑地说）谁叫你们把活全放开着就走了？人家元哥没有地方坐，我才来替你们收拾收拾。
珠　Mr. 唐等急了吧，别怪文娟，都是我不好……（到窗前拢头发抹口唇）
唐　（局促不安）我也刚来。（到炉边烤火）
娟　（又是冷冷地一望）刚来？（看地上花生，微怒）谁这样把花生弄得满地？！（向老四）屋子乱，你干吗不叫梅真来收拾呢？你把她给惯得越不成样子了！
琪　（好脾气地赔笑着）别发气，别发气，我来当丫头好了。（要把各处零碎收拾起来）

---

① 法语 "Bourgeoisie" 的音译，意为 "资产阶级"，通译为布尔乔亚。——编者注

娟 谁又发气？更不用你来当丫头呀！（按电铃）爱珠，对不起呵，屋子这么乱！

珠 你真爱清爽，人要好看，她什么都爱好看。（笑眯眯地向唐）是不是？

[梅真入。]

梅 大小姐回来啦？

娟 回来了，就不回来，你也可以收拾收拾这屋子的！你看看这屋子像个什么样子？

梅 （偷偷同老四做脸，老四作将笑状手掩住口）我刚来过了，看见唐先生来了，就急着去弄点心去。

娟 我说收拾屋子就是收拾屋子，别拉到点心上。

梅 （噘着嘴）是啦，是啦。（往前伸着手）您的外套脱不脱？要脱就给我吧，我好给挂起来，回头在椅子上堆着也是个不清爽不是？

娟 （生气地脱下外套交梅）拿去吧，快开点心！

梅 （偏不理会地走到爱珠前面）张小姐，您的也脱吧，我好一起挂起来。

[爱珠脱下外套交梅。]

梅 （半顽皮地向老四）四小姐，您受累了，回头我来捡吧。（又同老四挤了挤眼，便捧着一堆外套出去）

唐 （由炉边过来摩擦着手大声地笑）这丫头好厉害！

娟 （生气地）这怎么讲！

唐 没有怎样讲，我就是说她好厉害。

娟 这又有什么好笑？本来都是四妹给惯出来的好样子，来了客，梅真还是这样没规没矩的。

唐 别怪四妹，更别怪梅真，这本来有点难为情，这时代还叫人做丫头，做主人的也不好意思，既然从小就让人家上学受相当教育，你就不能对待她像对待底下人老妈子一样！

娟 （羞愤）谁对待她同老妈子一样了？既是丫头，就是进了学，念了一点书，在家里也还该做点事呀，并且妈妈早就给她月费的。

唐 问题不在做事上边，做事她一定做的，问题是在你怎样叫她做事……口气，态度，怎样的叫她不……不觉得……

珠 （好笑地向文娟）Mr. 唐有的是书生的牢骚……她就不知道人家多为难，你们这梅真有时真气人透了……Mr. 唐，你刚从外国回来有好些个思想，都太理想了，在中国就合不上。

娟 （半天不响才冷冷地说）人家热心社会上被压迫的人，不好吗？……可是我可真不知道谁能压迫梅真？我们不被她欺侮、压迫就算很便宜啰，那家伙……尽借着她那地位来打动许多人的同情，遇着文霞我们的那位热心普罗的三小姐更不得了……

珠 其实丫头还是丫头脾气，现在她已经到了岁数——他们从前都说丫头到了要出嫁的岁数，顶难使唤的了，原来真有点那么一回事！我妈说……（吃吃笑）

琪 （从旁忽然插嘴）别缺德呀！

娟 你看多奇怪，四妹这护丫头的劲儿！

[门开处黄仲维笑着捧一大托盘茶点入，梅真随在后面无奈何他。黄年轻，活泼，顽皮，身着洋服内衬花毛线衣，健康得像运动家，可是头发蓬松一点，有一双特别灵敏的眼睛，脸上活动的表情表示他并不是完全的好脾气，心绪恶劣时可以发很大的脾气，发完又可以自己懊悔。就因为这一点许多女孩子本来可以同他恋爱的倒有点怕他，这一点也就保护着他不成为模范情人。此刻他高兴地胡闹地走入他已颇熟识的小书房。]

黄 给你们送点心来了！（四顾）大小姐，四小姐，张小姐，唐先生，你们大家好？（手中捧盘问梅真）这个放哪儿呀？

梅 你看，不会做事可偏要抢着做？（指小圆桌）哪，放这儿吧！

娟 （皱眉对梅）梅真规矩点，好不好？

梅 （噘起嘴，不平地）人家黄先生愿意拿，闹着玩又有什么要紧？

珠 （做讨厌梅真样子，转向黄）仲维，你来得真巧，我们正在讨论改良社会，解放婢女问题呢。

黄 讨论什么？（放下茶盘）什么问题？

珠 解放婢女问题。

梅 （如被刺问张）张小姐，您等一等，这么好的题目，等我走了再讨论吧，我在这儿，回头妨碍您的思想！（急速转身出）

[唐元澜咳嗽要说话又不说。]

黄 （呈不安状，交换皱眉）梅真生气了。

琪 你能怪她吗？

娟 生气让她生气好了。

珠 我的话又有什么要紧，"解放婢女问题"，做婢女的听见了又怎样？我们不还说"解放妇女"吗？我们做妇女的听见难道也就该生气吗？

琪 （不理张）我们吃点心吃点心！仲维，都是你不好，无端端惹出是非来！

黄 真对不起！（看大小姐，生气地）谁想到你们这儿规矩这么大？！我看，我看，（气急地）梅真也真……倒……

琪 （拦住黄的话）别说啦，做丫头当然倒霉啦！

黄 那，你们不会不要让她当丫头吗？

琪 别说孩子话啦——吃点心吧！

娟 （冷笑地）你来做主吧！

黄 （不理大小姐，向文琪）怎么是孩子话？

唐 （调了嗓子，低声地）文琪的意思是：这不在口里说让不让她当丫头的问题。问题在：只要梅真在她们家，就是不拿她当丫头看待，她也还是一个丫头，因为名义上、实际上，什么别的都不是！又不是小姐，又不是客人，又不是亲戚……

琪　（惊异地望着元澜，想起自己同梅真谈过的话）元哥，你既然知道得这么清楚，你看梅真这样有什么办法？

唐　有什么办法？（稍停）也许只有一个办法，让她走，离开你们家，忘掉你们，上学去，让她到别处去做事——顶多你们从旁帮她一点忙——什么都行，就是得走。

娟　又一个会做主的——这会儿连办法都有了，我看索性把梅真托给你照应得了，元澜，你还可以叫她替你的报纸办个社会服务部。

琪　吃点心吧，别抬杠了！（倒茶）仲维，把这杯给爱珠，这杯给大姊。

[大家吃点心。]

唐　（从容地仍向娟）人家不能替你做主，反正早晚你们还是得那样办，你还是得让她走，她不能老在你们这里的。

娟　当然不能！

琪　元哥，你知道梅真自己也这样想，我也……

娟　老四，梅真同你说过她要走吗？

琪　不是说要走，就是谈起来，她觉得她应该走。

娟　我早知道她没有良心，我们待她真够好的了，从小她穿的住的都跟我们一样，小的时候太小，又没有做事，后来就上学，现在虽然做点事，也还拿薪水呀！元澜根本就不知道这些情形。……元澜，你去问你刘姨嬷，你还问她，从前奶奶在的时候，梅真多叫老太太生气，刘姨嬷知道。

唐　这些都是不相干的，一个人总有做人的，的——的Pride呀。谁愿意做，做……哪，刚才爱珠说的"婢女"呀！管你给多少薪水！

珠　（捡起未完毛线衣织，没有说话，此刻起立）文娟，别吵了，

225

我问你，昨天那件衣料在哪儿？去拿给我看看，好不好？

娟　好，等我喝完这口茶，你到我屋子比比，我真想把它换掉。

珠　（又眯着眼笑）别换了，要来不及做了，下礼拜小陆请你跳舞不是？别换了吧。

娟　你不知道，就差那一点就顶不时髦，顶不对劲了。小陆眼睛尖极了。

黄　（吃完坐在沙发看杂志，忽然插嘴）什么时髦不时髦的，怎样算是对劲，怎样算是不对劲？

[唐元澜望望文娟无语，听到黄说话，兴趣起来，把杯子放下听，拿起一块蛋糕走到角落里倚着书架。]

珠　你是美术家，你不知道吗？

琪　（轻声亲热地逗黄）碰了一鼻子灰了吧？

[唐元澜无聊地忽走过，俯身由地上捡拾一个花生吃。]

黄　（看见）这倒不错，满地上有吃的呀！（亦起俯身捡一粒）怎么，我捡的只是空壳。（又俯身捡寻）

琪　你知道这花生哪里来的？

黄　不知道。

琪　（凑近黄耳朵）梅真赌来的！

娟　（收拾椅上活计东西要走，听见回头问）哪儿来的？

[唐、黄同文琪都笑着不敢答应。]

黄　（忽然顽皮地）有人赌来的！

娟　什么？

琪　（急）没有什么，别听他的，（向黄）再闹我生气了。

226

娟　（无聊地起来）爱珠，上我屋来，我给你拿料子看吧。（向大家）对不起呀，我们去一会儿就来，反正看电影时间还早呢，老三也没有回来。

珠　（提着毛织物，叽叽呱呱地）你看这件花样顶难织了，我……（随娟出）

[文娟同爱珠同下。]

唐　哎呀，我都忘了约好今天看电影，还好我来了！我是以为二弟今天回来，我来找他有事！（无聊地坐下看报）

黄　（直爽地）我没有被请呀，糟糕，我走吧！（眼望着文琪）

琪　别走，别走，我们还有事托你呢，我们要找你画点新派的画来点缀这个屋子。

黄　（莫名其妙地）什么？

琪　我们后天晚上请客，要把这屋子腾出来作休息室，梅真出个好主意，她说把它变成未来派的味儿，给人抽烟、说话用。我们要你帮忙。

[唐在旁听得很有兴趣，放报纸在膝上。]

黄　（抓头）后天晚上，好家伙！

[门忽然开了，李琼走了进来。]

琼　（妈妈的颜色不同平常那样温和，声音也急促点）老四你在这儿，我问你，你们干吗又同梅真过不去呀？大年下的！

琪　我没有……

唐　　　　　　表姑。

（同时地）

黄　　　　　　伯母。

琼 来了一会儿吧，对不起，我要问老四两句话。

琪 妈，妈别问我，妈知道大姊的脾气的，今天可是张爱珠成心同梅真过不去！梅真实在有点儿太难。

琼 （坐下叹口气）我真不知怎么办好！梅真真是聪明，岁数也大了，现在我们这儿又不能按老规矩办事，现在叫她上哪儿去好，送她到哪儿去我也不放心，老实说也有点舍不得。你们姊儿们偏常闹到人家哭哭啼啼的，叫我没有主意！

琪 不要紧，妈别着急，我去劝劝她去好不好？

黄 对了，你去劝劝她，刚才都是我不好。

琼 她赌气到对门陈家去了，我看那个陈太太对她很有点不怀好意。

琪 （张大了眼）怎么样不怀好意，妈？

琼 左不是她那抽大烟的兄弟！那陈先生也是鬼头鬼脑的。……得了，你们小孩子哪里懂这些事？梅真那么聪明人，也还不懂得那些人的用心。

唐 那老陈不是吞过公款被人控告过的吗？

琼 可不是？可是后来，找个律师花点钱，事情马马虎虎也就压下来了；近来又莫名其妙地很活动，谁知道又在那里活动些什么。一个顶年轻的少奶奶，人倒顶好，所以梅真也就常去找她玩，不过，我总觉得不妥当，所以她一到那边我就叫人叫她回来，我也没告诉过梅真那些复杂情形（稍停，向文琪）……老四你现在就过去一趟，好说坏说把梅真劝回来吧！

琪 （望黄）好吧，我，我就去。

黄 我送你过去。

[文琪取壁上外衣，黄替她穿上。]

琪 妈，我走啦。元哥一会儿见。

黄 （向唐招呼地摆摆手）好，再见。

[两人下。]

唐 （取烟盒递给李琼）表姑抽烟不?

琼 （摇摇头）不是我偏心，老四这孩子顶厚道。

唐 我知道，表姑，文琪是个好孩子。（自己取烟点上俯倚对面椅背上）

琼 元澜，我是很疼娟娟的，可是老实说，她自小就有脾气。你知道，她既不是我生的，有时使我很为难……小的时候，说她有时她不听，打她太难为情，尤其是她的祖母很多心，所以我也就有点惯了她。现在你回来了……

[唐元澜忽起立，将烟在火炉边打下烟灰，要说话又停下。]

琼 （犹疑地）你们的事快了吧?

唐 （抬头很为难地说）我觉得我们这事……

琼 我希望你劝劝娟娟，想个什么法子弄得她对生活感觉满足……我知道她近来有点脾气，不过她很佩服你，你的话她很肯听的，你得知道她自己总觉得没有嬷有点委屈。

唐 我真不知道怎样对表姑说才好，我也不知道应该不应该这样说。我——我觉得这事真有点叫人难为情。当初那种办法我本人就没有赞成，都是刘姨嬷一个人弄的。后来我在外国写许多信，告诉他们同表姑说，从前办法太滑稽，不能正式算什么，更不能因此束缚住娟娟的婚姻。我根本不知道，原来刘姨嬷就一字没有提过，反倒使亲亲戚戚都以为我们已经正式订了婚。

琼 我全明白你的意思，当时我也疑心是你刘姨嬷弄的事。你也得知道我所处地位难，你是我的表侄，娟娟却又不是我亲生的，娟娟的伯父又守旧，在他眼里连你在外国的期间的长短好像我都应该干涉，更不要说其他! 当时我就是知道你们没有正式订婚，我也不能说。

229

唐　所以现在真是为难！我老实说我根本对娟娟没有求婚的意思。如果当时，我常来这里，那是因为……（改过语气）表姑也知道那本不应该就认为有什么特殊的意义。我们是表兄妹，当时我就请娟娟一块出去玩几趟又能算什么？

琼　都是你那刘姨嬷慌慌张张地跑去同娟娟的伯嬷讲了一堆，我当时也就觉得那样不妥当——这种事当然不能勉强的。不过我也要告诉你，我觉得娟娟很见得你好，这次你回来，我知道她很开心，你们再在一起玩玩熟了，也许就更知道对方的好处。

唐　（急）表姑不知道，这事当初就是我太不注意了，让刘姨嬷弄出那么一个误会的局面，现在我不能不早点表白我的态度，不然我更对娟娟不起了。

琼　（一惊）你对娟娟已说过了什么话吗？

唐　还没有！我觉着困难，所以始终还没有打开窗子说亮话。为了这个事，我真很着急，我希望二弟快回来，也就是为着这个缘故。我老实说，我是来找梅真的，我喜欢梅真……

琼　梅真？你说你……

琪　（推门入）妈妈，我把梅真找了回来，现在仲维要请我同梅真看电影去，我们也不回来吃饭了！（向唐）元哥，我不同你们一块看电影了！你们提另去吧，劳驾你告诉大姊一声。

[琪匆匆下。唐失望地怔着。]

琼　（看文琪微笑）这年龄时期最快活不过，我喜欢孩子们天真烂漫，混沌一点……

娟　（进房间里来）妈妈在这儿说话呀？老四呢？仲维呢？

琼　（温和的）他们疯疯癫癫跑出去玩去了。

娟　爱珠也走了，现在老三回来了没有？

琼　老三今早说今天有会，到晚上才能回来的。

娟　（向唐半嘲的口吻）那么只剩下我们两了，你还看不看电影？

琼　（焦虑地望着唐希望他肯去）今天电影还不错呢，你们去吧。

唐　表姑也去看吗？我，我倒……

琼　我有点头痛不去了，（着重地）你们去吧，别管我，我还有许多事呢，（急起到门边）元澜，回头还回来这里吃晚饭吧。

[琼下。]
[文娟直立房中间睨唐，唐、娟无可奈何地对望着。]

娟　怎样？

唐　怎样？

[幕下]

第二幕

出台人物　（按出台先后）

　　　　　　电灯工匠：老　孙

　　　　　　宋　雄：电料行掌柜（二十七八壮年人）

　　　　　　梅　真

　　　　　　李大太太：李琼夫嫂

　　　　　　李文琪

　　　　　　黄仲维

　　　　　　荣　升

　　　　　　唐元澜

　　　　　　三小姐：李文霞

　　　　　　李文娟

地　点　　三小姐、四小姐共用的书房

时　间　　过了两天以后

　　同一个书房过了两天的早上。家具一切全移动了一些位置，秩序显然纷乱，所谓未来派的吃烟室尚在创造中，天下混沌，玄黄未定。地上有各种东西，墙边放着小木梯架。小圆桌子推在台的一边，微微偏左，上面放着几副铜烛台，一些未插的红蜡。一个很大的纸屏风上面画了一些颜色鲜浓，而题材不甚明了的新派画；沙发上堆着各种靠背，前面提另放着一张画，也是怪诞叫人注目的作品。

232

幕开时，电灯工匠由梯子上下来，手里拿着电线，身上佩着装机械器具的口袋。宋雄背着手立着看电灯。

宋雄是由机器匠而升做年轻掌柜的人物，读过点书，吃过许多苦，因为机会同自己会利用这机会的麻利处，卒成功地支持着一个小小专卖电料零件的铺子。他的体格大方，眉目整齐，虽然在装扮上显然俗些。头发梳得油光，身上短装用的是黑色绸料，上身夹袄胸上挖出小口袋，金表链由口袋上口牵到胸前扣襻上。椅上放着黑呢旧外衣，一条花围巾，一副皮手套。

宋　　饭厅里还要安一些灯，加两个插销。电线不够了吧?

工匠　（看电线）剩不多了! 要么，我再回柜上拿一趟去!

宋　　不用，不用，我给柜上打个电话，叫小徒弟送来。你先去饭厅安那些灯口子。

工匠　劳驾您告诉老张再给送把小改锥来，（把手里改锥一晃）这把真不得使。（要走又回头）我说掌柜的，今日我们还有两处的"活"答应人家要去的，这儿这事挺麻烦的，早上要完不了怎么办? （缠上剩下的电线）

宋　　（挥手）你赶着做，中饭以前非完不可。我答应好这儿的二太太，不耽误他们开饭。别处有活没有活，我也不能管了!

工匠　掌柜的，您真是死心眼，这点活今日就自己来这一早上!

宋　　老孙，我别处可以不死心眼，这李家的事，我可不能不死心眼! 好! 我打十四岁就跟这儿李家二爷在电灯厂里做事，没有二爷，好! 说不定我还在那倒霉地方磨着! 二爷是个工程师，他把我找去到他那小试验所里去学习，好，那二爷脾气模样就有像这儿的三小姐，他可真是好人，今日太太还跟我提起，我们就说笑，我说，要是三小姐穿上二爷衣服，不仔细看，谁也以为是二爷。

工匠　那位高个子的小姐吗? 好，那小姐可有脾气呀，今日就这一早上，我可就碰着一大堆钉子了。

宋　（笑）你说的管莫是大小姐！好，她可有脾气！（**低声**）她不
　　　是这位二太太生的。（**急回头看**）得了，去你的吧，快做活，
　　　我可答应下中饭以前完事，你给我尽着做，我给你去打电话。

[工匠下。]
[宋拿起外衣围巾要走，忽见耳机。又放下衣服走到书桌边，拿起
耳机，插入插销试电话。]

宋　（**频回头看看有没有人**）喂，东局五〇二七，喂，你老张呀？
　　　我是掌柜的，我在李宅，喂，我说呀，老孙叫你再叫小徒弟骑
　　　车送点电线来，再带一把好的改锥来，说是呢！他说他那一把
　　　不得使……谁知道？……老孙就那脾气！我说呀，你给送一把
　　　来得了，什么？哪家又来催？你就说今日柜上没有人，抓不着
　　　工夫，那有什么法子！好吧，再见啦。
　　　（**望着门**）

[梅真捧铜蜡台入，放小圆桌上，望宋，宋急拔耳机走近梅。]

宋　（**笑声**）梅姊，您这两日忙得可以的？（**注视梅不动**）
梅　倒挺热闹的，（**由地下拿起擦铜油破布擦烛台，频以口哈气**）
　　　怎么了，小宋你们还不赶着点，尽摆着下去，就要开饭了，饭
　　　厅里怎么办？说不定我可要挨说了！（**看宋**）
宋　（**急**）我可不能叫你挨说，我已经催着老孙赶着做，那老孙又
　　　偏嫌他那改锥不得使，我又打了电话到柜上要去，还要了电
　　　线，叫人骑车送来，这不都是赶着做吗？
梅　只要中饭以前饭厅里能完事，我就不管了。你还不快去，瞧着
　　　点你那老孙！别因为他的改锥不得使，回头叫人家都听话。你
　　　可答应太太中饭以前准完事的！
宋　梅姊，你……你可……你可记得我上次提过的那话？

234

梅 （惊讶地）什么话？噢，那个，得了，小宋，人家这儿忙得这样子，你还说这些！

宋 你……你答应我到年底再说不是？……

梅 一年还没有过完呢！我告诉你吧，小宋，我这个人没有什么用处，又尽是些脾气，干脆最好你别再来找我，别让我耽搁你的事情……

宋 我，我就等着你回话……你一答应了，我就跟李太太说去。

梅 我就没有回话给你。

宋 梅……梅姊，你别这样子，我这两年辛辛苦苦弄出这么一个小电料行不容易，你得知道，我心里就盼着哪一天你肯跟我一块过日子，我能不委屈你。

梅 得了，你别说了。

宋 我当时也知道你在这里同小姐似的讲究，读的书还比我多，说不定你瞧不上我，可是现在，我也是个掌柜的，管他大或小，铺子是我自己办的，七八个伙计（*露出骄傲颜色*），再怎样，也用不着你动手再做粗的，我也能让你享点福，贴贴实实过好日子，除非你愿意帮着柜上管管账簿，开开清单。

梅 （怜悯地）不是我不知道你能干。三年的工夫你弄出那么一个铺子来，实在不容易！……

宋 （得意地，怅怅地）现在你知道了你可要来，我准不能叫你怎样……我不能丢你的脸。

梅 （急）小宋，你可别这样说，出嫁不是要体面的事，你说得这贫劲儿的！我告诉你什么事都要心愿意才行，你就别再同我提这些事才好，我这个人于你不合适，回头耽搁了你的事。

宋 我……我……我真心要你答应我。

梅 （苦笑）我知道你真心，可是单是你真心不行，我告诉你，我答应不出来！

宋 你，你管莫嫌我穷！我知道我的电料行还够不上你正眼瞧的……

梅 （生气）我告诉你别说得这么贫！谁这么势利？我好意同你说，这种事得打心里愿意才行。我心里没有意思，我怎样答应你？

宋 你……你，你不是不愿意吧？（把头弄得低低的，担心地进出这句疑问，又怕梅真回答他）

梅 （怜悯地）……不……不是不愿意，是没有这意思，根本没有这意思！我这个人就这脾气，我，我这个人不好，所以你就别找我最好，至少今天快别提这个了，我们这儿都忙，回头耽误了小姐们的事不好。

宋 （低头弄上围巾，至此叹口气围在项上，披着黑呢旧大衣由旁门出）好吧，我今日不再麻烦你了，可是年过完了你可还得给我一个回话。

[宋下。]

梅（看宋走出，自语）这家伙！这死心眼真要命，用在我身上可真是冤透了，（阿铜器仍继续擦）看他讨厌又有点可怜！（叹息）那心用在我身上，真冤！我是命里注定该吃苦，上吊，跳河的！怎么做电料行的掌柜娘，（发憨笑）电料行的掌柜娘！（忽伏在桌上哭）

[门开处大太太咳嗽着走入。她是个矮个子，五十来岁瘦小妇人，眼睛小小的，到处张望，样子既不庄严，说话也总像背地里偷说的口气。]

梅 （惊讶地抬头去后望，急急立起来）大太太是您，来看热闹？这屋子还没有收拾完呢。

大太 （望屏风）这是什么东西——这怪里怪气的？

梅 就是屏风。

大太　什么屏风这怪样子？

梅　（笑笑）我也不知道。

大太　我看二太太真惯孩子，一个二个大了都这么疯！二老爷又不在世了，谁能说他们！今天晚上请多少客，到底？

梅　我也不知道，反正都是几位小姐的同学。

大太　（好奇地）在大客厅里跳舞吗？

梅　（又好笑又不耐烦）对了！

大太　吃饭在哪儿呢？

梅　（好笑）就在大饭厅里啰！

大太　坐得下那些人吗？

梅　分三次吃，有不坐下的站着吃……

大太　什么叫作新，我真不懂这些事，（提起这个那个地看）女孩子家疯天倒地地交许多朋友，一会儿学生开会啦，请愿啦，出去让巡警打个半死半活的啦！一会儿又请朋友啦，跳舞啦，一对对男男女女这么拉着搂着跳，多么不好看呀？怪不得大老爷生气常说二太太不好好管孩子！梅真，我告诉你，我们记住自己是个丫头，别跟着她们学！赶明日好找婆婆家。

梅　（又好笑又生气地逗大太太）您放心，我不会嫁的，我就在这儿家里当一辈子老丫头！

大太　（凑近了来，鬼鬼祟祟地）你不要着急，你多过来我院里，我给你想法子。（手比着）那天陈太太，人家还来同我打听你呢。别家我不知道，陈家有钱可瞒不了我！……陈太太娘家姓丁的阔气更不用说啦！

梅　（生气脸有点青）您告诉我陈家丁家有钱做什么？

大太　你自己想吧。傻孩子，人家陈太太说不定看上了你！

梅　（气极竭力忍耐）陈太太，她——她看上了我干吗？！

大太　（更凑近，做神秘的样子）我告诉你……

梅　（退却不愿听）大太太，您别——别告诉我什么……

大太　（更凑近）你听着，陈太太告诉过我她那兄弟丁家三爷，常提

237

到你好，三奶奶又没有男孩子，三爷很急着……

梅　（回头向门跑）大太太，您别说这些话，我不能听……

[仲维同文琪笑着进来，同梅真撞个满怀。]

琪　（奇怪地）梅真怎么了，什么事，这样忙?

梅　我——我到饭厅去拿点东西……

[梅急下。]

琪　（仍然莫名其妙地）伯嬷，您来有事吗?

大太　（为难）没有什么事……就找梅真……就来这里看看。

琪　（指仲维）这是黄先生，（指大太太）仲维，这是我的伯嬷。

黄　（致意）我们那一天吃饭时候见过。

大太　我倒不大认得，现在小姐们的朋友真多，来来往往的……

琪　（做鬼脸向黄，又对大太太）怪不得您认不得！（故作正经的）我的朋友，尤其是男朋友，就够二三十位！来来往往的——今天这一个来，明天那一个来！……

黄　（亦做鬼脸，背着大太太用手指频指着琪）可是你伯嬷准认得我，因为每次你那些朋友排着队来，都是我领头，我好比是个总队长！

大太　（莫名其妙地）怎么排队来法子? 我不记得谁排队来过！

黄　（同时忍住笑）您没有看见过?

琪　下回我叫他们由您窗口走过……好让大伯伯也看看热闹。

大太　（急摇手）不要吧。老四，你不知道你的大伯伯的脾气?

[黄、琪忍不住对笑。]

大太　你们笑什么?

琪　没有什么。

大太　（叹口气）我走了，你们这里东西都是奇奇怪怪的，我看不出
　　　有什么好看！今早上也不知道是谁把客厅那对湘绣风景镜框子
　　　给取下了，你嬷说是交给我收起来……我，我就收起来，赶明
　　　儿给大姊陪嫁，那本来是你奶奶的东西！

黄　（又忍住笑）那对风景两面一样，一边挂一个，真是好东西！

琪　　　　　对了，您收着给大姊摆新房吧，那西湖风景，又
　　　是月亮又是水的，太好看了，我们回头把它给糟蹋了太可惜！

[荣升入。]

荣　大太太在这屋子吗?

大太　在这屋子。什么事?

荣　对门陈太太过来了，在您屋子里坐，请您过去呢。

大太　（慌张）噢，我就来，就来……

[大太太下，黄同琪放声地笑出来。]

荣　（半自语）我说是大太太许在这屋子里，问梅真，她总不答
　　　应，偏说不知道，害得我这找劲儿的！……

[荣升下。]

琪　对门陈太太，她跑来做什么? 那家伙，准有什么鬼主意!

黄　许是好奇也来看你们的热闹。谁让你们请跳舞，这事太新鲜，
　　　你不能怪人家不好奇，想来看看我们都是怎样的怪法子！

琪　（疑惑地）也许吧……还许是为梅真，你听伯嬷说她来没有?
　　　嘿! ……得了，不说了，我们先挂画吧。回头我一定得告诉

239

妈去!

黄 对了，来挂吧。（取起地上画，又搬梯子把梯架两腿支开放好）文琪，我上去，你替我扶着一点，这梯子好像不大结实。（慢慢上梯子）

琪 （扶住梯子，仰脸望）你带了钉子没有？

黄 带了，（把画比在墙上）你看挂在这里行不行？

琪 你等等呀，我到那一边看看。（走过一边）行了，不不……再低一点……好了，就这样。（又跑到梯下扶着）

黄 （用锤子刚敲钉子）我钉啦！

琪 你等等！（又跑到一边望）不，不，再高一点！

黄 一会儿低，一会儿高，你可拿定了你的主意呀！

琪 你这个人什么都可以，就是这性急真叫人怕你！

黄 （钉画，笑）你怕我吗？

琪 （急）我可不怕你！

黄 （钉完画由梯上转回头）为什么呢？

琪 因为我想我知道你。

黄 （高兴地转身坐梯上）真的？

琪 （仰着脸笑）好，你还以为你自己是那么难懂的人呀？

[仲维默望底下愣愣地注视琪，不说话，只吹口哨。]

琪 （用手轻摇梯身）你这是干吗呀？

黄 别摇，别摇，等我告诉你。

琪 快说，不然就快下来！

黄 自从有了所谓新派画，或是立体派画，他们最重要的贡献是什么？

琪 我可不知道！（咕噜着）我又不学历史，又不会画画！

黄 得了别说了，我告诉你，立体画最重要的贡献，大概是发现了新角度！这新角度的透视真把我们本来四方八方的世界——也可以说是宇宙——推广了变大了好几倍。

琪 你讲些什么呀？

黄 （笑）我在讲角度的透视。它把我们日常的世界推广了好几倍！你知道的，现代的画——乃至于现代的照相——都是由这新角度出发！一个东西，不止可以从一面正正地看它，你也可以从上，从下，斜着，躺着或是倒着，看它！

琪 你到底要说什么呀？

黄 我就说这个！新角度的透视。为了这新角度，我们的世界，乃至于宇宙，忽然扩大了，变成许多世界，许多宇宙。

琪 许多宇宙这话似乎有点不通！

黄 此刻我的宇宙外就多了一个宇宙，我的世界外又多出一个世界，我认识的你以外又多了一个你！

琪 （恍然悟了黄在说她）得了，快别胡说一气的了！

黄 我的意思是：我认识的你以外，我又多认识了一个你——一个从梯子上往下看到的，从梯子下往上望着的李文琪！

琪 （不好意思）你别神经病地瞎扯吧！

黄 （望琪）我顶正经地说话，你怎么不信！

琪 我信了就怎样？（顽皮地）你知道这宇宙以外，根本经不起再多出一个，从梯子上往下看到的，从梯子下往上望的李文琪所看到的，坐在梯子顶上说疯话的黄仲维！（仰脸大笑）

黄 你看，你看，我真希望你自己此刻能从这儿看看你自己，（兴奋）哪一天我要这样替你画一张像！

琪 你画好了吗？闹什么劲儿？下来吧。

黄 说起来容易。我眼高手低，就没有这个本领画这样一张的你！要有这个本领，我早不是这么一个空想空说的小疯子了！

琪 你就该是个大疯子了吗？

黄 可不？对宇宙，对我自己的那许多世界，我便是真能负得起一点责任的大疯子了！

琪 快下来吧，黄大疯子，不然，我不管替你扶住梯子了！

黄 （转身预备下来，却轻轻地说）文琪，如果我咬定了你这句话

的象征意义，你怎样说？（下到地上望琪）

琪　什么象征意义？

黄　（拉住文琪两手，对面望住她）不管我是大疯子小疯子，在梯子顶上幻想着创造什么世界，你都替我扶住梯子，别让我摔下去，行不行？

琪　（好脾气地，同时又讽刺地）什么时候你变成一个诗人？

黄　（放下双手丧气地坐在梯子最下一级上）你别取笑我，好不好？……你是个聪明人，世界上最残忍的事就是一个聪明人笑笨人！（抬头向文琪苦笑）有时候，你弄得我真觉到自己一点出息都没有！（由口袋里掏出烟，垂头叹气）

琪　（感动，不过意地凑近黄，半跪在梯边向黄柔声问）仲维，你，你看我像不像一个刻薄人？

黄　（迷惑地抓头）你？你，一个刻薄人？文琪，你怎么问这个？你别这样为难我了，小姐！你知道我不会……不会说话……简直的不会说！

琪　（起立）不会说话，就别说了，不好吗？

黄　（亦起立抓过文琪肩膀摇着她）你这个人！真气死我！你你……你不知道我要告诉你什么？

琪　（逗黄又有点害怕）我，我不知道！（摆脱黄抓住她的手）

黄　（追琪）你……你把你耳朵拿过来，我非要告诉你不可——今天！

琪　（顽皮地歪着把耳朵稍凑近）哪……我可有点聋！

黄　（抓住琪的脸，向她耳边大声地）我爱你，知道吗，文琪？你知道我不会说话……

琪　（努着嘴红着脸说不出话半天）那——那就怎么样呢？（两手掩面笑，要跑）

黄　（捉住琪要放下她两手）怎样？看我……琪看我，我问你……别这样别扭吧！（从后面揽住文琪）我问你老四，你……你呢？

琪　（放下手转脸望黄，摇了一下头发微笑）我——我只有一点儿糊涂！

黄　（高兴地）老四！我真……真……噢，（把琪的脸藏在自己的胸前感伤地吻文琪发）你，你弄得我不止有一点儿糊涂了怎么好？小四！

琪　（伏在黄胸前憨笑）仲维，我有一点想哭。（抽噎着又像是笑声）

[门开处唐元澜忽然闯入房里。]

唐　今日这儿怎么了？！（忽见黄、琪两人，一惊）对不起，太高兴了忘了打门！

[仲维、文琪同时转身望唐，难为情地相对一笑。]

琪　（摇一摇头发，顽皮倔强地）打不打门有什么关系？那么洋派干吗？

唐　（逗文琪）我才不知道刚才谁那么洋派来着？好在是我，不是你的大伯伯！

琪　（憨笑）元哥，你越变越坏了！（看黄微笑）

唐　可不是？（忽然正经地）顶坏的还在后边，你们等着看吧！文琪，你二哥什么时候到？

黄　（看表）十一点一刻。

唐　为什么又改晚了一趟车？

琪　我也纳闷呢，从前，他一放假总急着要回家来，这半年他怎么变了，老像推延着，故意要晚点回来似的。

唐　（看墙上画同屏风）仲维，这些什么时候画的？

黄　画的？简直是瞎涂的，昨天我弄到半晚上才睡！

唐　那是甜的苦工，越做越不累，是不是？

[梅真入，仍恢复平时活泼。]

243

梅 （望望画，望黄同琪）你们就挂了这么一张画？

琪 可不？还挂几张？

黄 挂上一张就很不错了！

唐 你不知道，梅真，你不知道一张画好不容易挂呢！（望琪）

梅 （看看各人）唐先生，您来得真早！您不是说早来帮忙吗？

唐 谁能有黄先生那么勤快，半夜里起来做苦工！

黄 老唐，今日起你小心我！

梅 （望两人不懂）得了，你们别吵了，唐先生，现在该轮到您赶点活了，（手里举着一堆小白片子）您看，这堆片子本来是请您给写一写的。（放小桌上）

唐 （到小桌边看）这些不都写好了吗？

梅 可不？（淘气地）要都等着人，这些事什么时候才完呀？四小姐，你看看这一屋子这么好？

[三小姐文霞跑进来，文霞穿蓝布夹袍，素净像母亲，但健硕比母亲高。她虽是巾帼而有须眉气概的人，天真稚气却亦不减于文琪。爱美的心，倔强的志趣，高远的理想，都像要由眉宇间涌溢出来。她自认爱人类，愿意为人类服务牺牲者，其实她就是一个富于热情又富于理想的好孩子。自己把前面天线展得很长很远，一时事实上她却仍然是学校、家庭中的小孩子。]

霞 （兴奋地）饭厅里谁插的花？简直的是妙！

[大家全看着彼此。]
[梅真不好意思地转去收拾屋子。]

琪 一定是梅真！（向梅努嘴）

霞 我以为或者是妈妈——那个瓶子谁想到拿来插梅花！

琪 那黑胆瓶呀？可不是梅真做的事。（向梅）梅真，你听听我们这热心的三小姐！怎么？梅真"烧盘儿"啦？

黄　梅真今天很像一个导演家！

霞　嘿，梅真，你的组织能力很行呀，明日你可以到我们那剧团里帮忙！

梅　得了，得了，你们尽说笑话！什么导演家啦，组织能力啦，组织了半天导演了半天，一早上我还弄不动一个明星做点正经事！

黄　好，我画了一晚上不算？今日早上还挂了一张名画呢？

梅　对了，这二位明星（指黄同琪）挂一张画的工夫，差点没有占掉整一幕戏的时候！（又指唐）那里那一位，好，到戏都快闭幕了才到场！

[大家哄然笑。]

唐　你这骂人的劲儿倒真有点像大导演家的口气，你真该到上海电影公司里去……

梅　导演四小姐的恋爱小说，三小姐的宣传人道的杰作……

霞　梅真，你再顽皮，我晚上不帮你的忙了，你问什么社会经济问题以后我都不同你说了，省得你挖苦我宣传人道！

[宋雄入，手里提许多五彩小灯笼。]

宋　四小姐，饭厅灯安好一排，您来看看！

琪　安好了吗？真快，我来看……

[琪下。]

黄　我也去看看……

[黄随琪下。]

霞 宋雄！你来了，你那铺子怎样啦？

宋 三小姐，好久没有见着您，听说您总忙！您不是答应到我那铺子里去参观吗？您还要看学徒的吃什么，睡在哪儿，我待他们好不好，您怎么老不来呀？

霞 （笑）我过两天准来，你错待了学徒，我就不答应你！

宋 好，三小姐，这一城里成千成万的大资本家，您别单挑我这小穷掌柜的来做榜样！告诉您，我待人可真不错，刚才那小伙计送电线来，您不出去瞧瞧，吃得白胖白胖的。

唐 （微笑插嘴）小电灯匠吃得白胖白胖的可不行！小心上了梯子掉下来！

宋 （好脾气地大笑，望着梅立刻敛下笑容，很庄严地）三小姐哪天到我行里玩玩？买盏桌灯使？

霞 好，我过两天同梅真一块来。

宋 （高兴向梅）梅姊，对了，你也来串串门。（急转身望梯子）这梯子要不用了，我给拿下去吧。

梅 （温和地）好吧，劳驾你了。（急转脸收拾屋子）

[宋拿梯子下。]

唐 我也去看看饭厅的梅花去！

梅 得了，唐先生，您不是来帮忙吗？敢情是来看热闹的！

唐 （微笑，高兴地）也得有事给我做呀？！

梅 好，这一屋子的事，还不够您做的？

霞 我也该来帮点忙了。

梅 三小姐，这堆片子交给您，由您分配去，吃饭分三组，您看谁同谁在一起好。就是一件。（附霞耳细语）

霞 这坏丫头！（笑起来，高兴地向门走）

[文霞下。]

[梅真独自收拾屋子不语。]

[唐元澜望梅，倚书架亦不语。]

梅　怎么了，唐先生？

唐　没有怎么了，我在想。

梅　什么时候了，还在想！

唐　我在想我该怎么办！

梅　什么事该怎么办？

唐　所有的事！……好比……你……

梅　（惊异地立住）我？

唐　你！你梅真，你不是寻常的女孩子，你该好好自己想想。

梅　我，我自己想想？……那当然，可是为什么你着急，唐先生？

唐　（苦笑）我不着急，谁着急？

梅　这可奇怪了！

唐　奇怪，是不是？世界上事情都那么奇怪！

梅　唐先生，我真不懂你这叫做干吗！

唐　别生气，梅真，让我告诉你，我早晚总得告诉你，你先得知道
　　我有时很糊涂，糊涂极了！

梅　等一等，唐先生，您别同我说这些话！有什么事您不会告诉大
　　小姐去？

唐　梅真！大小姐同我有什么关系？除掉那滑稽的误会的订婚！你
　　真不知道，我不是来找那大小姐的，我是来这儿解释那订婚的
　　误会的，同时我也是来找她二弟帮我忙，替你想一想法子离开
　　这儿的。

梅　找二爷帮你的忙，替我想法子离开这儿？我愈来愈不明白你的
　　话了！

唐　我知道我这话唐突，我做的事糊涂，我早该说出来，我早该告

247

诉你……（稍顿）

梅　我不懂你早该告诉我什么？

唐　我早该告诉你，我不止爱你，我实在是佩服你，敬重你，关心你。当时我常来这儿找她们姊妹们玩，其实也就是对你……对你好奇，来看看你，认识你！一直到现在我还是一样的对你好奇，尽想来看你，认识你——平常的说法也许就是爱恋你，倾倒你。

梅　来看我？对我好奇？（眼睛睁得很大，向后退却）对我……

唐　你！来看你！对你好奇，我才糊糊涂涂地常来！谁知道倒弄出一个大误会！大家总以为我来找文娟，我一出洋，我那可恶的刘姨嬷就多管闲事，做主说要我同文娟订婚！这玩笑可开得狠了！弄得我这狼狈不堪的！这次回来，事情也还不好办，因为这儿的太太是大小姐的后妈，却是我的亲姑姑，我不愿意给她为难，现在就盼着二少爷回来帮帮我的忙，同文娟说穿了，然后再叫我上地狱过刀山挨点骂倒不要紧，要紧的是你……

梅　（急得跺脚两手抱住额部，来回转）别说了，别说了，我整个听糊涂了！……你这个叫作怎么回事呀？（坐一张矮凳上，不知所措）

唐　（冷静地）说得是呢？怎么回事？！（叹息）这次我回来才知道大小姐同你那样做对头，我真是糊涂，我对不起你。（走近梅真）梅真，现在我把话全实说了，你能原谅我，同情我！你……（声音轻柔地）这么聪明，你……你不会不……

梅　（急打断唐的话）我，我同情你，但是你可要原谅我！

唐　为什么？

梅　因为我——我只是没有出息的丫头，值不得你，你的……爱……你的好奇！

唐　别那样子说，你弄得我感到惭愧！现在我只等着二少爷回来把那误会的婚约弄清。你答应我，让我先帮助你离开这儿，你要不信我，你尽可让我做个朋友……我们等着二少爷……

梅 （哭着拿手绢蒙脸）你别，你别说了，唐先生！你千万别跟二少爷提到我！好，我的事没有人能帮助我的！你别同二少爷说。

唐 为什么？为什么别跟二少爷提到你？（疑心想想，又柔声地问）你不知道他是一个很能了解人情的细心人？他们家里的事有他就有了办法吗？

梅 （擦眼泪频摇头）我不知道，你别问我！你就别跟二少爷提到我就行了！你要同大小姐退婚，自己快去办好了！（起立要走）那事我很同情你的，不信问四小姐。（又哭拭眼泪）

唐 梅真，别走！你上哪儿去？我不能让你这样为难！我的话来得唐突，我知道！可是现在我的话都已经实说出来了，你，你至少也得同我说真话才行！（倔强地）我能不能问你，为什么你叫我别对二少爷提到你？为什么？

梅 （窘极摇头）不为什么！不为……

唐 梅真，我求你告诉我真话。（沉着严重地）你得知道，我不是个浪漫轻浮的青年人，我已经不甚年轻，今天我告诉你，我爱你，我就是爱你，无论你爱不爱我！现在我只要求你告诉我真话。（头低下去，逐渐了解自己还有自己不曾料到的苦痛）你不用怕，你尽管告诉我，我至少还是你的朋友，盼望你幸福的人。

梅 （始终低头呆立着咬手绢边，至此抿紧了口唇，翻上含泪的眼向唐）我感激你，真的，我，我感激你……

唐 （体贴的口气）为什么你不愿意我同文靖提到你？

梅 因为他——他——（呜咽地哭起来）我从小就在这里，我……我爱……我不能告诉你……

唐 （安静地拍梅肩安慰地）他知道吗？

梅 我就是不知道他知道不知道呀！（又哭）他总像躲着我……这躲着我的缘故，我也不明白……又好像是因为喜欢我，又好像是怕我——我——我真苦极了……（又蒙脸哭）

唐 梅真！你先别哭，回头谁进来了……（四面张望着拉过梅真到一边）好孩子，别哭，恋爱的事太惨了，是不是？（叹口气）

不要紧，咱们两人今天是同行了。（自己低头，掏出手绢揙鼻子，又拿出烟点上，嘴里轻轻说）我听见窗子外面有人过去，快把眼睛擦了！

[窗外许多人过去，仲维、文琪同文霞的声音都有。]

窗外荣 二少爷的火车是十一点一刻到。

窗外黄 雇几辆洋车？都谁去车站接二哥？

窗外霞 还有我……

窗外琪 我也去接二哥！

窗外黄 快，现在都快十点半了！

[唐静静地抽着烟，梅真低头插瓶花，整理书架。]

窗外 二少爷火车十一点一刻到，是不是？

又 还有三刻钟了，还不快点？

[梅又伏桌上哭，唐不过意地轻拍梅肩，门忽轻轻推开，大小姐文娟进来，由背后望着他们。窗外仍有嘈杂声。]

窗外 接二哥去……快吧……

[幕下]

第三幕

出台人物（按出台先后）

> 文　娟
>
> 李二太太：李琼
>
> 张爱珠
>
> 文　琪
>
> 荣　升
>
> 二少爷：文靖，初由大学校毕业已在南方工厂供职一年的
>
> 　　　　少年
>
> 文　霞
>
> 梅　真

地　点　三小姐、四小姐共用的书房

时　间　与第二幕同日，下午四点钟后

　　同一个房间，早上纷乱的情形又归恬静。屋子已被梅真同文琪收拾得成所谓未来派的吃烟室。墙上挂着新派画，旁边有一个比较怪诞的新画屏风。矮凳同靠垫同其他沙发、椅子分成几组，每组有他中心的小茶几，高的，矮的，有红木的，有雕漆的，圆的同方的。家具显然由家中别处搬来，茶几上最主要的摆设是小盏纱灯同烟碟。书架上窗子前均有一种小小点缀。最醒目的是并排的红蜡烛。近来女孩子们对于宴会显然受西洋美术的影响，花费她们的心思在这种地方。

　　幕开时天还没有黑，阳光已经有限，屋中似乎已带点模糊。大小姐文娟在一张小几前反复看一封短短的信。

娟　（*自语*）这真叫人生气！今早的事，我还没有提出，他反如此给我为难！这真怪了，说得好好的他来，现在临时又说不能早来！这简直是欺侮我！（*皱眉苦思*）今晚他还要找我说话，不知要说什么？……难道要同我提起梅真？（*不耐烦地起立去打电话*）喂，东局五三四〇，哪儿？喂，唐先生在家吗？我李宅，李小姐请他说话……（*伸头到处看有没有人*）……喂，元澜呀？我是娟，对了……你的信收到了，我不懂！干吗今晚不早来跳舞？为什么你愈早来，愈会妨碍我的愉快？怎么这算是为我打算！什么？晚上再说？这样你不是有点闹别扭，多存心给人不高兴？……人……人家好意请你……你自己知道对不起人，那就不要这样，不好吗？你没有法子？为什么没有法子？晚上还是不早来呀？那……那随你。（*生气地将电话挂上，伏在桌上哭，又擦擦眼泪欲起又怔着*）

[妈妈（李琼）走进屋子，望见文娟哭，惊讶地退却，又换个主意仍然进来。]

琼　（*装作未见娟哭*）这屋子安排得倒挺有意思！

[娟低头拭泪不答。]

琼　（*仍装作未见*）到底是你们年轻人会弄……

[娟仍不语。]

琼　娟娟，这趟二弟回来，你看是不是比去年显着胖一点？（*望见娟不语*）我真想不到他在工厂里生活那么苦，倒吃胖了，这倒给我这做父母的一个好教训。我自己寻常很以为我没有娇养过孩子，就现在看来我还应该让你们孩子苦点才好！（*偷看文*

娟，见她没有动静）你看，你们这宴会，虽然够不上说奢侈，也就算是头等幸福。这年头挨饿的不算，多数又多数的人是吃不得饱的，这个有时使我很感到你们的幸福倒有点像是罪过！

（见到娟总不答应，决然走到她背后拍着她）娟娟，怎么了？热闹的时候又干吗生气？

娟　（哽声愤愤地）谁……谁愿意生气？！

琼　娟，妈看年轻的时光里不值得拿去生气的！昨晚上，我听你睡得挺晚，今晚你们一定会玩到更晚，小心明天又闹头痛！

[娟索性哭起来。]

琼　别哭，别哭，回头眼睛哭红了不好看，到底什么事，能告诉我吗？

娟　（气愤地抬头）元澜今晚要丢我的面子！他，他说他不能早来，要等很晚才到，吃饭的时候人家一定会奇怪的，并且妈不是答应仲维同老四今晚上宣布他们的婚约吗？

琼　元澜早来晚来又有什么关系？

娟　怎么没有关系？！并且，我告诉妈吧，梅真太可恶了！

琼　（一惊）梅真怎么了？

娟　怎么了？！妈想吧！一直从元澜回来后，她总是那么妖精似的在客人面前讨好，今早上我进这屋子正看见她对元澜不知哭什么！元澜竟然亲热地拿手搭在她背上，低声细语地在那儿安慰她！我早就告诉妈，梅真要不得！

琼　（稍稍思索一下）在你们新派人的举动里，这个也算不得什么了不得的事！这也不能单怪梅真。（用劝告的口气）我看娟娟，你若是很生气元澜，你们那婚约尽可以"吹"了，别尽着同元澜生气下去，好又不好，吹又不吹地僵着！婚姻的事不能勉强的，你得有个决心才好。

娟　他，他"蹓"了人，我怎么不生气！

琼　他要真不好，你生他的气，又有什么用？还不如大家客客气气

253

地把话说开了，解除了这几年口头上的婚约，大家自由。

娟　这可便宜了他！

琼　这叫什么话，娟？你这样看法好像拿婚姻来同人赌气，也不顾自己的幸福！这是何苦来？你要不喜欢他，或是你觉得他对不起你，那你们只好把从前那事吹了，你应该为自己幸福打算。

娟　这样他可要得意了！他自己素来不够诚意，"蹓"够了人家，现在我要提出吹了婚约的话，他便可以推在我身上说是我蹓了他！

琼　什么是谁"蹓"了谁！如果合不来，事情应该早点解决，我看，婚姻的事很重大，不是可以随便来闹意气的。你想想看，早点决定同我说。你知道，我多担心你这事！

娟　那么，梅真怎么样？她这样可恶，您也不管吗？

琼　梅真的事我得另外问问她，我还不知道她到底做了些什么不应该的事。

娟　我不是告诉您了吗，她对元澜讨好，今早我亲眼看到他们两人在这屋子里要好得了不得的样子……

琼　这事我看来还是你自己决定，如果你不满元澜对你的态度，你就早点同他说，以后你们的关系只算是朋友，从前的不必提起，其他的事根本就不要去管它了。

娟　您尽在我同元澜的关系一点上说，梅真这样可恶荒唐，您就不提！

琼　老实说，娟，这怎样又好算梅真的荒唐可恶呢？这事本该是元澜负点责！现在男女的事情都是自己自由的，我们又怎样好去禁止谁同谁"讨好"？

娟　好，我现在连个丫头都不如了！随便让她给侮辱了，我只好吞声下气地去同朋友解除婚约！我反正只怪自己没有嬷，命不好……

琼　娟，你不能对我这样说话！（起立）我自认待你一百分的真心。你自小就为着你的奶奶总不听我的话，同我种种为难，我对你总是很耐烦的。今天你这么大了，自己该有个是非的判别

254

力！据我的观察，你始终就不很喜欢元澜的，我真不懂你为什么不明白地表示出来？偏这样老生气干吗？

娟 谁说过我不喜欢元澜？

琼 我说据我的观察。我也知道你很晓得他学问好，人品好，不过婚姻不靠着这种客观的条件。在性情上你们总那么格格不入，这回元澜由国外回来，你们两人兴趣越隔越远……

娟 反正订婚的事又不是我的主张！本来是他们家提的不是？现在他又变心了，叫我就这样便宜了他，我可没有那么好人！

琼 娟，这是何苦来呢？

娟 我不知道！（生气地起立）我就知道，我要想得出一个法子，我一定要收拾收拾梅真，才出得了我这口气。我恨透了梅真！当时我就疑心元澜有点迷恋她。

琼 你早知道了，为什么你答应同元澜订婚？

娟 就是因为我不能让梅真破坏我同元澜的事！

琼 娟，你这事真叫我着急，你这样的脾气只有给自己苦恼，你不该事事都这样赌气似的来！

娟 事事都迫着我赌气吗？！这梅真简直能把我气死，一天到晚老像反抗着我。明明是丫头而偏不服！本来她做丫头又不是我给卖掉的，也不是我给买来的，她对我总是那么一股子恨。

琼 她这点子恨也许有一点，可是你能怪得她吗？记得当时奶奶在时你怎样地压迫她，怎样地使她的念书问题变得格外复杂？当时她岁数还小，没有怎样气，现时她常常愤慨她的身世，怀恨她的境遇感到不平……不过她那一点恨也不尽是恨你……

娟 我又怎样地压迫她？她念书不念书怎么又是我负责？

琼 当然我是最应该负责的人，不过当时她是你奶奶主张买来的，又交给我管，一开头我就知道不好办，过去的事本来不必去提它，不过你既然问我，我也索性同你说开，当时我主张送她到学堂念书，就是准备收她做干女儿，省得委屈她以后的日子。我想她那么聪明，书总会念得好。谁知就为着她这聪明，同你

255

一块儿上学，功课常比你的好，你就老同她闹，说她同你一块上学，叫你不好看。弄到你奶奶同我大生气，说我做后嬷的故意如此，叫你不好过。这样以后我才把她同你姊妹们分开，处处看待她同看待你们有个不同，以示区别……

娟 奶奶当时也是好意，她是旧头脑，她不过意人家笑话我同丫头一起上学……那时二弟上的是另外一个学堂，三妹、四妹都没有上学，就是我一人同梅真。

琼 就为着这一点，我顺从了你奶奶的意思，从此把梅真却给委屈了！到了后来我不是把梅真同三妹、四妹也同送一个学堂，可是事事都成了习惯，她的事情地位一天比一天不好办，现在更是愈来愈难为情了！老实说，我在李家做了十来年的旧式儿媳妇，事事都顺从着大人的主意，我什么都不懊悔，就是梅真这桩事，我没有坚持我的主张，误了她的事，现在我总感到有点罪过……

娟 我不懂您说的什么事一天比一天的不好办，愈来愈难为情？

琼 你自己想想看！梅真不是个寻常的女孩子，又受了相当高的教育，现在落个丫头的名义，她以后怎么办？当时在小学校时所受的小小刺激不算，后来进中学，她有过朋友，不能请人家到家里来，你们的朋友她得照例规规矩矩地拿茶，拿点心，称先生，称小姐——那回还来过她同过学的庄云什么，你记得吗？她就不感到不公平，我们心里多感到难为情？……现在她也这么大了，风气同往前更不同了，她再念点新思想的书……你想……

娟 那是三妹在那儿宣传她的那些社会主义！

琼 我也用不着老三那套社会主义，我们才明白梅真在我们这里有许多委屈不便的地方！就拿今天晚上的请客来说吧，到时候她是不是可以出来同你们玩玩？……

娟 对了，（生气地）今天晚上怎么样？四妹说妈让梅真出来做客——是不是也让她跳舞？……要是这样，我干脆不用出来

256

了……这明明是同我为难!

琼 （叹口气）一早上我就为着这桩事七上八下的，想同你商量，我怕的就是你不愿意，老三，老四都说应该请梅真。

娟 那您又何必同我商量? 您才不用管我愿意不愿意呢!

琼 娟，我很气你这样子说话! 你知道，我就是常常太顾虑了你愿意不愿意，才会把梅真给委屈了，今晚上的宴会，梅真为你们姊妹忙了好多天，你好意思不叫她出来玩玩? 她也该出来同你们的朋友玩玩了。

娟 这还用您操心，（冷冷地）分别不过在暗同明的就是了。今早上她不是同元澜鬼混了一阵子吗? （哭）反正，我就怪我没有嬷……

琼 娟，你只有这么一个病态心理吗? 为什么你不理智一点，客观一点，公平一点看事! ……我告诉你，我要请梅真出来做客是一桩事，你同元澜合得来合不来又是一桩事，你别合在一起闹。并且为着保护你的庄严，你既不满意元澜，你该早点同他说穿了，除掉婚约。别尽着同他别扭，让他先……先开口……我做妈的话也只能说到这里了。

[娟委屈伤心地呜咽着哭起来。]

琼 （不过意地走到娟身旁，坐下一臂揽住文娟，好意地）好孩子，别这样，你年纪这么轻，幸福，该都在前头呢，元澜不好，你告诉他……别叫人笑话你不够大方……对梅真我也希望你能厚道一点……

[爱珠忽然走进来。]

珠 （惊愕地）文娟怎么了?

琼 张小姐你来得正好，娟娟有点不痛快，你同她去洗洗脸……一会儿就要来客了不是？娟，今晚上你们请客几点来？

娟 六点半……七点吧……反正我不出来了。

珠 （坐娟旁）娟娟，怎么啦？

琼 （起立）张小姐你劝劝她吧，本来也不是什么大事情，我今晚决定请梅真出来做客，趁这机会让我表白一下我们已经同朋友一样看待她。你是新时代人，对于这点一定赞成的，晚上在客人眼前一定不会使梅真有为难的地方。（要走）

珠 伯母今晚请梅真做客，这么慎重其事的，（冷笑）那我们都该是陪客了，怎么敢得罪她！

琼 （生气正色地）我不是说笑话，张小姐，我就求你们年轻人厚道一点，多多帮点忙……

[娟暗中拉爱珠衣袖。]

[琼下。]

珠 怎么了，娟？

娟 怎么了，这是我的命太怪，碰上这么个梅真！大家近来越来越惯她，我想不到连妈都公然护着她，并且妈妈明明听见了我说元澜有点靠不住……今早上他们那样子……

珠 我不懂元澜怎么靠不住？

娟 你看不出来元澜近来的样子在疯谁？他常常盯着眼看梅真的一举一动，没有把我气死！今早上……

[外面脚步响。]

珠 （以手指放唇上示意叫文娟低声）嘘！外面有人进来，我们到你屋子去讲吧……

[娟回头望门，外面寂然。]

娟　回头我告诉你……

珠　（叹口气向窗外望，又回头）娟，我问你，我托你探探你二弟的口气，你探着什么了没有？

娟　二弟的嘴比蜡封得还紧，我什么也问不出来。据我看，他也不急着看璨璨……

珠　得了，我也告诉你，我看，也是梅真的鬼在那儿作怪，打吃午饭时起，我看你二弟同梅真就对怔着，也不知是什么意思……

[外面又有语声，两人倾耳听。]

娟　我们走吧，到我屋子去……

[荣升提煤桶入。]

娟　什么事，荣升？

荣　四小姐叫把火添得旺旺的，今儿晚上要屋子越热越好。

珠　我们走吧！

[娟、珠同下。]

荣　（独弄火炉，一会儿又起立看看屋子，对着屏风）这也不叫着什么？（又在几个小凳上试试。屋子越来越黑）这天黑得真早！（又去开了开小灯，左右回顾才重新到火炉边弄火炉）

[小门开了，四小姐文琪肩上披着白毛巾散着显然刚洗未干的头发进来。]

荣　四小姐，是您呀？

琪 荣升，火怎样了？

荣 我这儿正通它呢！说话就上来。

琪 荣升，今晚上，今晚上你同梅真说话客气点……

荣 我们"多会儿"说话都是客客气气的……人家是个姑娘……

琪 不是为别的，今晚上太太请梅真出来做客，你们就当她是一位客人，好一点，你知道她也是我的一个同学。

荣 反正，您是小姐，您要我们怎样，我们一定得听您的话的，可是四小姐……我看（*倚老卖老地*）您这样子待她，对她也没有什么好处……

琪 为什么？你的话我不懂！（*走近火炉烤头发*）

荣 您想吧，您越这样子待她不是越把她眼睛提得老高，往后她一什么，不是高不成，低不就，不落个空吗？

琪 我不懂，这个怎讲？

荣 就是那德记电料行宋掌柜的，说话就快有二年了！

琪 宋掌柜又怎么了，什么快有二年了？

荣 （*摩擦两掌吞吞吐吐地*）那小宋不尽……等着梅真答应……嫁给他吗？

琪 （*惊讶地*）小宋等……等……梅真？

荣 说得是呢，那不是挺"门当户对"的。梅真就偏不给他个回话，人家也就不敢同二太太提。那天我媳妇还说呢，她说，要么她替宋掌柜同太太小姐们说说好话，小宋也没有敢让我们来说话。今儿，我顺便就先给您说一下子……

[小门忽然推开，文靖——刚回家的二少爷——进来。文靖像他一家子人，也是有漂亮的体格同和悦的笑脸的。沉静处，他最像他母亲，我们奇怪的是在他笑悦的表情底下，却蕴住与他不相宜的一种忧郁，这一点令人猜着是因为他背负着一个不易解决的问题所致，而不是他性情的倾向。]

靖 （亲热淘气地）怎样？

琪 （向荣升）你去吧，快点再去别的屋子看看炉子。

荣 好吧，四小姐。

[荣匆匆下。]

靖 （微笑）荣升还是这个样子，我总弄不清楚他是个好人还是个坏人！（重新淘气地）怎么样？我看你还是让我跟你刷头发吧！

琪 二哥，我告诉你了，你去了一年，手变粗了，不会刷头发了，我不要你来弄我的头！

靖 别那么气我好不好？你知道我的手艺本来就高明，经过这一年工厂里的经验，弄惯了顶复杂的机器，我的手更灵敏了许多……

琪 得了，我的头可不是什么复杂的机器呀！

靖 （笑逗琪）我也知道它不复杂，仅是一个很简单的玩意儿！

琪 二哥你真气人！（用手中刷子推他）你去吧，你给自己去打扮打扮，今晚上有好几位小姐等着欢迎你呢！去吧，我不要你刷我的头发。……

靖 （把刷子夺过举得高高地）我真想不到，我走了一年，我的娇嫩乖乖的小妹妹，变成了这么一个凶悍泼辣的"娘们"！

琪 你真气死我啦！

靖 别气，别气，气坏了，现在可有人会不答应我的……

琪 （望靖，正经地）二哥……二哥……你还没有告诉我，你喜欢不喜欢仲维呢？……（难为情地）二哥，你得告诉我真话……

靖 （亲热怜爱地）老四，你知道我喜欢仲维，看样子他很孩子气，其实我看他很有点东西在里面，现在只看他怎样去发展他那点子真玩意儿……

琪 我知道，我知道，我看我们这许多人里，顶算他有点，有点真玩意

261

儿，二哥，你也觉得这样，我太高兴了……今晚上我们就宣布订婚的事。

[两人逐渐走近火炉边。]

靖　（轻轻地推着琪）高兴了，就请你坐下，乖乖地让我替你刷头发……做个纪念，以后嫁了就轮不到哥哥了！

琪　（笑）二哥，你真是怪物，为什么，你这么喜欢替我刷头发？

靖　这个你得问一个心理学家，我自己的心理分析是：一个真的男性他一定喜欢一件极女性的柔媚的东西，我是说天然柔媚的东西，不是那些人工的，奢侈繁腻的可怕玩意儿！（刷琪发）

琪　吓！你轻一点……

靖　对不起，（又刷琪发）这样子好不好？我告诉你，不知为什么，我觉得刚洗过的女孩子的头发，表现着一种洁净，一种温柔，一种女性的优美，我对着它会起一种尊敬，又生一种爱，又是审美的，又是近人性的……并且在这种时候，我对于自己的性情也就感到一种和谐的快活。

琪　真的吗？二哥。

靖　你看，（一边刷头发）我忘了做男子的骄傲，把他的身边的情绪对一个傻妹妹说，她还不信！

琪　二哥，我还记得从前你喜欢同人家打辫子，那时候我们都剪了头发，就是梅真有辫子……我们都笑你同丫头好，你就好久好久不理梅真……

靖　（略一皱眉）你还记得那些个，我都忘了！（叹口气）我抽根烟好不好？哪，（把刷子递给琪）你自己刷一会儿，我休息一下子……

琪　（接刷子起立）好，就刷这几下子！（频频打散头发摇下水花）二哥，你到底有几天的假？

靖　不到十天。

262

琪 那为什么你这么晚才回来，不早点赶来，我们多聚几天？你好像不想回家，怕回家似的。

靖 我，我真有点怕嘛。

琪 （惊奇的）为什么？

靖 老四，你真不知道？

琪 不知道什么？我不懂！

靖 我怕见梅真……

琪 （更惊讶地）为什么，二哥？

靖 （叹口气，抽两口烟，默然一会儿）因为我感到关于梅真，我会使妈妈很为难，我不如早点躲开点，我决定我不要常见到梅真倒好。

琪 二哥！你这话怎么讲？

靖 （坐下，低头抽烟）老四，你不……不同情我吗？（打打烟灰）有时我觉到很苦痛——或者是我不够勇敢。

琪 （坐到靖旁边）二哥，你可以全告诉我吗？我想……我能够完全同情你的，梅真实在能叫人爱她……（见靖无言）现在你说了，我才明白我这人有多糊涂！我真奇怪我怎么没想到，我早该看出你喜欢她……可是有一时你似乎喜欢璨璨——你记得璨璨吗？我今晚还请了她。

靖 （苦笑）做妹妹的似乎比做姐姐的糊涂多了。大姐早就疑心我，处处盯着我，有一时我非常地难为情。她也知道我这弱点，更使得我没有主意，窘透了，所以故意老同璨璨在一起，（掷下烟，起立）老四，我不知道你怎样想……

琪 我？我……怎样想？

靖 我的意思是：我不知道你是不是也感到如果我同梅真好，这事情很要使妈妈苦痛，（急促地）我就怕人家拿我的事去奚落她，说她儿子没有出息，爱上了丫头。我觉得那个说法太难堪；社会上一般毁谤人家的话，太使我浑身起毛栗。就说如果我真的同梅真结婚，那更糟了，我可以听到所有难听的话，把梅真给糟蹋坏了……并且妈妈拿我这儿子看得那么重，我不能给人机会说她儿子没有骨气，（恨恨地）我不甘心让大伯嬷那类人得意的有所借口，你知道吗？老四！

琪　现在我才完全明白了！……怪不得你老那样极力地躲避着梅真。

靖　我早就喜欢她，我告诉你！可是我始终感到我对她好只会给她苦痛的，还要给妈妈个难题，叫她为我听话受气，所以我就始终避免着，不让人知道我心里的事儿，（耸一耸肩）只算是给自己一点点苦痛。（支头沉思）

琪　梅真她不知道吗？

靖　就怕她有点疑心！或许我已经给了她许多苦痛也说不定。

琪　也许，可是我倒没有看出来什么……我也很喜欢梅真，可是我想要是你同她好，第一个，大伯伯一定要同妈妈闹个天翻地覆，第二个是大姊，一定要不高兴，更加个爱传是非的大伯嬷，妈妈是不会少麻烦的。可是刚才我刚听到一桩事，荣升说梅真……什么她……（有点不敢说小宋求婚的事）

靖　（显然不高兴）梅真怎么了？

琪　荣升说……

[张爱珠盛妆入。]

珠　嘿，你们这里这么黑，我给你们开盏灯！

琪　（不耐烦地同靖使个眼色）怎么你都打扮好了！这儿可不暖和呀。

珠　（看靖）我可以不可以叫你老二？你看，这儿这个叫你二哥那个叫你二弟的，我跟着哪个叫都不合适！（笑眯眯地，南方口音特重）老二，你看，我这副镯子好不好？（伸手过去）

靖　（客气地）我可不懂这个。

珠　你看好不好看呢？

靖　当然好看！

珠　干吗当然？

靖　（窘）因为当然是应该当然的！

珠　（大笑）你那说话就没有什么诚意！……嘿，老四你知道，你
　　大姐在那儿哭吗？

琪　她又哭了，我不知道，反正她太爱哭。

珠　这个你也不能怪她，（望一望靖）她今早上遇到元澜同梅真两
　　人在这屋子里，也不知是怎样的要好，亲热极的那样子——她
　　气极了。

琪　什么？不会，不会，一定不会的！

珠　嘿，人家自己看见了，还有错吗？你想。

[琪望靖，靖转向门。]

靖　你们的话，太复杂了，我还是到屋里写信去吧，说不定我明天
　　就得走！

琪　二哥，你等等……

靖　不行，我没有工夫了。

[靖急下。]

珠　（失望地望着靖的背影）你的二哥明天就走？

琪　不是我们给轰跑的吗？爱珠，大姐真的告诉你那些话吗？

珠　可不真的！难道我说瞎话？

琪　也许她看错了，故意那么说，因为她自己很不喜欢元哥！

珠　这个怎样会看错？我真不懂你怎么看得梅真那么好人！你妈说
　　今晚要正式请梅真在这儿做客，好让她同你们平等，我看她以
　　后的花样可要多了。说不定仲维也要让她给迷住！

琪　爱珠！你别这样子说话！老实说，梅真实在是聪明，现在越来
　　越漂亮，为什么人不能喜欢她？（笑）要是我是男人，也许我
　　也会同她恋爱。

珠 （冷笑）你真是大方，随便可以让姊姊的（男友）同自己的好朋友同梅真恋爱，梅真福气也真不坏！

琪 得了吧，我看她就可怜！

[文霞拉着梅真上。]

霞 梅真真气人，妈请她今天晚上一定得出来做客，她一定不肯，一定要躲起来。

珠 梅真，干吗这样子客气，有人等着要人同你恋爱呢，你怎么要跑了，叫人失恋！

梅 张小姐，您这是怎么讲？

霞 （拉着梅真）梅真，你管她说什么！我告诉你，你今天晚上就得出来，你要不出来，你就是不了解妈妈的好意，对不起她。你平日老不平社会上的阶级习惯，今天轮到你自己，你就逃不出那种意识，介意这些个，多没有出息！

琪 梅真，要是我是你，我才不躲起来！

梅 （真挚地带点咽哽）我不是为我自己，我怕有人要不愿意，没有多少意思。

珠 （向梅真）你别看我不懂得你的意思！大小姐今天晚上还许不出来呢，你何苦那么说。反正这太不管我的事了，这是你们李家的纠纷……

霞 怎么？大姊今晚上真不出来吗？那可不行，她还请了好些个朋友，我们都不大熟的……

珠 那你问你大姊去，我可不知道，老实说我今天听了好些事我很同情她……

[爱珠向着门，扬长而去。]

梅 你们看，是不是？我看我别出来吧，反正我也没有什么心绪……

琪 三姊，我们同去看大姊吧，回头来了客，她闹起别扭来多糟糕！

霞 （回头）梅真，你还是想一想，我劝你还是胆子大一点，装做不知道好！今天这时候正是试验你自己的时候……

梅 好小姐，你们快去看大小姐吧，让我再仔细想，什么试验不试验的，尽是些洋话！

[琪、霞同下，梅起灭了大灯，仅留小桌灯，独坐屏风前小角隅里背向门，低头啜泣。门轻轻地开了，文靖穿好晚服的黑裤白硬壳衬衫，黑领结打了一半，外面套着暗色呢"晨衣"（Dressing-Gown）进来。]

靖 老四，给我打这鬼领带……哪儿去啦？……（看看屋子没有人，伸个懒腰垂头丧气地坐在一张大椅上，拿出根烟抽，又去寻洋火起立在屋中转，忽见梅真）梅，梅真……你在这儿干吗？

梅 （拭泪起立强笑）好些事，坐在这里想想……

靖 （冷冷地）那么对不起，打扰了！我进来时就没有看见你。

梅 你什么时候都没有看见我……

靖 （一股气似的）为什么我要特别注意你？……

梅 （惊讶地瞪着眼望着）谁那样说啦？哪有那样说话的，靖爷！（竭力抑制住）我的意思是你走了一年……今天回来了……谁都高兴，你……你却那样好像……好像不理人似的，叫人怪难过的！（欲哭又止住眼泪）

靖 我不知道怎样才叫理人？也许你知道别位先生们怎样理你法子，我就不会那一套……

梅 （更惊讶靖的话）靖爷！你这话有点儿怪！素常你不爱说话，说话总是顶直爽的，今天为什么这样讲话？

靖 你似乎很明白，那不就得了吗？更用不着我直爽了！

梅 （生气地）我不懂你这话，靖爷，你非明说不可！

靖 我说过你明白就行了，用不着我明说什么，反正我明天下午就

267

走了，你何必管我直爽不直爽的！你对你自己的事自己直爽就行了。虽然有时候我们做一桩事，有许多别人却为着我们受了一些苦处……不过那也是没有法子的事！

梅　（带哭声）你到底说什么？我真纳闷死了！我真纳闷死了。（坐椅上伏椅背上哭起来）

[靖有点不过意，想安慰梅走到她旁边又坚决地转起走开。]
[文琪入。]

琪　二哥，（见哭着的梅真）怎么了？

梅　（抬头望琪）四小姐，你快来吧，你替我问问靖爷到底怎么了，我真不懂他的话！

琪　（怔着望文靖不知所措）二哥！

靖　老四，不用问了！我明天就走，一切事情我都可以不必再关心了，就是妈妈我也交给你照应了……

琪　二哥！

[文靖绷紧着脸匆匆走出。]

梅　四小姐！

琪　梅真！到底怎么了？

梅　我就不明白，此刻靖爷说的话我太不懂了……

琪　他同你说什么呢？

梅　我一个坐在这里，他，他进来了起先没有看见我，后来看见了，尚冷冷地说对不起他打扰了我……我有点气他那不理人的劲儿，就说他什么时候反正都像不理人……他可就大气起来问我怎样才叫理人！又说什么也许我知道别位先生怎样理我法子，他不懂那一套……我越不懂他的话，他越……我真纳闷死了！

268

琪 （怔了这许久）我问你梅真，元哥同你怎么啦？今早上你们是不是在这屋子里说话？

梅 今早上？噢，可是你怎么知道，四小姐？

琪 原来真有这么一回事！（叹口气）张爱珠告诉我的，二哥也听见了。爱珠说大姊亲眼见到你同元哥……同元哥……

梅 （急）可是，可是我没有同唐先生怎样呀！是他说，他，他……对我……

琪 那不是一样吗？

梅 （急）不一样嘛！不一样嘛！（哭声）因为我告诉他，我爱另一个人，我只知道那么一个人好……

琪 谁？那是谁？

梅 （抽噎着哭）就是，就是你这二哥！

琪 二哥？

梅 （仍哭着）可是，四小姐你用不着着急，那没有关系的，我明天就可以答应小宋……去做他那电料行的掌柜娘！那样子谁都可以省心了……我不要紧……

琪 （难过地）梅真！你不能……

梅 我怎么不能，四小姐？（起立拭泪）你看着吧！你看……看着吧！

琪 梅真！你别……你……

[梅真夺门出，琪一人呆立片刻，才丧气地坐下以手蒙脸。]

[幕下]（未完）

以上三幕连载于1937年5~7月的《文学杂志》

269

翻译

如果心头再旋转着熟识旧时的芳菲，

模糊如条小径越过无数道篱笆，

纷纭的花叶枝条，草看弄得人昏迷，

今日的脚步，再不甘重踏上前时的泥沙。

夜莺与玫瑰

——奥司克魏尔德[①]神话

"她说我若为她采得红玫瑰，便与我跳舞。"青年学生哭着说，"但我全园里何曾有一朵红玫瑰。"

夜莺在橡树上巢中听见，从叶丛里往外看，心中诧异。

青年哭道："我园中并没有红玫瑰！"他秀眼里满含着泪珠。"呀！幸福倒靠着这些区区小东西！古圣贤书我已读完，哲学的玄秘，我已彻悟，然而因为求一朵红玫瑰不得，我的生活便这样难堪。"

夜莺叹道："真情人竟在这里。以前我虽不曾认识，我却夜夜地歌唱他，我夜夜将他的一桩桩事告诉星辰，如今我见着他了。他的头发黑如风信子花，嘴唇红比他所切盼的玫瑰，但是挚情已使他脸色憔悴，烦恼已在他眉端印着痕迹。"

青年又低声自语："王子今晚宴会跳舞，我的爱人也将与会。我若为她采得红玫瑰，她就和我跳舞直到天明，我若为她采得红玫瑰，我将把她抱在怀里，她的头，在我肩上枕着，她的手，在我掌中握着。但我园里没有红玫瑰，我只能寂寞地坐着，看她从我跟前走过，她不睬我，

① 奥司克魏尔德（Oscar Wilde），今通译为奥斯卡·王尔德，爱尔兰著名剧作家、诗人、散文家。——编者注

我的心将要粉碎了。"

"这真是个真情人。"夜莺又说着，"我所歌唱，是他尝受的苦楚，我是乐的，在他却是悲痛。'爱'果然是件非常的东西。比翡翠还珍重，比玛瑙更宝贵。珍珠、榴石买不得他，黄金亦不能作他的代价，因为他不是在市上出卖，也不是商人贩卖的东西。"

青年说："乐师们将在乐坛上弹弄丝竹，我那爱人也将按着弦琴的音节舞蹈。她舞得那么翩翩，莲步都不着地，华服的少年们就会艳羡地围着她。但她不同我跳舞，因我没有为她采到红玫瑰。"于是他卧倒在草里，两手掩着脸哭泣。

绿色的小壁虎说："他为什么哭泣？"说完就竖起尾巴从他跟前跑过。

蝴蝶正追着太阳光飞舞，她亦问说："唉，怎么？"金盏花亦向他的邻居低声探问道："唉，怎么？"夜莺说："他为着一朵红玫瑰哭泣。"

他们叫道："为着一朵红玫瑰！真笑话！"那小壁虎本来就刻薄，于是大笑。

然而夜莺了解那青年烦恼里的秘密，她静坐在橡树枝上细想"爱"的玄妙。

忽然她张起棕色的双翼，冲天地飞去。她穿过那树林如同影子一般，如同影子一般的，她飞出了花园。

草地当中站着一株绝美的玫瑰树，她看见那树，向前飞去落在一枝枝头上。

她叫道："给我一朵鲜红玫瑰，我为你唱我最婉转的歌。"

可是那树摇头。

"我的玫瑰是白的。"那树回答她，"白如海涛的泡沫，白过山巅上积雪。请你到古日规旁找我兄弟，或者他能应你所求。"

于是夜莺飞到日规旁边那丛玫瑰上。

她又叫道："给我一朵鲜红玫瑰，我为你唱最醉人的歌。"

可是那树摇头。

"我的玫瑰是黄的，"那树回答她，"黄如琥珀座上人鱼神的头发，黄过割草人未割以前的金水仙。请你到那青年窗下找我兄弟，或者他能应你所求。"

于是夜莺飞到青年窗下那丛玫瑰上。

她仍旧叫道："给我一朵鲜红玫瑰，我为你唱最甜美的歌。"

可是那树摇头。

那树回答她说："我的玫瑰是红的，红如白鸽的脚趾，红过海底岩下扇动的珊瑚。但是严冬已冻僵了我的血脉，寒霜已啮伤了我的萌芽，暴风已打断了我的枝干，今年我不能再开了。"

夜莺央告说："一朵红玫瑰就够了。只要一朵红玫瑰！请问有什么法子没有？"

那树答道："有一个法子，只有一个，但是太可怕了，我不敢告诉你。"

"告诉我吧。"夜莺勇敢地说，"我不怕。"

那树说道："你若要一朵红玫瑰，你须在月色里用音乐制成，然后用你自己的心血染它。你须将胸口顶着一根尖刺，为我歌唱。你须整夜地为我歌唱，那刺须刺入你的心头，你生命的血液得流到我的心房里变成我的。"

夜莺叹道："拿死来买一朵红玫瑰，代价真不小，谁的生命不是宝贵的。坐在青郁的森林里看太阳在黄金车里，月娘在白珠辇内驰骋，真是一桩乐事。山楂花的味儿真香，山谷里的吊钟花和山坡上的野草真美。然而'爱'比生命更可贵，一个鸟的心又怎能和人的心比？"

于是她张起棕色的双翼，冲天地飞去。她过那花园如同影子一般，如同影子一般，她荡出了那树林子。

那青年仍旧偃卧在草地上，方才她离开他的地方，他那副秀眼里的泪珠还没有干。

夜莺喊道："高兴吧，快乐吧；你将要采到你那朵红玫瑰了。我将用月下的歌音制成她，再用我自己的心血染红她。我向你所求的酬报，仅是要你做一个真挚的情人，因为哲理虽智，爱比它更慧；权力虽雄，爱比它更伟。焰光的色彩是爱的双翅，烈火的颜色是爱的躯干。她有如蜜的口唇，若兰的吐气。"

青年从草里抬头侧耳静听，但是他不懂夜莺对他所说的话，因他只晓得书上所讲的一切。

那橡树却是懂得，他觉得悲伤，因为他极爱怜那枝上结巢的小夜莺。

他轻声说道："唱一首最后的歌给我听吧，你别去后，我要感到无限的寂寥了。"

于是夜莺为橡树唱起来。她恋别的音调就像在银瓶里涌溢的水浪一般的清越。

她唱罢时，那青年站起身来从衣袋里抽出一本日记簿和一支笔。

他一面走出那树林，一面自语道："那夜莺的确有些姿态。这是人

所不能否认的，但是她有感情吗？我怕没有。实在她就像许多美术家一般，尽是仪式，没有诚心。她必不肯为人牺牲。她所想的无非是音乐，可是谁不知道艺术是为己的。虽然，我们总须承认她有醉人的歌喉。可惜那种歌音也是毫无意义，毫无实用。"于是他回到自己室中，躺在他的小草垫的床上想念他的爱人；过了片时他就睡去。

待月娘升到天空，放出她的光艳时，那夜莺也就来到玫瑰枝边，将胸口插在刺上。她胸前插着尖刺，整夜地歌唱，那晶莹的月亮倚在云边静听。

她整夜地，啭着歌喉，那刺越插越深，她生命的血液渐渐溢去。

最先她歌颂的是稚男幼女心胸里爱恋的诞生。于是那玫瑰的顶尖枝上结了一苞卓绝的玫瑰蕾，歌儿一首连着一首地唱，花瓣一片跟着一片地开。起先那瓣儿是黯淡得如同河上罩着的薄雾——黯淡得如同晨曦的脚迹，银灰得好似曙光的翅翼，那枝上玫瑰蕾就像映在银镜里的玫瑰影子或是照在池塘的玫瑰化身。

但是那树还催迫着夜莺紧插那枝刺。"靠紧那刺，小夜莺，"那树连声地叫唤，"不然，玫瑰还没开成，晓光就要闯来了。"

于是夜莺越紧插入那尖刺，越扬声地她唱的歌，因她这回所歌颂的是男子与女子性灵里烈情的诞生。

如今那玫瑰瓣上生了一层娇嫩的红晕，如同初吻新娘时新郎的绛颊。但是那刺还未插到夜莺的心房，所以那花心尚留着白色，因为只有夜莺的心血可以染成玫瑰花心。

那树复催迫着夜莺紧插那枝刺。"靠紧那刺，小夜莺，"那树连声地叫唤，"不然玫瑰还没开成，晓光就要闯来了。"

于是夜莺紧紧插入那枝刺，那刺居然插入了她的心，但是一种奇痛穿过她的全身，那种惨痛愈猛，愈烈，她的歌声越狂，越壮，因为她这回歌颂的是因死而完成的挚爱和冢中不朽的烈情。

那卓绝的玫瑰于是变作鲜红，如同东方的天色。花的外瓣红同烈火，花的内心赤如绛玉。

夜莺的声音越唱越模糊了，她的双翅拍动起来，她的眼上起了一层薄膜。她的歌声模糊了，她觉得喉间哽咽了。

于是她放出末次的歌声，白色的残月听见，忘记天晓，挂在空中停着。那红玫瑰听见，凝神战栗着，在清冷的晓风里瓣瓣地开放。回音将歌声领入山坡上的紫洞，将牧童从梦里惊醒。歌声流到河边苇丛中，苇叶将这信息传与大海。

那树叫道："看！这玫瑰已制成了。"然而夜莺并不回答，她已躺在乱草里死去，那刺还插在心头。

日午时青年开窗往外看。

他叫道："怪事，真是难遇的幸运；这儿有朵红玫瑰，这样好的玫瑰，我生来从没看见过。他这样美红，定有很繁长的拉丁名字。"说着便俯身下去折了这花。

于是他戴上帽子，跑往教授家去，手里拈着红玫瑰。

教授的女儿正坐在门前卷一轴蓝色绸子，她的小狗伏在她脚前。

青年叫道："你说过我若为你采得红玫瑰，你便同我跳舞。这里有一朵全世界最珍贵的红玫瑰。你可以将它插在你的胸前，我们同舞的时候，这花便能告诉你，我怎样的爱你。"

那女郎只皱着眉头。

她答说："我怕这花不能配上我的衣裳；而且大臣的侄子送我许多珠宝首饰，人人都知道珠宝比花草贵重。"

青年怒道："我敢说你是个无情义的人。"他便将玫瑰掷在街心，掉在车辙里，让一个车轮轧过。

女郎说："无情义？我告诉你吧，你实在无礼，况且到底你是谁？

不过一个学生文人。我看像大臣侄子鞋上的那银扣，你都没有。"说着站起身来走回房去。

青年走着自语道："爱好傻呀，远不如伦理学那般有实用，它所告诉我们的，无非是空中楼阁，实际上不会发生的，和缥缈虚无不可信的事件。在现在的世界里存在，首要有实用的东西，我还是回到我的哲学和玄学书上去吧。"

于是他回到房中取出一本笨重的、满堆着尘土的大书埋头细读。

书信

你的红叶是亲切的牵绊，

那零乱每早必来缠住我的晨光。

我也吻你，不顾你的背影隔过玻璃！

你常淘气地闪过，却不对我忸怩。

致胡适

一九二七年二月六日

致胡适

适之先生：

也许你很诧异这封唐突的来信，但是千万请你原谅。你到美的消息传到一个精神充军的耳朵里，这不过是个很自然的影响。

我这两年多的渴想北京和最近惨酷的遭遇给我许多烦恼和苦痛。我想你一定能够原谅我对于你到美的踊跃。我愿意见着你，我愿意听到我所狂念的北京的声音和消息，你不以为太过吧？

纽约离此很近，我们有希望欢迎你到费城来吗？哥伦比亚演讲一定很忙，不知周末可以走动不？

这二月底第三或第四周末有空否，因为那时彭校新创的教育会有个演讲托找中国speaker。胡先生若可以来费，可否答应当那晚的speaker？本来这会极不要紧的，不该劳动大驾，只因因此我们可以聚会晤谈，所以函问。

若是月底太忙不能来费，请即示知，以便早早通知该会会长（Dr. G. H. Minnich）。过些时候我也许可以到纽约来拜访。

很不该这样唐突打扰，但是——原谅。

徽音[①]上

二月六日　费城

[①] 林徽因原名"林徽音"，因为和当时一位男作家"林徽音"名字相似，容易被错认，所以从1934年改"徽音"为"徽因"，因此，书中1934年以前的林徽因著作署名仍是"徽音"。——编者注

一九二七年三月十五日

致胡适

适之先生：

　　我真不知道怎样谢谢你这次的visit才好！星五那天我看你从早到晚不是说话便是演讲真是辛苦极了。第二天一清早我想着你又在赶路到华京①去，着实替你感着疲劳。希望你在华京从容一点，稍稍休息过来。

　　那天听讲的人都高兴得了不得。那晚饭后我自己只觉得有万千的感触。倒没有向你道谢。要是道谢的话，"谢谢"两字真是太轻了，不能达到我的感激。一个小小的教育会把你辛苦了足三天，真是！

　　你的来费给我好几层的安慰，老实说当我写信去请你来时实在有些怕自己唐突，就是那天见了你之后也还有点不自在。但是你那老朋友的诚意温语立刻把我put at ease②了。

　　你那天所谈的一切——宗教，人事，教育到政治——我全都忘不了的，尤其是"人事"；一切的事情我从前不明白，现在已经清楚了许多。就还有要说要问的，也就让他们去，不说不问了。"让过去的算过去的"，这是志摩的一句现成话。

　　大概在你回国以前我不能到纽约来了，如果我再留美国一年的话，大约还有一年半我们才能再见了。适之先生，我祝你一切如意快乐和健康。回去时看见朋友们替我候候，请你告诉志摩，我这三年来寂寞受够了，失望也遇多了，现在倒能在寂寞和失望中得着自慰和满足。告诉他我绝对地不怪他，只有盼他原谅我从前的种种的不了解。但是路远隔膜，误会是所不免的，他也该原谅我。我昨天把他的旧信一一翻阅了，

---

① 华京即华盛顿，美国首都。——编者注
② 英文，"使安心、宽慰"的意思。

282

旧的志摩我现在真真透彻地明白了，但是过去的算过去，现在不必重提了，我只永远记念着。

如你所说的，经验是可宝贵的。但是有价值的经验全是苦痛换来的，我在这三年中真是得了不少的阅历，但就也够苦了。经过了好些的变动的环境和心理，我是如你所说的老成了好些，换句话说便是会悟了。从青年的idealistic phase①走到了成年的realistic phase②。做人便这样做吧。idealistic的梦停止了，也就可以医好了许多vanity③。这未始不是个好处。

照事实上看来我没有什么不满足的。现在一时国内要不能开始我的工作，我便留在国外继续用一年功再说。有便请你再告诉志摩，他怕美国把我宠坏了，事实上倒不尽然，我在北京那一年的spoilt④生活，用了三年的工夫才一点一点改过来。要说"spoilt"，世界上没有比中国更容易*spoilt*人了，他自己也就该留心点。

通伯和夫人⑤为我道念，叔华女士若是有暇可否送我几张房子的相片，自房子修改以后我还没有看见过，我和那房子的感情实是深长。旅居的梦魂常常绕着琼塔雪池。她母亲的院子里就有我无数的记忆，现在虽然已不堪回首，但是房主人们都是旧交，我极愿意有几张影片留作纪念。

感情和理性可以说是反对的。现在夜深，我不由得不又让情感激动，便就无理地写了这么长一封信，费你时间扰你精神。适之先生，我又得apologize了。回国以后如有机会，极闲暇的时候给我个把字吧，我眼看着还要充军一年半，不由得不害怕呀。

胡太太为我问好，希望将来到北京时可以见着。就此祝你

旅安

徽音寄自费城

三月十五日

---

① 英文，译为"理想主义阶段"。
② 英文，译为"现实主义阶段"。
③ 英文，"虚荣"之意。
④ 英文，译为"惯坏了的"。
⑤ 指陈源先生和凌叔华女士。

一九三一年十一月三日

致胡适

适之先生：

　　新月总店经济状况甚为窘迫，今晚要开董事会，由此也许会有新的变动。

　　代定《独立评论》的款项，已去信北平分店先筹付百元。

　　《新月》第三卷合订本二份和《四十自述》第六章原稿都已先后挂号寄上。

　　敬祝安好！

徽音　　敬上

十一月三日

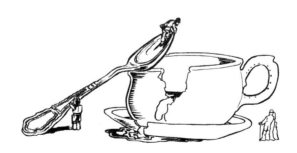

一九三一年十一月约十日

致胡适

适之先生：

忘摩去时嘱购此绣货赠Bell夫妇，托先生带往燕京大学，现奉上。渠眷念K. M.[①]之情直转到她姊姊身上，直可以表示多情厚道的东方色彩，一笑。

大驾刚北返，尚未得晤面，怅怅。迟日愚夫妇当同来领教。

徽音

---

① K. M., 即凯瑟琳·曼斯菲尔德，英国著名女作家。——编者注

一九三二年一月一日下午

致胡适

适之先生：

志摩刚刚离开我们，遗集事尚觉毫无头绪，为他的文件就有了些纠纷，真是不幸到万分，令人想着难过之极。

我觉得甚对不起您为我受了许多麻烦，又累了许多朋友也受了些许牵扰，更是不应该。

事情已经如此，现在只得听之，不过我求您相信我不是个多疑的人，这一桩事的蹊跷曲折，全在叔华一开头便不痛快——便说瞎话——所致。

我这方面的事情很简单：

（一）大半年前志摩和我谈到我们英国一段事，说到他的《康桥日记》仍存在，回硖石时可找出给我看。如果我肯要，他要给我，因为他知道我留有他当时的旧信，他觉得可收藏在一起。

注：整三年前，他北来时，他向我诉说他订婚结婚经过，讲到小曼看到他的"雪池时代日记"不高兴极了，把它烧了的话，当时也说过：不过我尚存下我的《康桥日记》。

（二）志摩死后，我对您说了这段话——还当着好几个人说的——在欧美同学会，奚若思成从渭南回来那天。

（三）十一月廿八日星期六晨，由您处拿到一堆日记簿（有满的一本，有几行的数本，皆中文，有小曼的两本，一大一小，后交叔华由您负责取回的），有两本英文日记，即所谓Cambridge日记者一本，乃从July, 31, 1921起。次本从Dec. 2nd（同年）起始，至回国止者，又有一小本英文为志摩一九二五年在意大利写的。此外几包晨副①原稿，两包晨副零张杂纸，空本子小相片，两把扇面，零零星星纸片，住址本。

注：那天在您处仅留一小时，理诗刊稿子，无暇细看箱内零本，所以一起将箱带回细看，此箱内物是您放入的，我丝毫未动，我更知道此箱装的不是志摩平日原来的那些东西，而是在您将所有信件分人分类捡出后，单单将以上那些本子纸包子聚成这一箱的。

（四）由您处取出日记箱后约三四日或四五日听到奚若说：公超在叔华处看到志摩的《康桥日记》，叔华预备约公超共同为志摩作传的。

注：据公超后来告我，叔华是在十一月廿六日开会（讨论，悼志摩）的那一晚上约他去看日记的。

（五）追悼志摩的第二天（十二月七号）叔华来到我家向我要点志摩给我的信，由她编辑，成一种《志摩信札》之类的东西，我告诉她旧信全在天津，百分之九十为英文，怕一时拿不出来，拿出来也不能印，我告诉她我拿到有好几本日记，并请她看一遍大概是些什么，并告诉她，当时您有要交给大雨②的意思，我有点儿不赞成。您竟然将全堆"日记类的东西"都交我，我又embarrassed③却又不敢负您的那种trust——您要我看一遍编个目录——所以我看东西绝对的impersonal④带上历史考据眼光。Interesting only in⑤事实的辗进变化，忘却谁是谁。

最后我向她要公超所看到的志摩日记——我自然作为她不会说"没有"的可能说法，公超既已看到。我说，听说你有志摩的《康桥日记》在你处，可否让我看看等等。她停了一停说可以。

我问她："你处有几本？两本吗？"

她说"两——本"，声音拖慢，说后极不高兴。

我问："两本是一对吗？未待答，是否与这两本（指我处《康桥日记》两本）相同的封皮？"

---

① 晨副，指当时的《北平晨报·副刊》。
② 大雨，孙大雨，中国现代著名作家、著名文学翻译家。——编者注
③ 英文，译为"不好意思"。
④ 英文，译为"非个人化的"
⑤ 英文，译为"只有兴趣于"

她含糊应了些话，似乎说"是，不是，说不清"等，"似乎一本是——"现在我是绝对记不清这个答案（这句话待考）。因为当时问此话时，她的神色极不高兴，我大窘。

（六）我说要去她家取，她说她下午不在，我想同她回去，却未敢开口。后约定星三（十二月九号）遣人到她处去取。

（七）星三九号晨十一时半，我自己去取，叔华不在家，留一信备给我的，信差带复我的。

此函您已看过，她说（原文）："昨归遍找志摩日记不得，后捡自己当年日记，乃知志摩交我乃三本：两小，一大，小者即在君处箱内，阅完放入的。大的一本（满写的）未阅完，想来在字画箱内（因友人物多，加意保全），因三四年中四方奔走，家中书物皆堆叠成山，甚少机缘重为整理，日间得闲当细捡一下，必可找出来阅。此两日内，人事烦扰，大约需此星期底才有空翻寻也。"

注：这一篇信内有几处瞎说不必再论，即是"阅完放入"，"未阅完"两句亦有语病，既说志摩交她三本日记，何来"阅完放入"君处箱内。可见非志摩交出，乃从箱内取出阅，而"阅完放入"，而有一本（？）未阅完而未放入。

此箱偏偏又是当日志摩曾寄存她处的一个箱子，曾被她私开过的。（此句话志摩曾亲语我。他自叔华老太太处取回箱时，亦大喊："我锁的，如何开了，这是我最要紧的文件箱，如何无锁，怪事——"又"太奇怪，许多东西不见了，missing"，旁有思成，Lilian Tailor及我三人。）

（八）我留字，请她务必找出借我一读。说那是个不幸事的留痕，我欲一读，想她可以原谅我。

（九）我觉得事情有些周折，气得通宵没有睡着，可是，我猜她推到"星期底"必是要抄留一份底子，故或需要时间（她许怕我以后不还她那日记）。我未想到她不给我。更想不到以后收到半册，而这半册日记正巧断在刚要遇到我的前一两日。

（十）十二月十四日（星一）

half a book with 128 pages received (dated from Nov.17 1920 ended with sentence "it was badly planned")① 叔华送到我家来，我不在家，她留了一个note说"怕我急，赶早送来"的话。

（十一）事后知道里边有故事，却也未胡猜，后奚若来说叔华跑到性仁家②说她处有志摩日记（未说清几本）徽音要，她不想给（不愿意给）的话，又说小曼日记两本她拿去也不想还等等，大家都替我生气，觉得叔华这样，实在有些古怪。

（十二）我到底全盘说给公超听了（也说给您听了）。公超看了日记说，这本正是他那天（离十一月廿八日最近的那星期）看到了的，不过当时未注意底下是如何，是否只是半册未注意到，她告诉他是两本，而他看到的只是一本，但他告诉您（适之）"refused to be quoted"③，底下事不必再讲了。

二十一年元旦

---

① 此句意为：收到半本共128页，始自1920年11月17日，以"计划得很糟"一句告终。
② 即陶孟和夫人沈性仁家。——编者注
③ 意为，我拒绝被引用。

一九三二年一月一日晚上

致胡适

适之先生：

　　下午写了一信，今附上寄呈，想历史家必不以我这种信为怪，我为人直爽性急，最恨人家小气曲折说瞎话。此次因为叔华瞎说，简直气糊涂了。

　　我要不是因为知道公超看到志摩日记，就不知道叔华处会有的。谁料过了多日，向她要借看时，她倒说"遍找不得"，"在书画箱内多年未检"的话。真叫人不寒而栗！我从前不认得她，对她无感情，无理由地，没有看得起她过。后来因她嫁通伯，又有《送车》等作品，觉得也许我狗眼看低了人，始大大谦让真诚地招呼她，万料不到她是这样一个人！真令人寒心。

　　志摩常说："叔华这人小气极了。"我总说："是吗？小心点吧，别得罪了她。"

　　女人小气虽常有事，像她这种有相当学问知名的人也该学点大方才好。

现在无论日记是谁裁去的，当中一段缺了是事实，她没有坦白地说明以前，对那几句瞎话没有相当解释以前，她永有嫌疑的。（志摩自己不会撕的，小曼尚在可问。）

　　关于我想着那段日记，想也是女人小气处或好奇处多事处，不过这心理太human了，我也不觉得惭愧。

　　实说，我也不会以诗人的美谀为荣，也不会以被人恋爱为辱。我永是"我"，被诗人恭维了也不会增美增能，有过一段不幸的曲折的旧历史也没有什么可羞惭。（我只是要读读那日记，给我是种满足，好奇心满足，回味这古怪的世事，纪念老朋友而已。）

我觉得这桩事人事方面看来真不幸，精神方面看来这桩事或为造成志摩为诗人的原因，而也给我不少人格上知识上磨炼修养的帮助，志摩in a way①不悔他有这一段苦痛历史，我觉得我的一生至少没有太堕入凡俗的满足，也不算一桩坏事。志摩警醒了我，他变成一种stimulant②在我生命中，或恨，或怒，或happy或sorry，或难过，或苦痛，我也不悔的，我也不proud我自己的倔强，我也不惭愧。

我的教育是旧的，我变不出什么新的人来，我只要"对得起"人——爹娘、丈夫（一个爱我的人，待我极好的人）、儿子、家族等等，后来更要对得起另一个爱我的人，我自己有时的心，我的性情便弄得十分为难。前几年不管对得起他不，倒容易——现在结果，也许我谁都没有对得起，您看多冤！

我自己也到了相当年纪，也没有什么成就，眼看得机会愈少——我是个兴奋type accomplish things by sudden inspiration and master stroke③，不是能用功慢慢修炼的人。现在身体也不好，家常的负担也繁重，真是怕从此平庸处世，做妻生仔地过一世！我禁不住伤心起来。想到志摩今夏的inspiring friendship and love④对于我，我难过极了。

这几天思念他得很，但是他如果活着，恐怕我待他仍不能改的。事实上太不可能。也许那就是我不够爱他的缘故，也就是我爱我现在的家在一切之上的确证。志摩也承认过这话。

徽音
二十年⑤正月一日

---

① 意为，从某方面
② 意为，激励、刺激物。
③ 意为，我是个兴奋型，靠突然的灵感和神来之笔做事。
④ 意为，富于启迪性的友谊和爱。
⑤ 二十年，即民国二十年，此系林徽因笔误，应该为"二十一年"。

一九三二年春

致胡适

适之先生：

多天未通音讯，本想过来找您谈谈，把一些零碎待接头的事情一了。始终办不到。日前，人觉得甚病，不大动得了，后来赶了几日夜，两三处工程图案，愈弄得人困马乏。

上星期起到现在一连走了几天协和检查身体，消息大不可人，医生和思成又都皱开眉头！看来我的病倒进展了些，医生还在商量根本收拾我的办法。

身体情形如此，心绪更不见佳，事情应着手的也复不少，甚想在最近期间能够一晤谈，将志摩几本日记事总括筹个办法。

此次，您从硖石带来一部分日记尚未得见，能否早日让我一读，与其他部分做个整个的survey?

据我意见看来，此几本日记，英文原文并不算好，年轻得厉害，将来与他"整传"大有补助处固甚多，单印出来在英文文学上价值并不太多（至少在我看到的那两本中，文字比他后来的作品书札差得很远），并且关系人个个都活着，也极不便，一时只是收储保存问题。

志摩作品中，诗已差不多全印出，散文和信札大概是目前最要紧问题，不知近来有人办理此事否？"传"不"传"的，我相信志摩的可爱的人格永远会在人们记忆里发亮的，暂时也没有赶紧必要。至多慢慢搜集材料为将来的方便而已。

日前，Mr. E. S. Bernett来访，说Mrs. Richard有信说康桥志摩的旧友们甚想要他的那两篇关于康桥的文章，译成英文寄给他们，以备寄给两个杂志刊登。The Richards希望就近托我翻译。我翻阅那两篇东西不禁出了许多惭愧的汗。你知道那两篇东西是他散文中极好的两篇。我又有什么好英文来翻译它们。一方面我又因为也是爱康河的一个人，对康桥英国晚春景致有特殊感情的一个人，又似乎很想"努力""尝试"（都是先生的好话），并且康桥那方面几个老朋友我也认识几个，他那文章里所引的事，我也好像全彻底明白……

但是，如果先生知道有人能够十分地 do his work justice in rendering into really charming English [①]，最好仍请一个人快快地将那东西译出寄给 Richards 为妥。

身体一差伤感色彩便又深重。这几天心里万分的难过。怎办？

从文走了没有，还有没有机会再见到。

湘玫又北来，还未见着。南京似乎日日有危险的可能，真糟。思忠 [②] 在八十八师已开在南京下关前线，国"难"更"难"得迫切，这日子又怎么过！

先生这两天想也忙，过两天可否见到，请给个电话。

胡太太伤风想已好清。我如果不是因为闹协和这一场，本来还要来进"研究院"的。现在只待静候协和意旨，不进医院也得上山了。

此问

祝安

徽音拜上

思成寄语问候，他更忙得不亦乐乎

---

① 意为，善待他的作品，能够将它们变成真正雅致的英文。
② 思忠，梁思忠，梁思成的四弟。当时为炮兵少校，后在淞沪前线殉职。

一九三二年六月十四日

致胡适

适之先生：

上次我上山以前，你到我们家里来，不凑巧我正出去，错过了，没有晤着，真可惜。你大忙中跑来我们家，使我疑心到你是有什么特别事情的，可是猜了半天都猜不出，如果真的有事，那就请你给我个信吧。

那一天我答应了胡太太代找房子，似乎对于香山房子还有一点把握，这两天打听的结果，多半是失望，请转达。但是这不是说香山绝对没有可住的地方，租的是说没有了，可借的却似乎还有很多。双清别墅听说已让××夫妇暂借了，虽然是短期。

我的姑丈卓君庸的"自青榭"倒也不错，并且他是极欢迎人家借住的，如果愿意，很可以去接洽一下。去年刘子楷太太借住几星期，客人主人都高兴一场的。自青榭在玉泉山对门，虽是平地，却也别饶风趣，有池，有柳，有荷花鲜藕，有小山坡，有田陌；即使游卧佛寺，碧云寺，香山，骑驴洋车皆极方便。

谢谢送来《独立周刊》。听到这刊出世已久，却尚未得一见，前日那一期还是初次见面。读杨今甫那篇东西颇多感触，志摩已别半载，对他的文集文稿一类的整理尚未有任何头绪，对他文字严格批评的文章也没有人认真做过一篇。国难期中大家没有心绪，沪战烈时更谈不到文章自是大原因，现在过时这么久，集中问题不容易了，奈何！

我今年入山已月余，触景伤怀，对于死友的悲念，几乎成个固定的咽哽牢结在喉间，生活则仍然照旧辗进，这不自然的缄默像个无形的十字架，我奇怪我不曾一次颠扑在那重量底下。

有时也还想说几句话，但是那些说话似乎为了它们命定的原因，绝不会诞生在语言上，虽然它们的幻灭是为了忠诚，不是为了虚伪，但是一样的我感到伤心，不可忍的苦闷。整日在悲思悲感中挣扎，是太没意思的颓废。先生你有什么通达的哲理赐给我没有？

《新月》的新组织听说已经正式完成，月刊在哪里印，下期预备哪一天付印，可否示知一二。"独立"容否小文字？有篇书评只怕太长些。（关于萧翁与爱莲·戴莱通讯和戈登·克雷写的他母亲的小传作对照的评论，我认为那两本东西是剧界极重要的document，不能作浪漫通讯看待。）

思成又跑路去，这次又是一个宋初木建——在宝坻县——比蓟州独乐寺或能更早。这种工作在国内甚少人注意关心，我们单等他的测绘详图和报告印出来时吓日本鬼子一下痛快：省得他们目中无人以为中国好欺侮。

天气好得很，有空千万上山玩一次，包管你欢喜不觉得白跑。

徽音　香山
六月十四日

致沈从文

一九三三年十一月中旬

致沈从文

沈二哥：

初二回来便忙乱成一堆，莫名其所以然。文章写不好，发脾气时还要呕出韵文！十一月的日子我最消化不了，听听风知道枫叶又凋零得不堪，只想哭。昨天哭出的几行勉强叫它作诗，日后呈正。

萧先生文章①甚有味儿。我喜欢，能见到当感到畅快。你说的是否礼拜五？如果是，下午五时在家里候教，如嫌晚，星六早上也一样可以的。

关于云冈现状是我正在写的一短篇，哪一天再赶个落花流水时当送上。

思成尚在平汉线边缘吃尘沙，星六晚上可以到家。

此问

俪安

二嫂统此

徽音拜上

---

① 指萧乾先生及其短篇小说《蚕》。

一九三五年十一月下旬

致沈从文

二哥:

怎么了?《大公报》到底被收拾,真叫人生气!有办法否?

昨晚我们这里忽收到两份怪报,名叫《亚洲民报》,篇幅大极,似乎内中还有文艺副刊,是大规模的组织,且有计划的,看情形似乎要《大公报》永远关门。气糊涂了我!社论看了叫人毛发能倒竖。我只希望是我神经过敏。

这日子如何"打发"?我们这国民连骨头都腐了!有消息请告一二。

徽因

一九三六年二月二十七日

致沈从文

二哥：

　　世间事有你想不到的那么古怪，你的信来的时候正遇到我双手托着头在自恨自伤的一片苦楚的情绪中熬着。在廿四个钟头中，我前前后后，理智的，客观的，把许多纠纷痛苦和挣扎或希望或颓废的细目通通看过好几遍，一方面展开事实观察，一方面分析自己的性格情绪历史，别人的性格情绪历史，两人或两人以上互相的生活、情绪和历史，我只感到一种悲哀，失望，对自己对生活全都失望无兴趣。我觉到像我这样的人应该死去；减少自己及别人的痛苦！这或是暂时的一种情绪，一会儿希望会好。

　　在这样的消极悲伤的情景下，接到你的信，理智上，我虽然同情你所告诉我你的苦痛（情绪的紧张），在情感上我却很羡慕你那么积极那么热烈，那么丰富的情绪，至少此刻同我的比，我的显然萧条颓废消极无用。你的是在情感的尖锐上奔进！

　　可是此刻我们有个共同的烦恼，那便是可惜时间和精力，因为情绪的盘旋而耗废去。

　　你希望抓住理性的自己，或许找个聪明的人帮忙你整理一下你的苦恼或是"横溢的情感"，设法把它安排妥帖一点，你竟找到我来，我懂得的，我也常常被同种的纠纷弄得左不是右不是，生活掀在波澜里，盲目

地同危险周旋，累得我既为旁人焦灼，又为自己操心，又同情于自己又很不愿意宽恕放任自己。

不过我同你有大不同处：凡是在横溢奔放的情感中时，我便觉到抓住一种生活的意义，即使这横溢奔放的情感所发生的行为上纠纷是快乐与苦辣对渗的性质，我也不难过不在乎。我认定了生活本身原质是矛盾的，我只要生活；体验到极端的愉快，灵质的，透明的，美丽的近于神话理想的快活，以下我情愿也随着赔偿这天赐的幸福，坑在悲痛、纠纷失望、无望、寂寞中挨过若干时候，好像等自己的血来在创伤上结痂一样！一切我都在无声中忍受，默默地等天来布置我，没有一句话说！（我且说说来给你做个参考。）

我所谓极端的、浪漫的或实际的都无关系，反正我的主义是要生活，没有情感的生活简直是死！生活必须体验丰富的情感，把自己变成丰富，宽大能优容，能了解，能同情种种"人性"，能懂得自己，不苛责自己，也不苛责旁人，不难自己以所不能，也不难别人所不能，更不怨运命或是上帝，看清了世界本是各种人性混合做成的纠纷，人性又就是那么一回事，脱不掉生理、心理、环境习惯先天特质的凑合！把道德放大了讲，别裁判或裁削自己。任性到损害旁人时如果你不忍，你就根本办不到任性的事。（如果你办得到，那你那种残忍，便是你自己性格里的一点特性，也用不着过分地去纠正。）想做的事太多，并且互相冲突时，拣最想做——想做到顾不得旁的牺牲——的事做，未做时心中发生纠纷是免不了的，做后最用不着后悔，因为你既会去做，那桩事便一定是不可免的，别尽着罪过自己。

我方才所说到极端的愉快，灵质的、透明的、美丽的快乐，不知道你有否同一样感觉。我的确有过，我不忘却我的幸福。我认为最愉快的事都是一闪亮的，在一段较短的时间内迸出神奇的——如同两个人透彻的了解，一句话打到你心里，使得你理智和感情全觉到一万万分满足；如同相爱，在一个时候里，你同你自身以外另一个人互相以彼此存在为极端的幸福；如同恋爱，在那时那刻眼所见，耳所听，心所触无所不是美丽，情感如诗歌自然的流动，如花香那样不知其所以。这些种种便都是一生中不可多得的瑰宝。世界上没有多少人有那机会，且没有多少人有那种天赋的敏感和柔情来尝味那经验，所以就有那种机会也无用。如果有如诗剧神话般的实景，当时当事者本身却没有领会诗的情感又如何行？即使有了，只是浅俗的赏月折花的限量，那又有什么话说？！转过来说，对悲哀的敏感容量也是生活中可贵处。当时当事，你也许得流出血泪，过去后那些在你经验中也是不可鄙视的创痂。（此刻说说话，我倒暂时忘记了我昨天到今晚已整整哭了廿四小时，中间仅仅睡着三四个钟头，方才在过分的失望中颓废着觉到浪费去时间精力，很使自己感叹。）在夫妇中间为着相爱纠纷自然痛苦，不过那种痛苦也是夹着极端丰富的幸福在内的。冷漠不关心的夫妇结合才是真正的悲剧！

如果在"横溢情感"和"僵死麻木的无情感"中叫我来拣一个，我毫无问题要拣上面的一个，不管是为我自己或是为别人。人活着的意义基本的是在能体验情感。能体验情感还得有智慧有思想来分别了解那情感——自己的或别人的！如果再能表现你自己所体验所了解的种种在文字上——不管那算是宗教或哲学，诗，或是小说，或是社会学论文——（谁管那些）——使得别人也更得点人生意义，那或许就是所有的意义了——不管人文明到什么程度，天文地理科学的通到哪里去，这点人性还是一样的主要，一样的是人生的关键。

（在一些微笑或皱眉印象上称较分量，在无边际人事上驰骋细想正是一种生活。）

算了吧！二哥，别太虐待自己，有空来我这里，咱们再费点时间讨论讨论它，你还可以告诉我一点实在情形。我在廿四小时中只在想自己如何消极到如此田地苦到如此如此，而使我苦得想去死的那个人自己在去上海火车中也苦得要命，已经给我来了两封电报一封信，这不是"人性"的悲剧吗？那个人便是说他最不喜管人性的梁二哥！

徽因

你一定得同老金^①谈谈，他真是能了解同时又极客观极同情极懂得人性，虽然他自己并不一定会提起他的历史。

---

① 老金：指金岳霖，中国著名的哲学家和逻辑学家，杰出的教育家。——编者注

一九三七年十月

致沈从文

二哥：

  我欠你一封信，欠得太久了！现在第一件事要告诉你的就是我们又都在距离相近的一处了。大家当时分手得那么突兀惨淡，现在零零落落地似乎又聚集起来。一切转变得非常古怪，两月以来我种种的感到糊涂。事情越看得多点，心越焦，我并不奇怪自己没有青年人抗战中兴奋的情绪，因为我比许多人明白一点自己并没有抗战，生活离前线太远，一方面自己的理智方面也仍然没有失却它寻常的职能，观察得到一些叫人心里顶难过的事。心里有时像个药罐子。

  自你走后我们北平学社方面发生了许多叫我们操心的事，好容易挨过了俩仨星期（我都记不清有多久了）才算走脱，最后我是病的，却没有声张，临走去医院检查了一遍，结果是得着医生严重的警告——但警告白警告，我的寿命是由天的了。临行的前夜一直弄到半夜三点半，次早六时由家里出发，我只觉得是硬由北总布胡同扯出来上车拉倒。东西全弃下倒无所谓，最难过的是许多朋友都像是放下忍心地走掉，端公①太太、公超太太住在我家，临别真是说不出的感到似乎是故意那么狠心地把她们抛下，兆和也是一个使我顶不知怎样才好的，而偏偏我就根本赶不上去北城一趟看看她。我恨不得是把所有北平留下的太太孩子挤在一块走出到天津再说。可是我也知道天津地方更莫名其妙，生活又贵，平津

---

① 端公，指钱端升，中国法学家、政治学家、教育家。——编者注

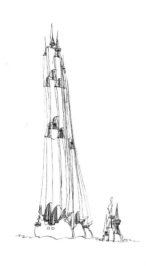

那一节火车情形那时也是一天一个花样，谁都不保险会出什么样把戏的。

这是过去的话了，现在也无从说起，自从那时以后，我们真走了不少地方。由"卢沟桥事变"到现在，我们把中国所有的铁路都走了一段！最紧张的是由北平到天津，由济南到郑州。带着行李小孩奉着老母，由天津到长沙共计上下舟车十六次，进出旅店十二次，这样走法也就很够经验的，所为的是回到自己的后方。现在后方已回到了，我们对于战时的国家仅是个不可救药的累赘而已。同时我们又似乎感到许多我们可用的力量废放在这里，是因为各方面缺乏更好的组织来尽量的采用。我们初到时的兴奋，现实已变成习惯的悲感。更其糟的是这几天看到许多过路的队伍兵丁，由他们吃的穿的到其他一切一切。"惭愧"两字我嫌它们过于单纯，所以我没有字来告诉你，我心里所感触的味道。

前几天我着急过津浦线上情形，后来我急过"晋北"的情形——那时还是真正的"晋北"——由大营到繁峙代县，雁门朔县宁武原平崞县忻县一带路，我们是熟极的，阳明堡以北到大同的公路更是有过老朋友交情，那一带的防御在卢变以后一星期中我们所知道的等于是"鸡蛋"。我就不信后来赶得及怎样"了不起"的防御工作，老西儿①的军队更是软懦到万分，见不得风的，怎不叫我跳急到万分！好在现在情形已又不同了，谢老天爷，但是看战报的热情是罪过的。如果我们再按紧一点事实的想象：天这样冷……（就不说别的！！）战士们在怎样的一个情形下活着或死去！三个月以前，我们在那边已穿过棉！所以一天到晚，我真不知想什么好，后方的热情是罪过，不热情的话不更罪过？二哥，你想，我们该怎样的活着才有法子安顿这一副还未死透的良心？

---

① 老西儿，指阎锡山。

我们太平时代（考古）的事业，现时谈不到别的了，在极省检的法子下维护它不死，待战后再恢复算最为得体的办法。个人生活已甚苦，但尚不到苦到"不堪"。我是女人，当然立刻变成纯净的"糟糠"的典型，租到两间屋子烹调，课子，洗衣，铺床，每日如在走马灯中过去。中间来几次空袭警报，生活也就饱满到万分。注：一到就发生住的问题，同时患腹泻，所以在极马虎中租到一个人家楼上的两间屋。就在火车站旁，火车可以说是从我窗下过去！所以空袭时颇不妙，多暂避于临时大学（熟人尚多见面，金甫①亦"高个子"如故）。文艺，理想，都像在北海五龙亭看虹那么样，是过去中一种偶然的遭遇，现实只有一堆矛盾的现实抓在手里。

　　话又说多了，且乱，正像我的老样子。二哥你现实在做什么，有空快给我一封信。（在汉口时，我知道你在隔江，就无法来找你一趟。）我在长沙回首雁门，正不知有多少伤心呢，不日或起早到昆明，长途车约七八日，天已寒冷，秋气肃杀，这路不太好走，或要去重庆再到成都，一切以营造学社工作为转移。（而其间问题尚多，今天不谈了。）现在因时有空袭警报，所以一天不能离开老的或小的，精神上真是苦极苦极，一天的操作也于我的身体有相当威胁。

徽因　在长沙

长沙韭菜园教厂坪刘宅梁

---

① 金甫，指杨振声，我国著名的文学家和教育家。——编者注

一九三七年十一月九至十日

致沈从文

二哥：

　　在黑暗中，在车站铁篷子底分别，很有种清凉味道，尤其是走的人没有找着车位，车上又没有灯，送的打着雨伞，天上落着很凄楚的雨，地下一块亮一块黑的反映着泥水洼，满车站的兵——开拔的到前线的，受伤开回到后方的！那晚上很代表我们这一向所过的日子的最黯淡的底层——这些日子表面上固然还留一点未曾全褪败的颜色。

　　这十天里长沙的雨更象征着一切霉湿、凄怆、惶惑的生活。那种永不开缝的阴霾封锁着上面的天，留下一串串继续又继续着檐漏般不痛快的雨，屋里人冻成更渺小无能的小动物，缩着脖子只在呆想中让时间赶到头里，拖着自己半蛰伏的灵魂。接到你第一封信后我又重新发热伤风过一次，这次很规矩地躺在床上发冷或发热，日子清苦得无法设想，偏

还老那么悬着，叫人着一种无可奈何的急。如果有天，天又有意旨，我真想他明白点告诉我一点事，好比说我这种人需要不需要活着，不需要的话，这种悬着日子也不都是侈奢？好比说一个非常有精神喜欢挣扎着生存的人，为什么需要肺病，如果是需要，许多希望着健康的想念在她也就很侈奢，是不是最好没有？死在长沙雨里，死得虽未免太冷点，往昆明跑，跑后的结果如果是一

样，那又怎样？昨天我们夫妇算算到昆明去，现在要不就走，再去怕更要落雪落雨发生问题，就走的话，除却旅费，到了那边时身上一共剩下三百来元，万一学社经费不成功，带着那一点点钱，一家子老老小小流落在那里颇不妥当，最好得等基金方面一点消息。……

可是今天居然天晴，并且有大蓝天，大白云，顶美丽的太阳光！我坐在一张破藤椅上，破藤椅放在小破廊子上，旁边晒着棉被和雨鞋，人也就轻松一半，该想的事暂时不再想它，想想别的有趣的事：好比差不多二十年前，我独自坐在一间顶大的书房里看雨，那是英国的不断的雨。我爸爸到瑞士国联开会去，我能在楼上嗅到顶下层楼下厨房里炸牛腰子同洋咸肉，到晚上又是在顶大的饭厅里（点着一盏顶暗的灯）独自坐着（垂着两条不着地的腿同刚刚垂肩的发辫），一个人吃饭一面咬着手指头哭——闷到实在不能不哭！理想的我老希望着生活有点浪漫的发生，或是有个人叩下门走进来坐在我对面同我谈话，或是同我同坐在楼上炉边给我讲故事，最要紧的还是有个人要来爱我。我做着所有女孩做的梦。而实际上却只是天天落雨又落雨，我从不认识一个男朋友，从没有一个浪漫聪明的人走来同我玩——实际生活上所认识的人从没有一个像我所想象的浪漫人物，却还加上一大堆人事上的纷纠。

话说得太远了，方才说天又晴了，我却怎么又转到落雨上去？真糟！肚子有点饿，嗅不着炸牛腰子同咸肉更是无法再想英国或廿年前的事，国联或其他！

方才念到你的第二信，说起爸爸的演讲，当时他说得顶热闹，根本没有想到注意近在自己身边的女儿的日常一点点小小苦痛比那种演讲更能表示他真的懂得那些问题的重要。现在我自己已做了嬷嬷，我不愿意在任何情形下把我的任何一角酸辛的经验来换他当时的一篇漂亮话，不管它有多少风趣！这也许是我比他诚实，也许是我比他缺一点幽默！

好久了，我没有写长信，写这么杂乱无系统的随笔信，今晚上写了这许多，谁知道我方才喝了些什么，此刻真是冷，屋子里谁都睡了，温度仅仅五十一度①，也许这是原因！

明早再写关于沅陵及其他向昆明方面设想的信！

又接到另外一封信，关于沅陵我们可以想想，关于大举移民到昆明的事还是个大悬点挂在空里，看样子如果再没有计划就因无计划而在长沙留下来过冬，不过关于一切我仍然还须给你更具体的回信一封，此信今天暂时先拿去付邮而免你惦挂。

昨天张君劢老前辈来此，这人一切仍然极其"混沌"（我不叫它作天真）。天下事原来都是一些极没有意思的，我们理想着一些美妙的完美，结果只是处处悲观叹息着。我真佩服一些人仍然整天说着大话，自己支持着极不相干的自己，以致令别人想哭！

匆匆

徽因

十一月九至十日

---

① 指华氏温度。——编者注

一九三七年十二月九日

致沈从文

二哥：

决定了到昆明以便积极地做走的准备。本买二日票，后因思成等周寄梅先生，把票退了，再去买时已经连七号的都卖光了，只好买八号的。

今天中午到了沅陵。昨晚里住在官庄的。沿途景物又秀丽又雄壮时就使我们想到你二哥对这些苍翠的、天排布的深浅山头，碧绿的水和其间稍稍带点天真的人为的点缀，如何的亲切爱好，感到一种愉快。天气是好到不能更好，我说如果不是在这战期中时时心里负着一种悲伤哀愁的话，这旅行真是不知几世修来。

昨晚有人说或许这带有匪，倒弄得我们心有点慌慌的，住在小旅店里灯火荧荧如豆，外边微风撼树，不由得不有一种特别情绪，其实我们很平安地到达很安静的地带。

今天来到沅陵，风景愈来愈妙，有时颇疑心有翠翠①这种的人物在！沅陵城也极好玩，我爱极了。你老兄的房子在小山上，非常别致有雅趣，原来你一家子都是敏感的有精致爱好的。我同思成带了两个孩子来找他，意外还见到你的三弟，新从前线回来，他伤已愈，可以拐杖走路。他们待我们太好（个个性情都有点像你处）。我们真欢喜极了，都又感到太打扰得他们有点不过意。虽然，有半天工夫在那楼上廊子上坐着谈天，可是我真感到有无限亲切。沅陵的风景，沅陵的城市，同沅陵的人物，在我们心里是一片很完整的记忆，我愿意再回到沅陵一次，无论什么时候，最好当然是打完仗！

说到打仗你别过于悲观，我们还许要吃苦，可是我们不能不争到一

---

① 翠翠，指沈从文小说《边城》中的女主人公。

种翻身的地步。我们这种人太无用了。也许会死，会消灭，可是总有别的法子我们中国国家进步了弄得好一点，争出一种新的局面，不再是低着头的被压迫着，我们根据事实时有时很难乐观，但是往大处看，抓紧信心，我相信我们大家根本还是乐观的，你说对不对？

这次分别，大家都怀着深忧！不知以后事如何？相见在何日？只要有着信心，我们还要再见的呢。

无限亲切的感觉，因为我们在你的家乡。

徽因

昆明住址云南大学王赣愚先生转

310

一九三八年春

致沈从文

二哥：

　　事情多得不可开交，情感方面虽然有许多新的积蓄，一时也不能够去清理（这年头也不是清理情感的时候）。昆明的到达既在离开长沙三十九天之后，其间的故事也就很有可纪念的。我们的日子至今尚似走马灯的旋转，虽然昆明的白云悠闲疏散在蓝天里。现在生活的压迫似乎比从前更有分量了。我问我自己三十年底下都剩一些什么，假使机会好点我有什么样的一两句话说出来，或是什么样事好做，这种问题在这时候问，似乎更没有回答——我相信我已是一整个的失败，再用不着自己过分的操心——所以朋友方面也就无话可说——现在多半的人都最惦挂我的身体。一个机构多方面受过损伤的身体实在用不着惦挂，我看黔滇间公路上所用的车辆颇感到一点同情，在中国做人同在中国坐车子一样，都要承受那种的待遇，磨到焦头烂额，照样有人把你拉过来推过去爬着长长的山坡。你若是懂事多了，挣扎一下，也就不见得不会喘着气爬山过岭，到了你最后的一个时候。

　　不，我这比喻打得不好，它给你的印象好像是说我整日里在忙着服务，有许多艰难的工作做，其实，那又不然，虽然思成与我整天宣言我们愿意义务地替政府或其他公共机关效力，到了如今人家还是不找我们做正经事，现在所忙的仅是一些零碎的私人所委托的杂务，这种私人相委的事如果他们肯给我们一点实际的酬报，我们生活可以稍稍安定，挪点时候做些其他有价值的事也好，偏又不然，所以我仍然得另想别的办法来付昆明的高价房租，结果是又接受了教书生涯，一星期来往爬四次山坡走老远的路，到云大去教六点钟的补习英文。上月净得四十余元法币，而一方面为一种我们最不可少的皮尺昨天花了二十三元买来！

　　到如今我还不大明白我们来到昆明是做生意，是"走江湖"还是做

"社会性的骗子"——因为梁家老太爷的名分，人家常抬举这对愚夫妇，所以我们是常常有些阔绰的应酬需要我们笑脸的应付——这样说来好像是牢骚，其实也不尽然，事实上就是情感良心均不得均衡！前昨同航空毕业班的几个学生谈，我几乎要哭起来，这些青年叫我一百分的感激同情，一方面我们这租来的房子墙上还挂着那位主席将军的相片，看一眼，话就多了——现在不讲——天天早上那些热血的人在我们上空练习速度，驱逐和格斗，底下芸芸众生吃喝得仍然有些讲究。思成不能酒我不能牌，两人都不能烟，在做人方面已经是十分惭愧！现在昆明人材济济，哪一方面人都有。

云南的权贵，香港的服装，南京的风度，大中华民国的洋钱，把生活描画得十三分对不起那些在天上冒险的青年，其他更不用说了。现在我们所认识的穷愁朋友已来了许多，同感者自然甚多。

陇海全线的激战使我十分兴奋，那一带地方我比较熟悉，整个心都像在那上面滚，有许多人似乎看那些新闻印象里只有一堆内地县名，根本不发生感应，我就奇怪！我真想在山西随军，做什么自己可不大知道！

二哥，我今天心绪不好，写出信来怕全是不好听的话，你原谅我，我要搁笔了。

这封信暂做一个赔罪的先锋，我当时也知道朋友们一定会记挂，不知怎么我偏不写信，好像是罚自己似的——一股坏脾气发作！

徽因

梁思成、林徽因致张兆和

附 张兆和致林徽因、梁思成

一九四九年一月三十日

梁思成、林徽因致张兆和

卅七年末北平围城时从清华园寄城中。徽^①交三姐^②。

三小姐：

收到你的信，并且得知我们这次请二哥出来，的确也是你所赞同的，至为欣慰。这里的气氛与城里完全两样，生活极为安定愉快。一群老朋友仍然照样地打发日子，老邓、应铨^③等就天天看字画，而且人人都是乐观的，怀着希望地照样工作。二哥到此，至少可以减少大部分精神上的压迫。

他住在老金家里。早起八时半就同老金一起过我家吃早饭；饭后聊天半小时，他们又回去；老金仍照常伏案。

中午又来，饭后照例又聊半小时，各回去睡午觉。下午四时则到熟朋友家闲坐，吃吃茶或是（乃至）用点点心。六时又到我家，饭后聊到九时左右才散。这是我们这里三年来的时程，二哥来此加入，极为顺利。晚上我们为他预备了安眠药。由老金临睡时发给一粒。此外在睡前还强迫吃一杯牛奶，所以二哥的睡眠也渐渐地上了轨道了。^④

徽因续写：

二哥第一天来时精神的确紧张，当晚显然疲倦，但心绪却愈来愈开朗，第二天人更显愉快。但据说仍睡得不多，所以我又换了一种安眠药

---

① 徽，指林徽因。
② 三姐，指沈从文夫人张兆和。
③ 老邓，指清华大学哲学系邓以蛰教授；应铨：指程应铨先生，时为清华大学建筑系讲师。
④ 以上为梁思成所写，以下为林徽因所写。

交老金三粒（每晚代发一粒给二哥），且主张临睡喝热牛奶一杯。昨晚大家散得特别早。今早他来时精神极好，据说昨晚早睡，半夜"只醒一会儿"。说是昨夜的药比前夜的好，大约他是说实话不是哄我。看三天来的进步，请你放心他的一切。今晚或不再给药了，我们熟友中的谈话多半都是可以解除他那些幻想的过虑的，尤以熙公①的为最有力，所以在这方面他也同初来时不同了。近来因为我病老金又老，在我们这边吃饭，所以我这里没有什么客人，他那边更少人去，清静之极。今午二哥大约到念生②家午饭。噜噜嗦嗦写了这大篇，无非是要把确实情形告诉你放心，"语无伦次"一点，别笑话。

　　这里这几天天晴日美，郊外适于郊游闲走，我们还要设法要二哥走路——那是最可使他休息脑子，而晚上容易睡着的办法，只不知他肯不肯。

　　即问

思成　徽因同上

　　您自己可也要多多休息才好，如果家中能托人，一家都来这边，就把金家给你们住，老金住我们书房也极方便。

---

① 熙公，指清华大学教授张奚若。
② 念生，指语言学家、翻译家罗念生先生。

一九四九年二月二日

张兆和致林徽因、梁思成

徽因、思成先生：

看到王逊带来的信，你们为二哥起居生活安排得太好了。他来信说，住在你们那里一切都好，只是增加了主人的情绪负担，希望莫为他过分操心，就安心了。他又说，正在调整自己，努力改造自己，务使适应新的未来。我相信他的话。希望他在清华园休息一阵子，果然因身心舒畅，对事事物物有一种新看法，不再苦恼自己，才不辜负贤伉俪和岳公、熙公们的好意。

听王逊说，徽因先生着了凉，犯气喘，间或还发烧，望能多休息、少说话，别为二哥反疏忽了自己。我们全家下乡究竟有许多不便，过几天我也许来清华玩一天，今甫先生也说要来。我担心你们储粮有限，要面粉我设法托人运来，大米也还有一点。没有空不需给我写信，有什么话告诉张中和好了。

解放军进城后，城内秩序已渐趋安定。大家都好。

交中和带来的安眠药，仍然请交金先生在必要时发给从文吃。谢谢你们。

兆和上
二月二日

致梁思庄　致梁再冰

一九三六年夏

致梁思庄

思庄：

　　来后还没有给你信，旅中并没有多少时间。每写一封到北平，总以为大家可以传观，所以便不另写。连得三爷[①]、老金等信，给我们的印象总是一切如常，大家都好，用不着我操什么心，或是要赶急回去的。但是出来已两周，我总觉得该回去了，什么怪时候，赶什么怪车都愿意，只要能省时候。尤其是这几天在建筑方面非常失望，所谒大寺庙不是全是垃圾，便是已代以清末简陋的不相干房子，还刷着蓝白色的"天下为公"及其他，变成机关或学校。每去一处都是汗流浃背的跋涉，走路工作的时候又总是早八至晚六最热的时间里。这三天来可真真累得不亦乐乎。吃得也不好，天太热也吃不大下。因此种种，我们比上星期的精神差多了。

---

① 三爷，指林徽因的三弟林恒，时住梁家。

上星期劳苦功高之后，必到个好去处，不是山明水秀，就是古代遗址眩目惊神，令人忘其所以！青州外表甚雄，城跨山边，河绕城下，石桥横通，气象宽朗，且树木葱郁奇高。晚间到时山风吹过，好像满有希望，结果是一无所得。临淄更惨，古刹大佛有数处。我们冒热出火车，换汽车，洋车①，好容易走到，仅在大中午我们已经心灰意懒时得见一个北魏石像！庙则统统毁光！

你现在是否已在北屋暂住下，Boo②住哪里？你请过客没有？如果要什么请你千万别客气，随便叫陈妈预备。思马一③外套取回来没有？天这样热，I can't quite imagine④人穿它！她的衣料拿去做了没有？都是挂念。

匆匆

二嫂

整天被跳蚤咬得慌，坐在三等火车中又不好意思伸手在身上各处乱抓，结果浑身是包！

----

① 洋车，即黄包车。
② Boo，梁思庄的女儿吴荔明的乳名。
③ 思马一，梁思成的五妹梁思懿的绰号。
④ 意为，我不能想象。

一九三七年七月约中旬

致梁再冰

宝宝：

妈妈不知道要怎样告诉你许多的事，现在我分开来一件一件地讲给你听。

第一，我从六月二十六日离开太原到五台山去，家里给我的信就没有法子接到，所以你同金伯伯、小弟弟[①]所写的信我就全没有看见。（那些信一直到我到了家，才由太原转来。）

第二，我同爹爹不止接不到信，连报纸在路上也没有法子看见一张，所以日本同中国闹的事情也就一点不知道！

第三，我们路上坐大车同骑骡子，走得顶慢，工作又忙，所以到了七月十二日才走到代县，有报，可以打电报的地方，才算知道一点外面的新闻。那时候，我听说到北平的火车，平汉路同同蒲路已然不通，真不知道多着急！

第四，好在平绥铁路没有断，我同爹就慌慌张张绕到大同由平绥路回北平。现在我画张地图你看看，你就可以明白了。

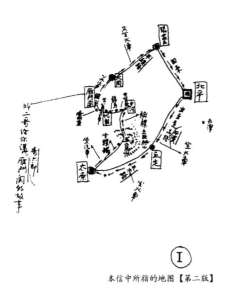

本信中所指的地图【第二版】

请看第二版、第

---

① 小弟弟，指梁从诫。

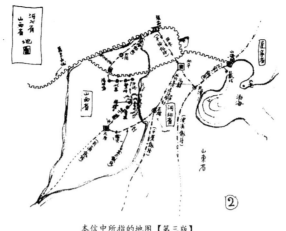

本信中所指的地图【第三版】

三版①注意万里长城，太原，五台山，代县，雁门关，大同，张家口等地方，及平汉铁路，正太铁路，平绥铁路，你就可以明白一切。

第五（现在你该明白我走的路线了），我要告诉你我在路上就顶记挂你同小弟，可是没法子接信。等到了代县一听见北平方面有一点战事，更急得了不得。好在我们由代县到大同比上太原还近，由大同坐平绥路火车回来也顶方便的（看地图）。可是又有人告诉我们平绥路只通到张家口，这下子可真急死了我们！

第六，后来居然回到西直门车站（不能进前门车站），我真是喜欢得不得了。清早七点钟就到了家，同家里人同吃早饭，真是再高兴没有了。

第六②，现在我要告诉你这一次日本人同我们闹什么。

你知道他们老要我们的"华北"地方，这一次又是为了点小事就大出兵来打我们！现在两边兵都停住，一边在开会商量"和平解决"，以后还打不打谁也不知道呢。

第七，反正你在北戴河同大姑、姐姐哥哥们一起也很安稳的，我也就不叫你回来。我们这里一时也很平定，你也不用记挂。我们希望不打仗事情就可以完；但是如果日本人要来占北平，我们都愿意打仗，那时候你就跟着大姑姑那边，我们就守在北平，等到打胜了仗再说。我觉得

---

① 原信如此，附图标号实际为①②。
② 原信有两个"第六"。

321

现在我们做中国人应该要顶勇敢，什么都不怕，什么都顶有决心才好。

第八，你做一个小孩，现在顶要紧的是身体要好，读书要好，别的不用管。现在既然在海边，就痛痛快快地玩。你知道你妈妈同爹爹都顶平安地在北平，不怕打仗，更不怕日本。过几天如果事情完全平下来，我再来北戴河看你，如果还不平定，只好等着。大哥①、三姑过两天就也来北戴河，你们那里一定很热闹。

第九，请大姐②多帮你忙学游水。游水如果能学会了，这趟海边的避暑就更有意思了。

第十，要听大姑姑的话。告诉她爹爹妈妈都顶感谢她照应你，把你"长了磅"。你要的衣服同书就寄来。

妈妈

---

① 大哥，指梁再冰的大表哥。
② 大姐，指梁再冰的大表姐。

致傅斯年

附 傅斯年致朱家骅

一九四二年约春夏

致傅斯年

孟真①先生：

接到要件一束，大吃一惊，开函拜读，则感与惭并，半天作奇异感！空言不能陈万一，雅不欲循俗进谢，但得书不报，意又未安。踌躇了许久仍是临书木讷，话不知从何说起！

今日里巷之士穷愁疾病，屯蹶颠沛者甚多。固为抗战生活之一部，独思成兄弟年来蒙你老兄种种帮忙，营救护理无所不至，一切医药未曾欠缺，在你方面固然是存天下之义，而无有所私，但在我们方面虽感到lucky终增愧悚，深觉抗战中未有贡献，自身先成朋友及社会上的累赘的可耻。

现在你又以成永兄弟危苦之情上闻介公②，丛细之事累及泳霓先生③，为拟长文说明工作之优异，侈誉过实，必使动听，深知老兄苦心，但读后惭汗满背矣！

尤其是关于我的地方，一言之誉可使我疚心疾首，夙夜愁痛。日念平白吃了三十多年饭，始终是一张空头支票难得兑现。好容易盼到孩子稍大，可以全力工作几年，偏偏碰上大战，转入井臼柴米的阵地，五年大好光阴又失之交臂。近来更胶着于疾病处残之阶段，体衰智困，学问工作恐已无分，将来终负今日教勉之意，太难为情了。

素来厚惠可以言图报，唯受同情，则感奋之余反而缄默，此情想老兄伉俪皆能体谅，匆匆这几行，自然书不尽意。

思永已知此事否？思成平日谦谦怕见人，得电必苦不知所措。希望泳霓先生会将经过略告知之，俾引见访谢时不至于茫然，此问

双安④

---

① 孟真，指历史学家傅斯年。
② 介公，指蒋介石。
③ 泳霓先生，指翁文灏先生，时为重庆国民政府经济部长兼资源委员会主任。
④ 后缺。

一九四二年四月十八日

傅斯年致朱家骅

骝先①吾兄左右：

　　兹且一事与兄商之。梁思成、思永兄弟皆困在李庄。思成之困，是因其夫人林徽音女士生了T.B.，卧床二年矣。思永是闹了三年胃病，甚重之胃病，近忽患气管炎，一查，肺病甚重。梁任公家道清寒，兄必知之，他们二人万里跋涉，到湘，到桂，到滇，到川，已弄得吃尽当光，又逢此等病，其势不可终日，弟在此看着，实在难过，兄必有同感也。弟之看法，政府对于他们兄弟，似当给些补助，其理如下：

　　一、梁任公②虽曾为国民党之敌人，然其人于中国新教育及青年之爱国思想上大有影响启明之作用，在清末大有可观，其人一生未尝有心做坏事，仍是读书人，护国之役，立功甚大，此亦可谓功在民国者也。其长子、次子，皆爱国向学之士，与其他之家风不同。国民党此时应该表示宽大。即如去年蒋先生赙蔡松坡③夫人之丧，弟以为甚得事体之正也。

　　二、思成之研究中国建筑，并世无匹，营造学社，即彼一人耳（在君④语）。营造学社历年之成绩为日本人羡妒不置，此亦发扬中国文物之一大科目也。其夫人，今之女学士，才学至少在谢冰心辈之上。

　　三、思永为人，在敝所同事中最有公道心，安阳发掘，后来完全靠他，今日写报告亦靠他。忠于其职任，虽在此穷困中，一切先公后私。

　　总之，二人皆今日难得之贤士，亦皆国际知名之中国学人。今日在此困难中，论其家世，论其个人，政府似皆宜有所体恤也。未知吾兄

---

① 骝先，指朱家骅，时任重庆国民政府教育部长。
② 梁任公，指梁启超，中国近代思想家、政治家、教育家、史学家。
③ 蔡松坡，指蔡锷将军。
④ 在君，指地质学家丁文江。

可否与陈布雷①先生一商此事，便中向介公一言，说明梁任公之后嗣，人品学问，皆中国之第一流人物，国际知名，而病困至此，似乎可赠以二三万元（此数虽大，然此等病症，所费当不止此也）。国家虽不能承认梁任公在政治上有何贡献，然其在文化上之贡献有不可没者，而名人之后，如梁氏兄弟者，亦复甚少！二人所做皆发扬中国历史上之文物，亦此时介公所提倡者也。此事弟觉得在体统上不失为正。弟平日向不赞成此等事，今日国家如此，个人如此，为人谋应稍从权。此事看来，弟全是多事，弟于任公，本不佩服，然知其在文运上之贡献有不可没者，今日徘徊思永、思成二人之处境，恐无外边帮助要出事，而此帮助似亦有其理由也。此事请兄谈及时千万勿说明是弟起意为感。如何？乞示及，至荷。专此

敬颂

 道安

            弟斯年谨上

            四月十八日

  弟写此信，未告二梁，彼等不知。

  因兄在病中，此写了同样信给泳霓，泳霓与任公有故也。弟为人谋故标准看得松。如何？

            弟年又白②

---

① 陈布雷，时为国民党要员，蒋介石侍从室主任。
② 本信为《朱家骅档案》NO.73—936，文中重点符号皆原信原有。

致金岳霖

附 徐志摩致林徽音

一九四三年十一月下旬

致金岳霖

老金：

多久多久了，没有用中文写信，有点儿不舒服。

John①到底回美国来了，我们愈觉到寂寞，远，闷，更盼战事早点结束。

一切都好。近来身体也无问题地复原，至少同在昆明时完全一样。本该到重庆去一次，一半可玩，一半可照X光线等。可惜天已过冷，船甚不便。

思成赶这一次大稿②，弄得苦不可言。可是总算了一桩大事，虽然结果还不甚满意，它已经是我们好几年来想写的一种书的起头。我得到的教训是，我做这种事太不行，以后少做为妙，虽然我很爱做。自己过于不efficient，还是不能帮思成多少忙！可是我学到许多东西，很有趣的材料，它们本身于我也还是有益。

已经是半夜，明早六时思成行。

我随便写几行，托John带来，权当晤面而已。

徽寄爱

---

① John，指美国汉学家、历史学家费正清。
② 大稿，指梁思成用英文撰写的《图像中国建筑史》。

一九三一年七月七日

徐志摩致林徽音

徽音：

我愁望着云泞的天和泥泞的地，直担心你们上山①一路平安。到山上大家都安好否？我在记念。

我回家累得直挺在床上，像死人——也不知哪来的累。适之在午饭时说笑话，我照例照规矩把笑放上嘴边，但那笑仿佛离嘴有半尺来远，脸上的皮肉像是经过风腊，再不能活动！

下午忽然诗兴发作，不断地抽着烟，茶倒空了两壶，在两小时内，居然诌得了一首②。哲学家③上来看见，端详了十多分钟，然后正色地说："It is one of your very best."④但哲学家关于美术作品只往往挑错的东西来夸，因而，我还不敢自信，现在抄了去请教女诗人，敬求指正！

雨下得凶，电话电灯全断。我讨得半根蜡，匍匐在桌上胡乱写。上次扭筋的脚有些生痛。一躺平眼睛发跳，全身的脉搏都似乎分明的觉得。再有两天如此，一定病倒——但希望天可以放晴。

思成恐怕也有些着凉，我保荐喝一大碗姜糖汤，妙药也！宝宝、老太⑤还高兴否？我还牵记你家矮墙⑥上的艳阳。此去归来时难说定，敬祝山中人"神仙生活"，快乐康强！

脚疼人

洋郎牵（洋）牛渡（洋）河夜

---

① 山，指香山。1931年夏，林徽因全家曾到香山静宜园双清小住。
② 即徐志摩的诗歌《你去》。
③ 哲学家，指金岳霖。
④ 意为，这是你最好的诗之一。
⑤ 宝宝、老太，指林徽因的女儿和母亲。
⑥ 你家矮墙，指林徽因双清住处的围墙。

致梁思成

一九五三年三月十二日

致梁思成

思成：

　　我现在正在由以养病为任务的一桩事上考验自己，要求胜利完成这个任务。在胃口方面和睡眠方面都已得到非常好的成绩，胃口可以得到九十分，睡眠八十分，现在最难的是气管，气管影响痰和呼吸又影响心跳甚为复杂，气管能进步一切进步最有把握，气管一坏，就全功尽废了。

　　我的工作现实限制在碑①建会设计小组的问题，有时是把几个有限的人力拉在一起组织一下分配一下工作，技术方面讨论如云纹，如碑的顶部；有时是讨论应如何集体向上级反映一些具体意见作一两种重要建议，今天就是刚开了一次会，有阮、邱、莫、吴、梁②连我六人，前天已开过一次，拟了一信稿呈郑副主任和薛秘书长的，今天阮将所拟稿带来又修正了一次今晚抄出大家签名明天可发出（主要①要求立即通知施工组停扎钢筋，美工合组事难定了，尚未开始，所以②也趁此时再要求增加技术人员加强设计实力，③反映我们对去掉大台认为对设计有利，可能将塑型改善，而减掉复杂性质的陈列室和厕所设备等等使碑的思想性明确单纯许多）。再冰、小弟都曾回来，娘也好，一切勿念。信到时可能已过三月廿一日了。

　　天安门追悼会③的情形已见报我不详写了。

　　昨李宗津④由广西回来还不知道你到莫斯科呢。

徽因

三月十二日写完

---

① 碑，指当时正在设计中的人民英雄纪念碑。
② 阮邱莫吴梁，其中莫指清华大学建筑学院教授莫宗江、吴指建筑学家吴良镛。
③ 追悼会，指斯大林的追悼会。
④ 李宗津，指清华大学建筑系美术教授，油画家。

一九五三年三月十七日

致梁思成

思成：

......

今天是十六日，此刻黄昏六时，电灯没有来房很黑又不能看书做事，勉强写这封信已快看不见了。十二日发一信后仍然忙于碑的事。今天小吴、老莫都到城中开会去，我只能等听他们的传达报告了。讨论内容为何，几方面情绪如何，决议了什么具体办法，现在也无法知道。昨天是星期天，老金不到十点钟就来了，刚进门再冰也回来，接着小弟来了，此外无他人，谈得正好，却又从无线电中传到捷克总统逝世消息。这种消息来在那沉痛的斯大林同志的殡仪之后，令人发愣发呆，不能相信不幸的事可以这样的连着发生。大家心境又黯然了......

中饭后老金、小弟都走了。再冰留到下午六时，她又不在三月结婚了，想改到国庆，理由是于中干①说他希望在广州举行。那边他们两人的熟人多，条件好，再冰可以玩一趟。这次他来，时间不够也没有充分心理准备，六月又太热。我是什么都赞成。反正孩子高兴就好。

我的身体方面吃得那么好，睡得也不错，而不见胖，还是爱气促和闹清痰打"呼噜出泡声"，血脉不好好循环冷热不正常等等，所以疗养还要彻底，病状比从前深点，新陈代谢作用太坏，恢复的现象极不显著，也实在慢，今天我本应该打电话问校医室血沉率和痰化验结果的，今晚便可以报告，但因害怕结果不完满因而不爱去问！

学习方面可以报告的除了报上主要政治文章和理论文章外，我连着看了四本书都是小说式传记，都是英雄的真人真事。......

---

① 于中干，指林徽因、梁思成长女梁再冰的丈夫。

还要和你谈什么呢？又已经到了晚饭时候，该吃饭了，只好停下来。（下午一人甚闷时，关肇业来坐一会儿，很好。太闷着看书觉到晕昏。）（十六日晚写）

十七日续我最不放心的是你的健康问题，我想你的工作一定很重，你又容易疲倦，一边又吃Rimifon[1]不知是否更易累和困，我的心里总惦着，我希望你停Rimifon吧，已经满两个半月了。苏联冷，千万注意呼吸器官的病。

昨晚老莫回来报告，大约把大台[2]改低是人人同意，至于具体草图什么时候可以画出并决定，是真真伤脑筋的事，尤其是碑顶仍然意见分歧。

徽因匆匆写完

三月十七日午

---

① Rimifon，雷米封，一种防治结核病的药。

② 大台，指人民英雄纪念碑的基座。

致费正清、费慰梅

一九三四年至一九四八年

致费正清、费慰梅①

———— 一 ————

　　＊＊1934年，沈从文曾陷入一场感情危机，他像对长姊一样向林徽因倾诉自己的苦恼——

　　要是我写一篇故事，有这般情节，并（像他那样）为之辩解，人们会认为我瞎编，不近情理。可是，不管你接不接受，这就是事实。而恰恰又是他，这个安静、善解人意、"多情"而又"坚毅"的人，一位小说家，又是如此一个天才。他使自己陷入这样一种感情纠葛，像任何一个初出茅庐的小青年一样，对这种事陷于绝望。他的诗人气质造了他自己的反，使他对生活和其中的冲突茫然不知所措，这使我想到雪莱，也回想起志摩与他世俗苦痛的拼搏。可我又禁不住觉得好玩。他那天早上竟是那么的迷人和讨人喜欢！而我坐在那里，又恼又疲惫地跟他谈，骂他、劝他，和他讨论生活及其曲折，人类的天性、其动人之处及其中的悲剧、理想和现实！……

　　过去我从没想到过，像他那样一个人，生活和成长的道路如此的不同，竟然会有我如此熟悉的感情，也被在别的景况下我所熟知的同样的问题所困扰。这对我是一个崭新的经历，而这就是为什么我认为普罗文

---

　　① 这些信都是林徽因用英文写给费正清、费慰梅夫妇的。在这批英文信中，又有一部分曾被费慰梅摘录在她所著的《梁思成与林徽因》（Liang and Lin,1994）一书中。在本书中，凡在信前有＊号的原来都是英文，其中有＊＊号的系直接引自Liang and Lin一书。除特别注明者外，这些信都是梁从诚译。为使读者对写信背景有所了解，在一些信的前后由译者略作注释。（本书的书信致费正清、费慰梅部分移用梁从诚编著的《林徽因文集》，特此说明。）

学毫无道理的缘故。好的文学作品就是好的文学作品，而不管其人的意识形态如何。今后我将对自己的写作重具信心，就像老金一直期望于我和试图让我认识到其价值的那样。万岁！

二

**1935年，林徽因在北京香山养病期间——

听到一段当我还是个小姑娘时在横渡印度洋回家的船上所熟悉的乐曲——好像那月光、舞蹈表演、热带星空和海风又都涌进了我的心灵，而那一小片所谓的青春，像一首歌中轻快而短暂的一瞬，幻影般袭来，半是悲凉、半是光彩，却只是使我茫然。

三

*同年，林徽因同父异母弟弟林恒来到北京，住在梁家。引起林的生母与这个"儿子"之间的一场危机——

三天来我自己的母亲简直把我逼进了人间地狱。这话一点也不过分。头一天我发现母亲有点体力不支，家里有种不祥的气氛。我只好和我的异母弟弟深谈过去，以建立一种相互了解并使目前这种密切来往能够维持下去。

这搞得我精疲力尽并深受伤害，到我临上床时真恨不得去死或从来没有出生在这么个家庭里过……我知道自己其实是个幸福而走运的人，但是早年的家庭战争已使我受到了永久的创伤，以致如果其中任何一点残痕重现，就会让我陷入过去的厄运之中。

四

＊＊1935年末，日军全面侵略已近在眉睫，梁、林准备南迁——

思成和我已经为整理旧文件和东西花了好几个钟头了。沿着生活的轨迹，居然积攒了这么多的杂七杂八！看着这堆往事的遗存，它们建立在这么多的人和这么多的爱之中，而当前这些都正在受到威胁，真使我们的哀愁难以言表。特别是因为我们正凄惨地处在一片悲观的气氛之中，前途渺茫……

如果我们民族的灾难来得特别迅猛而凶暴，我们也只能以这样或那样迅速而积极的方式去回应。当然会有困难和痛苦，但我们不会坐在这里握着空拳，却随时让人威胁着羞辱我们的"脸面"。

五

＊＊1935年圣诞节，费氏夫妇离开北京回国。他们走后收到林的第一封信——

自从你们两人来到我们身边，并向我注入了新的活力和对生活以及总体上对未来的新看法以来，我变得更加年轻、活泼和有朝气了。每当我回想起今年冬天我所做过的每一件事，我自己都会感到惊讶并充满感激之情。

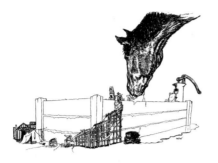

你们知道，我是在双重文化的教养下长大的，不容否认，双重文化的接触与活动对我是不可少的。在你们俩真正在（北总布胡同）3号进入我们的生活之前，我总是觉得若有所失，缺了点什么，有一种精神上的贫乏需要营养，而你们的"蓝色书信"充分地补足了这一点。另一方面，我在北京的朋友都比我年岁大，比我老成。他们提供不了多少乐趣，反而总是要从思成和我身上寻求灵感和某些新鲜东西。我常有枯竭之感。

今秋或初冬的那些野餐、骑马（还有山西之行）使我的整个世界焕然一新。试想如果没有这些，我如何能熬过我们民族频繁的危机所带来的紧张、困惑和忧郁？骑马也有其象征意义。在我总认为都是日本人和他们的攻击目标的齐化门①外，现在我可以看到农村小巷和在寒冬中的广袤的原野，散布着银色的纤细枯枝，寂静的小庙和人们可以怀着浪漫的自豪偶尔跨越的桥。

六

May 7th, 36

Wilma, Wilma, Wilma

(I have to address the envelope to John because it is more proper for Balliot)

I have been in the yelling mood ever since your last delightful letter, now that another one has come I must answer you right away. There has been a long

---

① 即北京朝阳门。

time I didn't (or couldn't) write to you people because of a "gap" caused by your sending letters not via Siberia and each took over fifty days to come. (except one which came a little sooner but it must be one that was written later.) So everything got terribly upsetting. We loved the "type-written reports" of where about and what-abouts, but emotionally they are a bit unsatisfactory.

You sound worried about my ways of life; running around helping people in general, lots of worry and on exercise etc. Well, sometimes nothing can be done, it is almost fatal I should slave and waste myself on trash always, till—I mean unless circumstance itself take mercy on me and change. So far the circumstance is none too good for Phyllis the individual, though very smooth for the same person in all the capacities as a family member. The weather is glorious everybody has room re-papered, re-furnished, decorated to re-assume life in better shape. Let me give you a picture to show how it is.

Wilma, Wilma, is there any use my going on writing news…just look at the beds! Aren't they exciting!!!! But the fun is when they are more or less <u>gather in the marked public spots</u> and when they have breakfast <u>one after</u> another, and <u>tea each in his or her room</u> in <u>different</u> styles!!! Next time you come to Peking, ask for the <u>Liangs boarding house</u>!

I will start another sheet.

At this point of course the children came back from school insisted on looking at the "picture of beds" and identify their own etc etc. Bao-bao is always fussing about her dresses because the weather is getting warm, Helen's shirt is a bit "out" now. Chung-Chieh has the end of Dolly's green dress for a pair of short knickers, very smart.

No, no, no, I refuse to give you more impression how thoroughly I am buried in domesticity—I still have other points left I think, when "joie de vivre" takes over me which though come seldom, it still comes!

Yes, I do understand your approach to work. I work in very much the same way, though sometimes quite different. I achieve best when it is "pure product of joie de vivre". Most seriously when it is a question of bursting from inside, happily or unhappily. When it is a question of desperate yearning for expression—something I found out or I know, or I learned to understand, and I wanted to impart the secret seriously and earnestly to some one, "Readers" are not "public" to me, but individuals who are more understanding and sympathetic than relatives and friends surrounding me and who are eager to listen to what I have to say and become saddened or gladdened because of what I say. When I am doing domestic little trifles, I always feel that it is a pity I am neglecting some one else infinitely more interesting and important somewhere else unknown to me. Thus I hasten to finish the work in hand in order to go back "talking" to the others, and get often irritated if the work I have in hand never finishes, or coming in fresh bunches and increases all the time. Thus I am never good at domestic work, because half of my mind is elsewhere and cursing the work I was doing (tho I may even enjoy the work or doing it terribly well.) On the other hand if I am doing a real piece of writing or something like that and realize at the same time I was neglecting my home, my conscience never got pricked at all, in fact I feel happy and wise that I have been doing something much more worthwhile—it is only when my children looking ill or losing weight that I start feeling bad and wake up at middle of the night wondering I have been fair or not.

My English is getting very poor and rusty. I will stop here and write again when "joie de vivre" takes over me and even my English pushes forth in real neat way.

Bao bao has written you countless letters I am sending you this one.

Tell John, my article somehow never come to anything, and only Gods know why I still hope to finish it. Don't get disgusted yet. Pray for me.

Love and love and love

Phyllis

You must both write

More Chinese. We will

Help, any way you suggest.

*慰梅，慰梅，慰梅（信封上我得写给费正清，因为这对于白莉奥来说更合适些）：

自从收到你上封让人高兴的信以来，我一直情绪高涨，现在又来了一封，我必须马上回你。很长时间我没有（或不能）给你们写信，因为这中间有个"时间差"，那是因为你们的信不是经西伯利亚邮来的，以致一封信要走五十天（只有后来的一封稍为快一点）。所以好些事弄得让人非常扫兴。我们特别喜欢那些关于各种各样事情的"打字报告"，只是感情上还有点不够满足。

看来你对我的生活方式——到处为他人作嫁，操很多的心而又缺乏锻炼等等——很担心。是啊，有时是一事无成，我必须为一些不相干的小事操劳和浪费时间，直到——我的意思是说，除非命运对我发慈悲而有所改变。看来命运对于作为个人的菲丽丝①不是很好，但是对于同一个人，就其作为一名家庭成员而言的各个方面来说，还相当不错。天气好极了，每间屋子都重新裱糊过，重新布置并装修过了，以期日子会过得更像样些。让我给你画张图②，告诉你是怎么回事。

慰梅，慰梅，我给你写什么新闻还有什么用——就看看那些床吧！它们不叫人吃惊吗！！！！可笑的是，当它们多多少少按标出的公用地点摆放到一起之后，他们会一个接一个地要吃早点，还要求按不同的样式在她的或他的房间里喝茶！！！！下次你到北京来，请预订梁氏招待所！

---

① 菲丽丝（Phyllis），林徽因的英文名。

② 以下林徽因画了一张当时梁宅——即北京北总部胡同3号的平面图，名曰"床铺图"，注明了每间屋子什么人住，放了几张床（图中方向为上南下北）。下面林徽因写道："答案：当一个'老爷'娶了一个'太太'，他们要提供17张床和17套铺盖，还要让黄包车夫睡在别人家，不然他只能在院子里站着。"

当年除梁、林、两个子女和林老太太外，还有五六位亲戚朋友常住梁家，信中所说早饭、喝茶等等就是指他们。当时梁家共有包括厨师和黄包车夫在内的六个用人。

图中北耳房是厕所，林徽因注："自用；浴室；厕所和更衣室；书房；办公室；起居室（非常高兴我总算有一间属于自己的房间！）"

图中梁、林的卧室注："1个老爷；1个太太。亚地斯亚贝巴，意大利军队正在逼进。"1936年5月，墨索里尼统治下的意大利法西斯军队正在入侵阿比西尼亚（今埃塞俄比亚），兵临其首都亚地斯亚贝巴城下。

上述所讲的"平面图"请详见本书正文前插图中作者手迹部分。——译注

我要开始另一页了。

此刻孩子们从学校回来了，他们非要看这张"床铺图"，还要认出他们自己的床等等、等等。宝宝总是挑剔她的衣服，因为天气已经热了。海伦的衬衫已经有点过时。从诚从道丽的绿衣服里得到一条短灯笼裤，很帅。

不，不，不，我不能让你认为我已陷入了家务琐事之中——我想，当"joie de vivre"①占据了我的身心时，我还有别的方面。虽然这种情况不多，但还是有的！

是的，我当然懂得你对工作的态度。我也是以这种态度工作的，虽然有时候和你很不一样。当那是"joie de vivre的纯粹产物"时，我的成绩也最好。最认真的成绩是那些发自内心的快乐或悲伤的产物，是当我发现或知道了什么，或我学会了去理解什么而急切地要求表达出来，严肃而真诚地要求与别人共享这点秘密的时候的产物。对于我来说，"读者"并不是"公众"，而是一些比我周围的亲戚朋友更能理解和同情我的个人，他们急于要听我所要说的，并因我之所说的而变得更为悲伤或更欢乐。当我在做那些家务琐事的时候，总是觉得很悲哀，因为我冷落了某个地方某些我虽不认识，对于我却更有意义和重要的人们。这样我总是匆匆干完手头的活，以便回去同别人"谈话"，并常常因为手上的活老干不完，或老是不断增加而变得很不耐烦。这样我就总是不善于家务，因为我总是心不在焉，心里诅咒手头的活（尽管我也可以从中取乐并且干得非常出色）。另一方面，如果我真的在写作或做类似的事，而同时意识到我正在忽视自己的家，便一点也不感到内疚，事实上我会觉得快乐和明智，因为做了更值得做的事——只有在我的孩子看来生了病或体重减轻时我才会感到不安，半夜醒来会想我这么做究竟是对还是不对。

---

① "生活的欢乐"，原文为法文。——原译注

我的英文越来越糟糕和荒疏。我要停笔了，等到下一次"joie de vivre"降临和我的英文真的利落一点的时候再写。

宝宝给你写了无数的信，现在寄给你一封。

告诉费正清，我的文章老也写不成，上帝才知道为什么我还在想完成它。先别生我的气，为我祈祷吧。

爱你、爱你、爱你

菲丽丝

三六年五月七日

你们俩要多写中文，只要你们提出要求，我们都会帮助的。

七

＊＊1936年初秋，梁、林同往洛阳龙门和山东调查——

我径坐在龙门最大的露天石窟下面，九尊最大的雕像以各种安详而动感的姿态或坐或立地盯着我看（我也盯着他们！）……我完全被只有在这种巨大的体验中才会出现的威慑力给镇住了。

……

我们再次像在山西时那样辗转于天堂和地狱之间。我们为艺术和人文景物的美和色彩所倾倒，却更多地为我们必须赖以食宿（以便第二天能有精力继续工作）之处的肮脏和臭气弄得毛骨悚然、心灰意懒。我老忘不了慰梅爱说的名言："恼一恼，老一老"——事实上我坚守这个明智的说法，以保持我的青春容貌……这次旅行使我们想起我们一起踩着烂泥到（山西）灵石去的欢乐时刻。

八

＊＊抗日爆发后，1937年11月梁家在南迁途中，暂住长沙——

在日机对长沙的第一次空袭中，我们的住房就几乎被直接击中。炸弹就落在距我们的临时住房大门十五码的地方，在这所房子里我们住了三间。当时我们——外婆、两个孩子、思成和我都在家。两个孩子都在生病。没人知道我们怎么没有被炸成碎片。听到地狱般的断裂声和头两响稍远一点的爆炸，我们便往楼下奔，我们的房子随即四分五裂。全然出于本能，我们各抓起一个孩子就往楼梯跑，可还没来得及下楼，离得最近的炸弹就炸了。它把我抛到空中，手里还抱着小弟，再把我摔到地上，却没有受伤。同时房子开始轧轧乱响，那些到处都是玻璃的门窗、隔扇、屋顶、天花板，全都坍了下来，劈头盖脑地砸向我们。我们冲出旁门，来到黑烟滚滚的街上。

当我们往联合大学的防空壕跑的时候，又一架轰炸机开始俯冲。我们停了下来，心想这一回是躲不掉了，我们宁愿靠拢一点，省得留下几个活着去承受那悲剧。这颗炸弹没有炸，落在我们正在跑去的街道那头。我们所有的东西——现在已经不多了——都是从玻璃碴中捡回来的。眼下我们在朋友那里到处借住。

每天晚上我们就去找那些旧日的"星期六朋友"，到处串门，想在那些妻儿们也来此共赴国难的人家中寻求一点家庭温暖。在空袭之前我们仍然常常聚餐，不在饭馆，而是在一个小炉子上欣赏我自己的手艺，在那三间小屋里我们实际上什么都做，而过去那是要占用整整一栋北总布胡同3号的。我们交换着许多怀旧的笑声和叹息，但总的说来我们的情绪还不错。

我们已经决定离开此处到云南去……我们的国家仍没有组织到可使我们对战争能够有所效力的程度，以致至今我们还只是"战争累赘"而已。既然如此，何不腾出地方，到更远的角落里去呢。有朝一日连那地方（指昆明）也会被轰炸的，但眼下也没有更好的地方可去了。

九

＊＊在从长沙前往昆明途中，林徽因病倒在湘贵交界的晃县，高烧四十度，两周后勉强退烧……

我们在令人绝望的情况下又重新上路。每天凌晨一点，摸黑抢着把我们少得可怜的行李和我们自己塞进长途车，到早上十点这辆车终于出发时，已经挤上二十七名旅客。这是个没有窗子、没有点火器、样样都没有的玩意儿，喘着粗气、摇摇晃晃，连一段平路都爬不动，更不用说又陡又险的山路了。

十

  ＊＊1937年12月24日深夜，他们所乘的长途汽车在以土匪出没著称的"七十二盘"顶上突然"抛锚"，全家人摸黑走了一段山路之后……

  又一次，奇迹般地，我们来到峭壁边上的一片房子，让我们进去过夜……此后，又有关于这些破车、意外的抛锚、臭烘烘的小客栈等等的一个又一个插曲。间或面对壮丽的风景，使人比任何时候都更加心疼。玉带般的山涧、秋山的红叶和发白的茅草，飘动着的白云、古老的铁索桥、渡船，以及地道的中国小城，这些我真想仔细地一桩桩地告诉你，可能的话，还要注上我自己情绪上的特殊反应。

十一

  ＊＊到昆明后，梁、林在晃县邂逅的那批飞行员从航校毕业，开始正式在空军服役。其中一位的座机在一次空战中迫降在广西边境……

  直到第三天早晨，他才乘一趟慢车回到昆明。在他失踪的两天夜里我们都睡不好觉，但又看到他，只是下巴受了点轻伤，真是喜出望外。了解到这次空战的一手消息和结果，而全城对此都还浑然不知。

  这八个孩子士气很高、心地单纯，对我们的国家和这场战争抱着直接和简单的信心，他们的身体都健康得叫人羡慕。他们所受的训练就是让他们在需要时能够不假思索使用自己的技能并献出自己的生命。他们个个都沉默寡言。

  不知怎么，他们都以一种天真的孩子气依恋着我们。我们之间产生了很深的亲情。他们来看我们或给我们写信，好像是他们的家里人。其中

很多人去了前线，有的则在
昆明保卫着我们的生命。有
一位我告诉过你的，小提琴
拉得很好，人特别可爱。最
近决定要结婚了。不要问我
如果他结了婚又出了事，他
的女朋友会怎样。我们就是
无法回答这类问题。

十二

Sept.20, 1940, Kunming

Dearest Wilma and John,

Reading your latest letter of August made me tearfully aware again your characteristic lump of unalterable affection for all of us here, who after such long silent interval of time, and in the face of such vast span of space, do not think that we deserve more than a fraction of the lump. Pains and pleasures and memories of all kinds sprang op from nowhere and got stuck in my eyes and nose and throat. The feeling is a welcome thrill for me, but it tore a hole in me, and forced me to sink in tears and make the best I can. I can't even swim, as Alice in Wonderland could in her own tears. Tears can drown me if there is a suspicion of sentimental current about!

I happened to be sick, or rather retired to bed with a terrific head-ache resulted from long days of struggle in the kitchen, when you letter to me was brought from the city by Lao-Chin, who casually wave the note-papers before me. It was nearing twilight. As soon as I read the first paragraph tears blocked out all lights before me, I just could not help it. My reaction was: How very

"Wilma" is Wilma still. Whatever that may mean, it is something I am not able to express, except by being somewhat a fool sobbing into my pillow. To make the matter more heart-wringing, Lao-Chin came into the already darkened room, first talked of this and that then led the subject to the despairing most problem of our immediate decision to move out of Yung-Nan as we are ordered by the ministry of education, then launched into our embarrassing financial situations. I was not at all intelligent about what he was driving at till he said something about having some how came into possession of a hundred dollars in gold which we—the Liang family—can make use of etc, Ssu-Cheng immediately enquired whether he got it through writing an article in English, which fact Lao-Chin denied. At this point I have already guessed the truth, Lao-Chin is never any good for a lier or a well intended conspiritor (conspirator) for one thing, and you two are capable of doing is well known to us , for aother (another) ,I sensed the conspiracy right away. I began swimming in earnest, Alice-fashion! Since things stood this way you must now face my "long sad tail" as well.

But before I go on, I would like you to be clear about two points. First and foremost You and John are absolutely the dearest of the dearest kind of people which are not may to begin with, second your present has come just at the nick of time when we do really in bad need of it which fact makes it the more heart-wringing, and gratefully appreciated. What amazing consideration you have for us, and what a wretched recipient we feel we are in the whole ocean of oceanic barrier! No tears could help any feelings at this stage, I just feel limp and exhausted with the most inexpressible feeling to express all that is choking me since, if that will convey anything to you, here it is… wordless!

Reading your last made me also wonder whether unconsciousely (unconsciously) all my recent letters to you inclined to be either nonsensical or flip pant. If so please forgive me. The tendency to be incoherently light and nonsensical was perhaps due to the fact that I wanted to maintain a reasonable cheerful strain in whatever I had to tell you, while I was not so cheerful about anything, even it may mot lack comical aspects. Reality is too often painful. Unlike our dear old Lao-Chin, with his characteristic expressive command of English, ample sense of humour, thouroughly comfortable acceptance of things,

covering all kinds of information at random, who has a warm ready laugh saved for friends at any unexpected corner. I was afraid if I had let myself go, the result would be a disastrously dull long letter, filled with grim details badly put, with nothing to relieve (relieve) them.

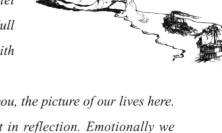

It is so hard to put in a nut-shell letter to you, the picture of our lives here. Situations change too quickly, moods fluctuat in reflection. Emotionally we limply (simply) center on nothing but what passed by at the moment before us, with a vague ache for everything we valued and still take to be the best, and the most dependable qualities of life.

This feelings is invaluable and much needed here. We must casually allude to Wilma or John when we talk, and bring them very much to the forground (foreground) .

Your letter came this time a day before the moon-festival, the weather at this point was turning cool, with more and more Autumnal glow or flooding light, scenery was glorious. Everywhere fragrance edged the air——wild flower (s) remind one of thousands of the nicest feelings long forgotten. Any morning and afternoon the sun steals in curios (curious) angles to one's aching sense of awareness of quiet and beauty amid a helpless world of confusion and disaster. Wars, especially our own, loom larger than ever, close to our very skin heart and nerve! And now it is festival time, it seems more like an irony o...Logic (don't [don't] let Lao-chin see this)

Lao - Chin is giggling away in his room after hearing this by accident and said that this combination of words should be nonsense, but some - how isn't my deffense (defense) is that "logic" should be often lightly used like any other words not tucked away, as he so often made it, like a miser. Lao - Chin is in his summer vacation, so has been for the last month out in the country with us. The more accurat (accurate) truth being that he is "dormetry - less" like most of the professors of S. W. Univ. during this gap, they termed it "vacation", freed from classes but pestered and forced to worry about moving immediately to Sze - Chung.

We are now residing in a newly built cottage, at the end of a fair - size village 8 kilos N. E. of Kunming city, with considerable sceneries around and no military objective. Next a raised dyke, lined with tall straight pines li (原件 有缺) those in old paintings. Our house includes three large rooms, a kitchen where I principly involved, and a maid's room,wich (which) lies vacant, since no servant could be secured all these months now (though theoretically we still can afford, but actually beyond our means, about 70 dollars a mont) . During this spring, Lao - Chin has one extra "ear - room" buile,attached to our main house, on one side. Thus the whole of Peitsung - Pu - Hutung group is at present intact, but heaven knows for how long now!

This house has unexpectedly cost three time (s) the amout it was said to cost us, so exhausted our funds which were little enough. This put ssu - ceng (Ssu - Cheng) an (原件有缺) in arather amused state of embarressing despair. (This is correct expression I think). The house at the final stage of construction became a little comic though not unexciting. All those friends, who built similar cottages like our (s) in this neighourhood, delighted in pointing out to each other, each of our spec (原件有缺) phase of ridiculous difficulty. Our house was built last of all, so in the end (原件有缺) we have to struggle for each plank of wood each peice (piece) of brick even each peice (piece) of nail required. We have to help in carryiing material and actual carpentry a (原件有缺) masonary, in order to move under the roof which does not even "cover the wind or the rain" according to classical difinition (definition) you must have heard Ssu - Cheng lectured.

However we are now very much in the new house some aspects of it is not with out beauty, or comfort. In an amused way we are fond of it even sometimes, it seems that nothing short of a visit from wilma and J., would do it justice! For it takes true friends to appreciate its real in (原件有缺,以下不清) *qualities! I must*

stop here, will type the rest of the eight hand - writing papers out later, because Lao - Chin is waiting (以下原文不清) *into* (以下原文不清) *to mail his letter to Dolly. I have not a chance yet to write her, which I wanted very much.*

My best love to everyone (以下原文不清) *around there in America, specially Winthrop Street.* (以下原文不清) *and* (以下原文不清)*included. When you write next I may not even be in this house or this province. For we are again going to take hard, land* (以下原文不清) *to maintain* (以下原文不清) *Kuei - Chow* (以下原文不清) *their* (以下原文不清)

*亲爱的慰梅和费正清:

　　读着你们八月份最后一封信使我热泪盈眶地再次认识到你们对我们所有这些人的不变的深情,这深情带有你们的人格特点,而我们,经过这么长久的沉默,又如此天各一方,真觉得自己配不上这份情意。种种痛苦、欢乐和回忆泉涌而来,哽在我的眼底、鼻间和喉头。那是一种欣慰的震撼,却把我撕裂,情不自禁地泪如雨下。我甚至不能像爱丽丝那样在自己的泪水里游泳。如果那里面有一股感伤的潮流,泪水就会把我淹死。

我赶巧生病了，或者说由于多日在厨房里奋斗使我头疼如裂，只得卧床休息。老金把你们的信从城里带来给我，他不经意地把信在我面前晃了晃。天已经快黑了，我刚读了第一段，泪水就模糊了我的视线，我实在忍不住。我的反应是：慰梅仍然是那个"慰梅"。不管这意味着什么，我无法表达，只能傻子似的在我的枕头上哭成一团。老金这时走进已经暗下来的屋子，使事情更加叫人心烦意乱。他先是说些不相干的事，然后便说到那最让人绝望的问题——即必须立即做出决定，教育部已命令我们迁出云南，然后就谈到了我们尴尬的财政状况。我根本没有明白他在说些什么，直到说起他不知怎么有了一百美元，而这笔钱我们——梁家可以用等等。思成立即问他是不是因为写了一篇英文文章得到了这笔钱，他不承认。到此我已猜出了真相。他从来不善说谎或搞什么阴谋。我们很清楚你两人能够为我们做什么。所以我立刻明白了这阴谋之所在。于是我禁不住像爱丽丝一样号啕大哭起来。既然如此，那你也就得听我讲讲我那辛酸的故事。

　　在我继续往下讲之前，你们得先明白两点。第一，也是最重要的，你和费正清首先绝对是少有的最亲近和最亲爱的那种人；第二，你们的礼物来得正是我们最最需要它的时候，这使我们更加心情激动并特别特别感激。你们怎么会为我们想得这么周到。在大洋此岸的芸芸众生之中，作为受惠者我们觉得自己是多么微不足道。泪水不足以表达我此时的感受。我只因为无力表达所有积在心中使我窒息的感受而感到麻木和极度疲倦。如果有什么能向你们表达，那就是——无言。

　　读了你们最后的来信使我想，我最近给你们的信是不是无意中太无条理、太轻率了。如果是这样，请原谅我。我想不论告诉你们什么事都保持一种合理的欢乐语气，而我又并不是对什么事都那么乐观的，尽管有些事并不乏某些喜剧色彩，其结果可能就使得我的信有一种不协调的轻浮和无条理。现实往往太使人痛苦。不像我们亲爱的老金，以他具有特色、富于表现力的英语能力和丰富的幽默感，以及无论遇到什么事都能处变不惊的本领，总是在人意想不到的地方为朋友们保留着一片温暖的笑。我很怕如果放任自己这样写下去，这封信将会灾难性地变得又长又枯燥，塞满生硬的细节而无法解脱。

很难言简意赅地在一封信里向你们描述我们生活的情景。形势变化极快，情绪随之起伏。感情上我们并不特别关注什么，只不过是随波逐流，同时为我们所珍惜，认为生活中所不可或缺的某些最好的东西感到朦胧的悲伤。这种感觉在这里是无价的和不可缺少的。在我们谈话时总是不经意地提到慰梅和费正清，并把他们放在显著的地位。

你们这封信来到时正是中秋节前一天，天气开始转冷，天空布满越来越多的秋天的泛光，景色迷人。空气中飘满野花香——久已忘却的无数最美好的感觉之一。每天早晨和黄昏，阳光从奇异的角度偷偷射进在这个充满混乱和灾难的无望的世界里，人们仍然意识到安静和美的那种痛苦的感觉之中。战争，特别是我们自己的这场战争，正在前所未有地阴森森地逼近我们，逼近我们的皮肉、心灵和神经。而现在却是节日，看来更像是对——逻辑的一个讽刺（别让老金^①看到这句话）。

老金无意中听到了这一句，正在他屋里咯咯地笑，说把这几个词放在一起毫无意义。不是我要争辩，逻辑这个词就应当常像别的词一样被用得轻松些，而不要像他那样，像个守财奴似的把它包起来。老金正在过他的暑假，所以上个月跟我们一起住在乡下。更准确地说，他是和其他西南联大的教授一样，在这个间隙中"无宿舍"。他们称之为"假期"，不用上课，却为马上要迁到四川去而苦恼、焦虑。

我们正在一个新建的农舍中安下家来。它位于昆明市东北八公里处一个小村边上，风景优美而没有军事目标。邻接一条长堤，堤上长满如古画中的那种高大笔直的松树。我们的房子有三个大一点的房间，一间原则上归我用的厨房和一间空着的用人房，因为不能保证这几个月都能用上用人，尽管理论上我们还请得起，但事实上超过了我们的支付能力（每月七十美元左右）。这个春天，老金在我们房子的一边添盖了一间"耳房"。这样，整个北总布胡同集体就原封不动地搬到了这里，可天知道能维持多久。

---

① 金岳霖是逻辑学教授。

出乎意料地，这所房子花了比原先告诉我们的高三倍的钱。所以把我们原来就不多的积蓄都耗尽了，使思成处在一种可笑的窘境之中（我想这种表述方式大概是对的）。在建房的最后阶段事情变得有些滑稽，虽然也让人兴奋。所有在我们旁边也盖了类似房子的朋友[1]，高兴地互相指出各自特别啰唆之处。我们的房子是最晚建成的，以致最后不得不为争取每一块木板、每一块砖，乃至每根钉子而奋斗。为了能够迁入这个甚至不足以"蔽风雨"——这是中国的经典定义，你们想必听过思成的讲演的——屋顶之下，我们得亲自帮忙运料，做木工和泥瓦匠。

无论如何，我们现在已经完全住进了这所新房子，有些方面它也颇有些美观和舒适之处。我们甚至有时候还挺喜欢它呢。但看来除非有慰梅和费正清来访，它总也不能算完满。因为它要求有真诚的朋友来赏识它真正的内在质量。我必须停下了，将把其余的八页手写稿打出来。因为老金等着要把他给道丽的信寄走。我没有机会给她写信了，但我很想写。

向在美国，特别是在温丝罗普街[2]的朋友们致以我最真诚的爱……[3]等你下次来信时我也许已不在这所房子，甚至不在这个省里了，因为我们将乘硬座长途汽车去多山的贵州，再到四川。

爱你的　菲丽丝

1940年9月20日　昆明

---

① 当时在龙头村自建这种土坯小房的还有原中央博物院考古学家李济、西南联大政治学教授钱端升等。

② 费慰梅和费正清在美国康州坎布里奇市住宅所在街名。

③ 因原信此处字迹不清故省略。——译者注

Dearest Wilma & John,

In September I wrote you a long long letter and half of it was typed one and mailed. Then later a short note introducing a certain Mr. Bien who wrote a short story and wanted your help. I am in a persistent mood and write to you these days but I am always busy in a sense you would not quite know from what you have known of our lives before and so always have to postpone the writing. It is terribly sad. There are such a lot of things worth telling here not about ourselves but about all sorts of friend (s) who had all sorts of work and novel living conditions, now the war is more than three years old - you can hardly imagine what that means.

My heart is still so forced and bound up with you in your American home that some times it is hard to bear our separate over such long period of time. The end of this terrific war seem still a bit far off even we apply as much of wish - hope as we can onto any news we can gather from the papers. Japs are near exhaustion, but not near enough to please us. I an mot a person to look back much, but even I an now only homesick, and we are going to Sze - chuan!Could that be another 2 or 3 years' affair?! Time seem(s) to drag so.

Bombings are getting very bad now but don't worry, we are alright. We have much more chance to be safe than to be hurt really, We just felt numb or alert as the case turned ort to be. Japsbombers or the machine gunning from this pursuit plane, are all like quick rains one can set one's teeth against compresses lips and let it pass over. Right over head or farer away they are all the same, a sick sensation in that day. Poor Lao Chin who has to have classes in the mornings in the city - often started from this village at five thirty in the morning then to run into an air - raid before the classes even started then to walk out with a crowd toward another city - gate, toward another hill, in another direction, till five thirty in the afternong and then to walk in round - about routes to get back to this village without having food or work or rest or anything for that matter! Such is life. George was fool enough to go to Shanghai to attend private business and was captured by the Japs and was all beaten up and went through horror in prison. His wife is still here, we just saw her off Hong Kong bound, George is now released but when to return here is doubtful under watchful eye. Such is also life. But friend " Icy Heart " is flying to Chung King to take up an official job there (as nonsensical and useless as anything can be) and she is taking her whole household and people on an areoplane and whole household of things on a chartered truck through maneuvering when hundreds of people on real important jobs are not allowed to travel on account of our limited gasoline problem at present. She must be very valuable to our country indeed! Sorry to discloes such an unattractive news! Things vary here from the very gutty to the very discouraging wasteful not. Such is life too.

We are leaving fo Sze - Chuan by riding a truck astride - wise with 31 people ranging from 70 years old to a new born babe with only 80 kilo lugage allowance for the entire family (以下字迹不清) *And I am leaving all my friends I have known ten years. It is too* (以下字迹不清)

＊最亲爱的慰梅和费正清：

九月间我给我们写了一封很长很长的信，其中一半是打字的并已经寄出。后来又有一封短笺，介绍某位卞先生，他写了一篇短篇小说，想请你们帮助。这些天我始终有一种要给你们写信的冲动，但总是忙于一些你们按我过去的生活所不能完全理解的事，所以总是拖了下来。这让我非常伤心。有那么多的事值得向你们讲，不是关于我们自己，而是关于各种各样的朋友的，他们有过各种各样的工作和新的生活境遇。现在战争已经进行了三年多——你们很难想象这意味着什么。

我的心依然强烈地和在美国家中的你们联系在一起，我们这样长久的分离有时真叫人难以忍受。尽管我们对所收集到任何一点报纸消息满怀希望，但是看来这场可怕的战争离结束还很远。日本鬼子消耗得差不多了，但还没消耗到能让我们高兴的程度。我不是一个老往后看的人，即便这样我现在也总是想家，而我们现在要到四川去了！那会不会又是两三年的事呢？时间好像在拖延。

轰炸越来越厉害，但是不必担心，我们没有问题。我们逃脱的机会比真的被击中的机会要多。我们只是觉得麻木了，但对可能的情况也保持着警惕。日本鬼子的轰炸或歼击机的扫射都像是一阵暴雨，你只能咬紧牙关挺过去，在头顶还是在远处都一个样，有一种让人呕吐的感觉。可怜的老金每天早晨在城里有课，常常要在早上五点半从这个村子出发，而还没来得及上课空袭就开始了，然后就得跟着一群人奔向另一个方向的另一座城门、另一座小山，直到下午五点半，再绕许多路走回这个村子，一整天没吃、没喝、没工作、没休息，什么都没有！这就是生活。乔治①蠢到会为了家事跑回上海，结果被日本鬼子抓了起来，在监狱里挨了打，经历了可怖的事。他的妻子还在这里，我们刚把她送往香港。乔治已被释放，但在监视之下什么时候能回到这边还很难说。这也是生活。但是朋友"*Icy Heart*"却将飞往重庆去做官（再没有比这更无聊和无用的事了），她全家将乘飞机，家当将由一辆靠拉关系弄来的注册卡车全部运走，而时下成百有真正重要职务的人却因为汽油受限而不得旅行。她对我们国家一定是太有价值了！很抱歉，告诉你们这么一条没劲的消息！这里的事情各不相同，有非常坚毅的，也有让人十分扫兴和无聊的。这也是生活。

---

① 乔治，即叶公超，曾为西南联大外语系教授。

我们将乘卡车去四川，三十一个人，从七十岁的老人到一个刚出生的婴儿挤一个车厢，一家只准带八十公斤行李……[1]而我将离开这些认识了十年的朋友，这太……[2]

1940年11月

十四

　　＊＊1941年8月，蛰居川西小镇李庄的林徽因眼见大队日机凌空飞过——

　　尽管我百分之百地肯定日本鬼子绝对不会往李庄这个边远小镇扔炸弹，但是，一个小时之前这二十七架从我们头顶轰然飞过的飞机仍然使我毛骨悚然——有一种随时都会被炸中的异样的恐惧。它们飞向上游去炸什么地方，可能是宜宾，现在又回来，仍然那么狂妄地、带着可怕的轰鸣和险恶的意图飞过我们的头顶。我刚要说这使我难受极了，可我忽然想到，我已经病得够难受了，这只是一时让我更加难受，温度升高、心跳不舒服地加快……眼下，在中国的任何角落也没有人能远离战争。不管我们是不是在进行实际的战斗，也和它分不开了。

　　……我们很幸运，现在有了一个农村女佣，她人好，可靠，非常年轻而且好脾气，唯一缺点是精力过剩。要是你全家五口只有七个枕套和

相应的不同大小和质地的床单，而白布在市场上又和金箔一样难得，你就会看到半数的床单和两个枕套在一次认真地洗涤之后成了布条，还有衬衫一半的扣子脱了线，旧衬衫也被揉搓得走了形而大惊失色。这些衬衫的市价一件在四十美元以上。在这个女用人手里各种家用器皿和食物的遭遇都是一样的。当

---

　　①② 因原信此处字迹不清，故省略。

然我们尽可能用不会打碎的东西，但是看来没有什么是不会碎的，而且贵得要命或无可替换……

思成是个慢性子，愿意一次只做一件事，最不善处理杂七杂八的家务。但杂七杂八的事却像纽约中央车站任何时候都会到达的各线火车一样冲他驶来。我也许仍是站长，但他却是车站！我也许会被碾死，他却永远不会。老金（正在这里休假）是那样一种过客，他或是来送客，或是来接人，对交通略有干扰，却总能使车站显得更有趣，使站长更高兴些。

金岳霖附言：

当着站长和正在打字的车站，旅客除了眼看一列列火车通过外，竟茫然不知所云，也不知所措。我曾不知多少次经过纽约中央车站，却从未见过那站长。而在这里却实实在在地既见到了车站又见到了站长。要不然我很可能会把它们两个搞混。

梁思成在信的末尾写道：

现在轮到车站了：其主梁因构造不佳而严重倾斜，加以协和医院设计和施工的丑陋的钢铁支架① 经过七年服务已经严重损耗，从我下面经过的繁忙的战时交通看来已经动摇了我的基础。

十五

＊＊1943年春，研究中国古代科技史的英国学者李约瑟来到李庄访问中央研究院历史语言研究所、中央博物院和中国营造学社。

李约瑟教授刚来过这里，吃够了炸鸭子，已经走了。开始时人们打赌说李教授在李庄时根本不会笑。我承认李庄不是一个会让人过分兴奋

---

① 梁早年因车祸脊椎受伤，一直穿着协和医院特制的钢马甲。——译者注

的地方，但我们还是有理由期待一个在战争时期不辞辛苦地为了他所热爱的中国早期科学而来到中国的人会笑一笑。终于，在这位著名教授和梁先生及夫人（当时卧病在床）见面时露出了笑容。他说他非常高兴，因为梁夫人的英语竟有爱尔兰口音。而我从不知道英国人对爱尔兰还有如此好感。据说最后一天下午，在中央博物院的院子里受到茶点招待时他更为活跃。可见英国人爱茶之甚。

以下写到梁思成成功地使平时有隙的两位中研院著名学者陶孟和与傅斯年在李约瑟的讲演会上当众握手言和，有人开玩笑说梁应当获诺贝尔和平奖……

在读了托尔斯泰关于1812到1815年在彼得堡和莫斯科之间的各色人等的详尽描写之后，我必须承认，在1922和1943年之间，李庄、重庆或昆明或北平或上海的各种人物，与《战争与和平》中所描写的一个世纪以前，甚至在遥远的俄罗斯的人们是何等的相似。所以，为什么不让他们都和解呢——我是一般地指生活和人们。

顺便说起，我读的书种类繁多，包括《战争与和平》、《通往印度之路》、《狄斯累利传》、《维多利亚女王》、《元代宫室》（中文

的）、《北京清代宫殿》、《宋代堤堰及墓室建筑》、《洪氏年谱》、《安那托里·费朗西斯外传》、《卡萨诺瓦回忆录》、莎士比亚、纪德、萨缪尔·巴特勒的《品牌品牌品牌》，梁思成的手稿、小弟的作文和孩子们爱读的《爱丽丝漫游奇境记》中译本。

十六

＊＊第二次世界大战结束后，1946年1月林徽因自重庆致信费正清①

正因为中国是我的祖国，长期以来我看到它遭受这样那样罹难，心如刀割。我也在同它一道受难。这些年来，我忍受了深重的苦难。一个人一生经历了一场接一场的革命，一点也不轻松。正因为如此，每当我觉察有人把涉及千百万人生死存亡的事等闲视之时，就无论如何也不能饶恕他……我作为一个"战争中受伤的人"，行动不能自如，心情有时很躁。我卧床等了四年，一心盼着这个"胜利日"。接下去是什么样，我可没去想。我不敢多想。如今，胜利果然到来了，却又要打内战，一场旷日持久的消耗战。我很可能活不到和平的那一天了（也可以说，我依稀间一直在盼着它的到来）。我在疾病的折磨中就这么焦躁烦躁地死去，真是太惨了。

十七

＊＊1946年2月，林徽因带病重访昆明。当时费慰梅在重庆美国使馆新闻处工作，林在给她的信中写道——

我终于又来到了昆明！我来这里是为了三件事，至少有一件总算彻底实现了。你知道，我是为了把病治好而来的，其次，是来看看这个天气晴朗、熏风和畅、遍地鲜花、五光十色的城市。最后但并非最不关重要的，是和我的老朋友们相聚，好好聊聊。前两个目的还未实现，因为

---

① 本信为萧乾先生译。

我的病情并未好转，甚至比在重庆时更厉害了——一到昆明我就卧床不起。但最后一件我的享受远远超过了我的预想。这次重逢所带给我的由衷的喜悦，甚至超过了我一个人在李庄时最大的奢望。我们用了十一天才把在昆明和在李庄这种特殊境遇下大家生活中的各种琐碎的情况弄清楚，以便现在在我这里相聚的朋友的谈话能进行下去。但是那种使我们得以相互沟通的深切的爱和理解却比所有的人所预期的都更快地重建起来。两天左右，我们就完全知道了每个人的感情和学术近况。我们自由地讨论着对国家的政治形势、家庭经济、战争中沉浮的人物和团体，很容易理解彼此对那些事为什么会有那样的感觉和想法。即使谈话漫无边际，几个人之间也情投意合，充溢着相互信任的暖流，在这个多事之秋的突然相聚，又使大家满怀感激和兴奋……

直到此时我才明白，当那些缺少旅行工具的唐宋时代的诗人们在遭贬谪的路上，突然在什么小客栈或小船中或某处由和尚款待的庙里和朋友不期而遇时的那种欢乐，他们又会怎样地在长谈中推心置腹！

我们的时代也许和他们不同，可这次相聚却很相似。我们都老了，都有过贫病交加的经历，忍受了漫长的战争和音信的隔绝，现在又面对着伟大的民族奋起和艰难的未来。

此外，我们是在远离故土，在一个因形势所迫而不得不住下来的地方相聚的。渴望回到我们曾度过一生中最快乐的时光的地方，就如同唐朝人思念长安、宋朝人思念汴京一样。我们遍体鳞伤，经过惨痛的煎熬，使我们身上出现了或好或坏或别的什么新品质。我们不仅体验了生活，也受到了艰辛生活的考验。我们的身体受到严重损伤，但我们的信念如故。现在我们深信，生活中的苦与乐其实是一回事。

对张奚若为她安排的住处唐家花园，林徽因描述道——

所有最美丽的东西都在守护着这个花园，如洗的碧空、近处的岩石和远处的山峦……这是我在这所新房子里的第十天。这房间宽敞、窗户很大，使它有一种如戈登·克雷早期舞台设计的效果。甚至午后的阳光也像是听从他的安排，幻觉般地让窗外摇曳的桉树枝丫把它们缓缓移动的影子映洒在天花板上！

如果我和老金能创作出合适的台词，我敢说这真能成为一出精彩戏剧的布景。但是此刻他正背着光线和我，像往常一样戴着他的遮阳帽，坐在一个小圆桌旁专心写作。

这里的海拔或是什么别的对我非常不利，弄得我喘不过气来，常觉得好像刚刚跑了几英里。所以我只能比在李庄时还更多地静养。他们不让我多说话，尽管我还有不少话要说。可是这样的"谈话"真有点辜负了那布景。

昆明永远那样美，不论是晴天还是下雨。我窗外的景色在雷雨前后显得特别动人。在雨中，房间里有一种难以言状的浪漫氛围——天空和大地突然一起暗了下来，一个人在一个外面有个寂静的大花园的冷清的屋子里。这是一个人一生也忘不了的。

十八

＊＊1946年7月末梁、林全家回到他们思念已久的北京。不久，梁思成受到普林斯顿大学和耶鲁大学的邀请，到美国进行学术访问，其间并受聘为联合国大厦设计委员会委员，参与了大厦的设计工作。1947年夏，林徽因病情突然恶化，须做肾切除手术。梁思成匆匆赶回北京。在给费慰梅的信中，林徽因描写了梁思成带给她的礼物——

在一个庄严的场合，梁先生向我展示了他带回的那些可以彻底拆、拼、装、卸的技术装备。我坐在床上，有可以调整的帆布靠背，前面放着可以调节的读写小桌，外加一台经过插入普通电源的变压器的录音机，一手拿着放大镜，另一手拿着话筒，一副无忧无虑的现代女郎的架式，颇像卓别林借助一台精巧的机器在啃老玉米棒子。

关于那录音机——

我们确实听到了录在磁盘上的各种问候。但是全都不对头了，思成听起来像梅贻琦先生，慰梅像费正清，而费正清近乎保罗·罗伯逊。其中最精彩的是阿兰的，这当然在意料之中。我非常自豪，能收藏一位专业艺术家的"广播"录音。不过迄今我还没有按这机器应有的用途来做什么，只有让孩子们录些闹着玩的谈话。我觉得好像乾隆皇帝在接受进贡的外国钟表。我敢说他准让嫔妃们好好地玩了一阵子。

十九

＊＊1947年10月，林徽因入院做术前检查——

我应当告诉你我为什么到医院来。别紧张。我只是来做个全面体检。做一点小修小补——用我们建筑术语来说，也许只是补几处漏顶和装几扇纱窗。昨天下午，一整队实习和住院大夫来彻底检查我的病历，就像研究两次大战史一样。我们（就像费正清常做的那样）拟定了一个日程，就我的眼睛、牙齿、肺、肾、饮食、娱乐和哲学建立了不同的分委员会。巨细无遗，就像探讨今日世界形势的那些大型会议一样，得出了一大堆结论。同时许多事情也在着手进行，看看都是些什么地方出了毛病；用上了所有的现代手段和技术知识。如果结核菌现在不合作，它早晚也得合作。这就是其逻辑。

……（这医院）是民国初年建的一座漂亮建筑：一座"袁世凯

式"、由外国承包商盖的德国巴洛克式四层楼房！我的两扇朝南的狭长前窗正对着前庭，可以想象1901年时那些汽车、马车和民初的中国权贵们怎样装点着那水泥铺成的巴洛克式的台阶和通道。

二十

＊＊此后，林徽因情况略有好转，她终于游了一次颐和园——

在颐和园里面，我不得不花七万元①雇了一顶可以往返的滑竿，一直来到宫殿后面的山顶。这是我最爱的地方，当年曾带史坦因夫妇去过。这是一次大成功。夜雨之后，天气好极了。可以看到四周围几英里的地方。孩子们走路陪着我，高兴极了。看见他们前呼后拥，我觉得自己像个大贵族。老金和思成特别好，替我们看家。……你看，我从深渊里爬出来，来干这些可能被视为"不必要的活动"；没有这些我也许早就不在了，像盏快要熄的油灯那样，一眨、一闪，然后就灭了！

二十一

＊＊同年12月24日，林徽因做了肾切除，进手术室前，她向慰梅诀别——

---

① 国民党统治时期的旧币。

再见，最亲爱的慰梅。要是你能突然闯进我的房间，带来一盆花和一大串废话和笑声该有多好。

二十二

﹡在林出院后的一封信中，少有地发表了她的一些政治见解——

右派愚蠢的思想控制和左派对思想的刻意操纵足可以让人长时间地沉思和沉默。我们离你们国家所享有的那种自由主义还远得很，而对那些有幸尚能温饱的人来说，我们的经济生活意味着一个人今天还腰缠万贯，明天就会一贫如洗。当生活整个乱了套的时候，我在病榻上的日子更毫无意义。

二十三

﹡1948年12月上旬，林徽因收到费正清的新著《美国与中国》后，给费慰梅写了最后一信——

现在我觉得我们大概只有一两个月能自由地给在美国的你们大家写信了，也许是因为不能通邮或别的什么障碍，我觉得憋得喘不上气，说不出话。即使是这封信，我希望它能在圣诞节前或过节时寄到。

谢谢你们寄来的书，特别是其中最后一本，费正清自己的杰作，多好的书啊！我们当然欣赏、钦佩、惊奇和进行了许多讨论，大家都对这书有非常非常深的印象。有时我们互相以热情赞美的话说，费正清显然是把握了我们华夏臣民的复杂心态，或知道我们对事物的不同感觉，所以，这不是那种洋鬼子的玩意儿；此刻对于一个现代中国人来说，它一点儿也不是。张奚若热情地说，他喜欢费正清的书，"没有一处是外人的误解……他懂得的真不少"等等。老金说这是对我们的一个"合理而科学的"总结，费正清"对有些事有着基本的理解，他和别的外国人真是不一样"。而我和思成非常惊讶，它真的全然没有外国人那种善意的误解、一厢情愿的期望或失望。我尤其欣赏费正清能够在谈到西方事物时使用西方词汇、谈中国事物用中国词汇，而同一个西方语言却既能让美国读者以自己的语汇来读关于中国的事，又能让中国读者用另一种语汇来读关于自己国家的事。我们对这一点都特别欣赏。

此外，我们还常常以最大的钦佩而且毫不感到羞耻地互相指出，有许多关于中国的事实我们竟是从他这里才生平第一次知道（！）例如，有趣的是，我从不知道玉米和白薯是这么晚才来到中国的；还有特别是那些关于中西方关系的事件。

换句话说，我们都极为赞赏费正清的这本得意之作。自从费慰梅重建武梁祠以来，梁氏夫妇还没有这么高兴过呢。

我唯一的遗憾，如果说有的话，是在这本总结性的著作中没有涉及中国艺术，尽管我也看不出艺术与国际关系何干。即便如此，艺术是我们生活中那样重要的一部分，如果要一般地谈论我们的话，艺术也是不可少的，那是我们潜意识中的一个组成部分。……当我提到艺术的时候，当然也指诗，但可能也指由我们的语言、我们特有的书法、构词、文学和文化传统所引发的情感和审美情趣。我们特殊的语言实际上由三部分组成：修辞、诗，只有一部分才是直接的了当的言语！……我想说的也许是，正是这种内涵丰富的"语言——诗——艺术的综合"造就了我们，使我们会这样来思索、感觉和梦想……

简言之，我认为艺术对我们精神的塑造和我们的饮食对我们身体的塑造一样重要。我深信，我们吃米饭和豆腐会不可避免地使我们同那些大块吃牛排、大杯喝牛奶，外加奶油蛋糕或馅饼的人有所不同。同样，坐在那里研墨，耐心地画一幅山水画的人，肯定和熟悉其巴尔扎克风格

或后印象主义画派和晚期马第瑟和毕加索，住在巴黎拉丁区的叛逆青年（或专程到墨西哥去旅行以一睹墨西哥壁画的年轻人）全然不是一个类型……

以上全是我自己私下里的一点书评，不过是为了想争论一下，而费正清对善意的争论总是很来劲的。寄这封信得花我一大笔钱了！

说到政治观点，我完全同意费正清。这意味着自从上次我们在重庆争论以来我已经接近了他的观点——或者说，因为两年来追踪每天问题的进展，我已经有所改变，而且觉得费正清是对的。我很高兴能够如此。顺便说一句，因为我对许多事情无知，我非常感谢费正清对中国生活、制度和历史中的许多方面的高瞻远瞩、富有教益的看法。因其对自己的事很熟悉，我常不愿去做全面的观察或试图把它闹清楚。所以读费正清的书对我们极有吸引力，我们也要让年轻一代来读它。

也许我们将很久不能见面——我们这里事情将发生很大变化，虽然我们还不知道是什么样的变化，是明年还是下个月。但只要年轻一代有有意义的事可做，过得好，有工作，其他也就无所谓了。

你是一树一树的花开，是燕在梁间呢喃，
——你是爱，是暖，是希望，你是人间的四月天！